HEYNE
BÜCHER

Vom gleichen Autor erschienen außerdem
als Heyne-Taschenbücher

Die Rollbahn · Band 497
Das Herz der 6. Armee · Band 564
Sie fielen vom Himmel · Band 582
Der Himmel über Kasakstan · Band 600
Natascha · Band 615
Strafbataillon 999 · Band 633
Dr. med. Erika Werner · Band 667
Liebe auf heißem Sand · Band 717
Liebesnächte in der Taiga · Band 729
Der rostende Ruhm · Band 740
Entmündigt · Band 776
Zum Nachtisch wilde Früchte · Band 788
Der letzte Karpatenwolf · Band 807
Die Tochter des Teufels · Band 827
Der Arzt von Stalingrad · Band 847
Das geschenkte Gesicht · Band 851
Privatklinik · Band 914
Ich beantrage Todesstrafe · Band 927
Auf nassen Straßen · Band 938
Agenten lieben gefährlich · Band 962
Zerstörter Traum vom Ruhm · Band 987
Agenten kennen kein Pardon · Band 999
Der Mann, der sein Leben vergaß · Band 5020
Fronttheater · Band 5030
Der Wüstendoktor · Band 5048
Ein toter Taucher nimmt kein Gold · Band 5053
Die Drohung · Band 5069
Eine Urwaldgöttin darf nicht weinen · Band 5080
Viele Mütter heißen Anita · Band 5086
Wen die schwarze Göttin ruft · Band 5105
Ein Komet fällt vom Himmel · Band 5119
Straße in die Hölle · Band 5145
Ein Mann wie ein Erdbeben · Band 5154
Diagnose · Band 5155
Ein Sommer mit Danica · Band 5168
Des Sieges bittere Tränen · Band 5210
Die Nacht des schwarzen Zaubers · Band 5229
Alarm! – Das Weiberschiff · Band 5231
Bittersüßes 7. Jahr · Band 5240
Engel der Vergessenen · Band 5251
Die Verdammten der Taiga · Band 5304
Das Teufelsweib · Band 5350
Im Tal der bittersüßen Träume · Band 5388
Liebe ist stärker als der Tod · Band 5436

HEINZ G. KONSALIK

AUS DEM NICHTS EIN NEUES LEBEN

Roman

WILHELM HEYNE VERLAG
MÜNCHEN

HEYNE-BUCH Nr. 5186
im Wilhelm Heyne Verlag, München

6. Auflage

Genehmigte, ungekürzte Taschenbuchausgabe

Printed in Germany 1978
Umschlagfoto: Ica Vilander, München
Umschlaggestaltung: Atelier Heinrichs, München
Satz: K. H. Kreit KG, Lauterbach-Maar
Druck: Presse-Druck Augsburg

ISBN 3-453-00499-x

I

Sie hörten es zum erstenmal, als sie aus der Kirche kamen. Der Pfarrer hatte den Segen gesprochen, die kleine Glocke in dem spitzen Turm läutete, sie standen in Gruppen auf dem Kirchplatz, die letzten Worte noch auf der Seele: »Gott schütze unser Vaterland und gebe uns bald Frieden –«, da wehte es zu ihnen her, jenes ferne, fremdartige, merkwürdige, fast nur gehauchte Grollen, das der Wind mitgenommen hatte und nun über die Äcker und Wiesen, Birkenwälder und Seen trieb.

Sie hoben die Köpfe, blickten in den Herbsthimmel, ein unendlicher blauer Himmel mit dicken weißen Wolkenbergen, unterbrachen ihr Gespräch und lauschten.

»Artilleriefeuer«, sagte Paskoleit und steckte die Hände in die Taschen seines Sonntagsanzuges. »Ganz klar Artilleriefeuer.«

Die anderen schwiegen. Die Frauen nestelten an ihren Kopftüchern und sahen zur Kirche. Pfarrer Heydicke kam heraus, auch er hob den Kopf und blieb in der Tür stehen. Groß, breit, in seinem schwarzen Talar eine wuchtige Gestalt, urweltlich fast, wie aus dem ostpreußischen Boden in Jahrhunderten gewachsen.

»Irgend etwas stimmt da nicht!« sagte Paskoleit so laut, daß alle Köpfe zu ihm herumfuhren. »Im Wehrmachtsbericht steht nur, daß die Russen kleine örtliche Gewinne hatten. Das aber kommt von der Weichsel, verlaßt euch drauf!«

Es war ein Sonntag im Oktober. Das Dorf Adamsverdruß zwischen Ortelsburg und Johannisburg war fast vollständig vor der Kirche versammelt. Nur wenige fehlten ... der Ortsgruppenleiter Felix Baum, der Ortsbauernführer Johannes Lusken und die gelähmte Rentnerin Juliane Brakau. Juliane brauchte viel Schlaf ... sie kam erst gegen Mittag in die Kirche. Johannes Lusken, der Nachbar, rollte sie dann in ihrem Rollstuhl zum »Privatgottesdienst« und bekam so automatisch auch seinen Segen mit. Er umging dadurch die von der Partei erwartete Ignorierung der Religion und redete sich damit heraus, daß er nur Juliane zuliebe in der Kirche blieb, ein Akt absoluter Menschenfreundlichkeit. Jeder in Adamsverdruß wußte, das Lusken sogar hinter der Lehne des Rollstuhles die Hände faltete, wenn Pfarrer Heydicke das Vaterunser sprach, und so war es eigentlich nur der Ortsgruppenleiter Baum, der nicht in der Kirche saß, sondern vor dem Volksempfänger dem sonntäglichen Leitartikel des Propagandaministers Goebbels lauschte. Meistens verglich er dann heimlich die Worte aus Berlin mit dem, was Urlauber von der Front erzählten, was man in Groß Puppen, dem nächsten größeren Dorf, beim Einkauf hörte oder was der Viehhändler aus Ortelsburg an Neuigkeiten mitbrachte.

»Was ist das, Herr Pfarrer?« fragte Paskoleit über die Köpfe der Adamsverdrusser hinweg. Er stand breitbeinig auf dem Platz, mit einem runden Kopf und ausladenden Schultern, und wer ihn so sah, verstand, warum dieses Land Ostpreußen von Gott gesegnet war.

Julius Paskoleit war Schuhmachermeister. Eigentlich hatte er den elterlichen Hof in Kleinlindengrund übernehmen sollen, Kartoffeln und Pferdezucht, dazu zwanzig Stück Rindvieh und den Gemeindebullen. Aber gerade an diesem Bullen scheiterte sein vorgeschriebener Lebensweg. Er war achtzehn Jahre alt, als er den Bullen von der Weide holen sollte, und bis heute weiß noch keiner, welchen Geruch Paskoleit an sich hatte, jedenfalls senkte der Bulle den Kopf, stampfte den Boden auf und donnerte auf Paskoleit zu.

Es ist keine Feigheit, wenn man vor einem blödsinnig gewordenen Bullen davonläuft. Paskoleit drehte sich um, streckte sich wie ein Sprinter und versuchte, in langen Sprüngen den schützenden Zaun zu erreichen. Aber der Bulle war schneller, erreichte ihn, rammte ihm das Horn in den linken Oberschenkel, schleuderte Paskoleit mit einem Schädelzucken hoch in die Luft und war dann plötzlich sehr friedlich, als der kleine, blutende Mensch ohnmächtig durch den Zaun rollte.

Von Kleinlindengrund bis zum Krankenhaus nach Ortelsburg sind es nur 27 km, aber so schnell war damals kein Auto aufzutreiben. Dr. Krokau kam mit einem Wägelchen aus Friedrichshof, aber auch das dauerte fast eine Stunde, band das Bein ab, und als Paskoleit endlich in Ortelsburg auf dem Operationstisch lag, war es zu spät, man mußte das Bein amputieren, aber mit einem so schönen langen Stumpf, daß Paskoleit mühelos eine Prothese tragen konnte.

Den Hof übernahm der zweite Sohn. »Du wirst Schuster«, sagte der alte Paskoleit, ein Patriarch mit rauhem Bart, der nach einem beendeten Satz mit der Faust auf den Tisch schlug, um zu demonstrieren, daß es keine Widerrede gab. »Wer nur ein Bein hat, lernt das gute Gehen anderer Menschen schätzen.« So wurde Julius Paskoleit Schuhmacher, ließ sich in Groß Puppen mit einer Werkstatt nieder und zog 1940 nach Adamsverdruß, weil sein Schwager Ewald Kurowski in den Krieg mußte.

Auch Ewald Kurowski war Schuhmachermeister. Als er 1942 zum letztenmal in Urlaub war, sagte er: »Julius, Erna kriegt wieder ein Kind. Paß auf meine Familie auf, und wenn mir was passiert ... bleib bei ihr. Verlaß sie nicht. Bis auf Großvater und Großmutter haben wir ja nur noch dich. Und dieser Krieg wird eine große Scheiße werden, das sag ich dir. Das ganze Heil-Rufen macht uns doch nur besoffen, und was der Baum da an Reden hält, quatscht er doch nur nach. Julius, kümmere dich um meine Familie ...«

Und das tat Pakoleit. Als Ewald Kurowski Ende 1943 vermißt wurde, irgendwo in den Pripjet-Sümpfen, wurde er der Chef der Kurowskis. Seine Schwester Erna und die Kinder erkannten ihn an, auch Großmutter Berta war froh, daß Paskoleit mit seiner Schuhmacherwerkstatt die Familie ernährte, lediglich Großvater Joachim, genannt »Brüll-Jochen«, sah nicht ein, warum ein junger Kerl Familienoberhaupt wurde und nicht er, der Würdigste von allen. Für ihn, den 72jährigen, war

Paskoleit mit seinen 39 Jahren gerade aus dem Ei gekrochen. Er zeigte seinen Widerstand an allem, kam zu spät zum Essen, war grundsätzlich anderer Meinung als Paskoleit und brüllte bei jeder Gelegenheit: »Mein Urahne war Müller bei den Ordensrittern. Ich lasse mir nichts befehlen!«

Auch jetzt schnupperte er in die Luft, hörte wohl das ferne Grollen, aber da Paskoleit schon seine Meinung abgegeben hatte, sagte er ebenso laut: »Das ist ein Gewitter!«

»Sie stehen an der Weichsel, es stimmt«, sagte Pfarrer Heydicke. Er ging durch die Leute von Adamsverdruß hinüber zu seinem kleinen Pfarrhaus, und sie folgten ihm dichtgedrängt. Nur Opa Jochen blieb stehen, drückte das Kinn an und brüllte: »Es ist ein Gewitter!«

»Wir sollten Baum fragen, was nun kommt«, sagte Paskoleit. »Als Ortsgruppenleiter muß er wissen, wie's weitergeht! Kommt der Russe über die Weichsel? Gibt's ein zweites Tannenberg? Er soll mal in Ortelsburg bei der Kreisleitung anrufen.«

»Sie werden kommen.« Pfarrer Heydicke blieb in der Tür seines Hauses stehen. Sein Blick wanderte über die Köpfe. Ein paar Männer, meistens alte, zu alt für den Krieg, ein paar Invaliden, wie Paskoleit, genau vierzehn jüngere Männer, für unabkömmlich erklärt, weil sie in verschiedenen Fabriken in Ortelsburg und Bischofsburg arbeiteten, oder wie der Schuhmachergeselle Franz Busko, der wegen einer alten Lungentuberkulose nicht eingezogen wurde, irgendwelche Leiden hatten, sonst aber nur Frauen und Kinder. Eine zusammengeballte Masse stummer Fragen und hintergründiger Angst.

Was wird aus uns? Müssen wir Adamsverdruß verlassen? Kommt der Russe bis zu uns? Und wohin dann? Hinauf zur Küste, zur Nehrung? Oder westwärts, nach Pommern, nach Berlin, ins Brandenburgische hinein? Was wird aus Ostpreußen, Herr Pfarrer? Müssen wir aus der Heimat flüchten?

»Ich weiß es nicht«, sagte Heydicke in die breitflächigen Gesichter hinein. Diese Menschen brauchten nicht laut zu fragen, er verstand sie an ihren Blicken. »Ich weiß nicht einmal, ob Gott hier helfen kann. Im Krieg beten alle zu Gott ... alle, die auf Befehl töten, hüben und drüben. Die Bomben werden gesegnet, die Granaten, die Gewehre, die Kanonen, die Menschen, die Verwundeten, die Sterbenden, die Toten. Gott soll jedem helfen, denn jeder glaubt, gerecht zu sein. Was soll Gott tun? Wißt ihr darauf eine Antwort?«

Die Kirchgänger zerstreuten sich langsam. Sie waren stolz auf ihren Pfarrer. Er war nicht einer von denen, die immer und zu jeder Gelegenheit sich hinter Jesus versteckten und ihm die Entscheidung zuschoben. Er sagte, was er dachte, und es war oft nicht heilig, aber ehrlich. Das war mehr wert als zehn Bibelsprüche, die gerade jetzt nicht mehr halfen, wo dieses ferne Grollen in der Luft hing.

»Ich geh zu Baum«, sagte Paskoleit, als die Familie Kurowski am Vorgarten ihres Hauses angelangt war. »Von der Weichsel bis zu uns ist ein Spaziergang. Wir sollten uns auf alles vorbereiten.«

»Ich geh mit«, sagte Großvater Jochen und stemmte seinen Spazierstock in den Boden.

»Warum?« Paskoleit zeigte in den Herbsthimmel mit den träge ziehenden Wolkenbergen. »Kümmere dich um dein Gewitter, Opa.«

»So ein junger Rotzer!« brüllte Joachim Kurowski. »Ich gehe hin, wohin ich will! Ich will mit Baum über Goebbels diskutieren! Was dagegen, Maanchen?!«

»Aber du hältst den Mund, wenn ich frage.«

»Ich rede, wie's mir paßt!« brüllte Opa Jochen. »Los! Ich will noch einen Bärenfang trinken!«

Er stampfte voraus. Erna Kurowski hielt ihren Bruder am Ärmel fest. Das jüngste Kind, die zweijährige Inge, trug sie auf dem Arm. »Sind das wirklich Kanonen?« fragte sie.

»Ja.«

»Und wir müssen weg von hier?«

»Willst du von den Russen überrollt werden?«

»Und das Haus? Die Werkstatt? Die Felder? Unser Wald?«

»Danach fragt ein Krieg nicht. Wenn die Russen über die

Grenze kommen, werden wir froh sein, das nackte Leben retten zu können. In einer Stunde wissen wir mehr ...«

Das war ein Irrtum.

Ortsgruppenleiter Felix Baum hatte den Goebbels-Artikel aus dem ›Reich‹, der Wochenzeitung, die das Sprachrohr der Regierung geworden war, im Radio gehört und dachte bei Marschmusik über die hoffnungsvollen Worte nach. Er war erstaunt, als erst Jochen Kurowski und gleich dahinter Julius Paskoleit bei ihm eintraten und ›Brüll-Jochen‹ ohne zu fragen das Radio ausstellte.

»Du verpaßt das Beste«, sagte er dann. »Steck den Kopf raus, Felix ... da donnert's von der Weichsel her!«

»Ein Gewitter –« sagte Paskoleit genußvoll.

»Artillerie!« brüllte Opa Jochen.

»Blödsinn!« Baum winkte ab. »Ich habe gerade Goebbels gehört ...«

»Und ich kenne den Ton von 14/18 her! War Goebbels vor Verdun, ha? War Goebbels am Toten Mann? War Goebbels auf der Höhe 304? Aber ich! Und ich kenne das Grollen! Das ist ein Trommelfeuer! Ortsgruppenleiter – kommen die Russen nach Adamsverdruß?«

»Nie! Unser Führer wird die Roten Horden bis nach Asien hineinjagen ... Ostpreußen ist ein Bollwerk, das wie ein Fels ...«

»Leck mich doch am Arsch!« sagte Paskoleit und setzte sich. »Der Russe steht an der Weichsel, willst du das bestreiten?«

»Der Wehrmachtsbericht ...« Felix Baum stellte den Volksempfänger wieder an. Die Marschmusik riß ihn hoch. Vom Militärdienst war er befreit wegen einer Leberverhärtung und geradezu bilderbuchhaften Hämorrhoiden, dafür hatte man ihn zum Ortsgruppenleiter von Adamsverdruß gemacht. »Jedes Dorf« – hatte der Kreisleiter in Ortelsburg gesagt – »muß eine verschworene Gemeinschaft im Glauben an den Führer sein! Nur dieser Glauben bringt uns den Endsieg und das Großdeutsche Reich! Sieg Heil!« Felix Baum hatte den

Arm hochgerissen, sich in Ortelsburg seine Uniform als Politischer Leiter gekauft und war nach Adamsverdruß zurückgekommen wie ein Fürst, der in sein Land einzieht. Seitdem hatte er nur Unannehmlichkeiten gehabt, nur Krach mit seinen alten Freunden, nur Streit und Beschimpfungen, und als er Pfarrer Heydicke einmal ermahnte, seine Predigten seien zersetzend, wurde er in der Nacht von Sonntag auf Montag jämmerlich verprügelt, ohne daß man jemals herausbekam, wer die Attentäter waren. Baum ahnte es, sprach von da an vor allem mit Paskoleit sehr vorsichtig und umging alle Diskussionen. »Und wenn sie an der Weichsel stehen ... unsere tapferen Divisionen werden sie vor sich hertreiben ...«

»Du weißt also gar nichts?« sagte Opa Jochen dröhnend.

»Nur, was Goebbels sagt. Das genügt doch, was?!«

»Ruf den Kreisleiter an!«

»Jetzt, am Sonntag? Ihr habt 'ne Meise ...«

»Wenn bei mir 'ne Kuh eine Kolik hat, kommt der Viehdoktor! Ob am Sonntag, in der Nacht, zu Weihnachten oder Ostern ... er kommt! Jetzt hat ganz Deutschland die Kolik ... Kreuzdonnerwetter, da will ich hören, was die großen Viehdoktoren sagen!«

Felix Baum starrte Joachim Kurowski entgeistert an. »Soll ich das wörtlich dem Kreisleiter sagen?«

»Von mir aus.«

»Die verhaften dich sofort!«

»Dann bin wenigstens ich in Sicherheit, wenn die Russen kommen. Los, ruf in Ortelsburg an!«

»Die hängen dich wegen Wehrkraftzersetzung auf, Jochen!«

»Mich? Einen Kurowski? Der Kreisleiter? Der Ewald Tollak, der als Säugling in die Hose schiß, als ich bereits vor Verdun lag?« Opa Jochen griff nach dem Telefon, das neben dem Volksempfänger stand. »Soll ich telefonieren?«

»Bloß nicht!« Felix Baum stellte das Radio leiser, drehte eine Nummer und wartete. Dann knarrte eine Stimme, Baum nahm stramme Haltung an und sagte: »Herr Kreisleiter, hier ist Ortsgruppenleiter Baum aus Adamsverdruß. Ich rufe wegen einer komischen Sache an. Seit einer halben Stunde liegt ein dumpfes Grollen in der Luft. Nein! Ich habe keinen Durchfall und furze nach innen ... es kommt aus Richtung Weichsel ... Was? Ich soll keine Latrinenparolen verteilen? Jawoll, Herr Kreisleiter, ich habe eben auch den Reichspropagandaminister gehört, ein wunderbarer Artikel, jawoll ... natürlich glaubt auch in Adamsverdruß jeder an den Endsieg, Adamsverdruß steht geschlossen hinter dem Führer ... aber das ferne Grollen, Herr Kreisleiter, jawoll, ich war schon scheißen ... der Wind trägt das Grollen mit sich ... Ich verstehe, Herr Kreisleiter, hat nichts zu bedeuten, unsere Truppen haben die Sowjets zurückgeschlagen. Jawoll, das wird es sein! Heil Hitler!«

Felix Baum legte den Hörer auf und wischte sich den Schweiß ab. »Ihr habt's gehört«, sagte er schwach. »Mensch, war das ein Anschiß! Übermorgen ist er hier. Dann schicke ich ihn zu euch!«

»Nur immer ran.« Paskoleit ging zum Fenster und riß es auf. Das Grollen war deutlich zu hören, aber irgendwie nicht greifbar, so weit weg war es. Baum zog die Schultern hoch.

»Ich sitze doch nicht auf 'n Ohren!« sagte er.

»Und nun? Sollen wir packen?« fragte Jochen Kurowski.

»Packen? Wieso denn? Wollt ihr Panik machen? Nur weil's ganz weit donnert?«

»Haste mal auf die Landkarte geguckt?« Paskoleit holte aus seinem Sonntagsrock einen Bleistift und begann, auf der Tischdecke die Umrisse von Ostpreußen zu malen. Ganz unten, an der Grenze zu Polen, wo sie einen langen schwachen Bogen bildete, machte er ein Kreuz. Adamsverdruß. Baum verzichtete darauf, gegen die Bemalung seiner weißen Tischdecke zu protestieren. Wenn Julius Paskoleit etwas demonstrieren wollte, mußte man das hinnehmen.

»Na und?« fragte er bloß. »Ich hatte in Heimatkunde ›gut‹ auf der Schule.«

»Hier ist die Weichsel. Hier steht der Russe! Zwischen

ihm und uns ist Flachland. Und der Russe hat Panzer, die fahren so schnell wie ein Auto. Die verfluchten T 34!«

»Und wir haben die Tiger-Panzer, die Leoparden . . .«

»Aber keinen Sprit, du Rindvieh!«

»Alles dumme Reden!« Felix Baum stellte die Marschmusik wieder lauter. Er brauchte seelische Stütze. »Das sind die neuen Dolchstöße in den Rücken! Noch nie waren unsere Armeen besser ausgerüstet wie jetzt!«

»Und die Rückzüge, du Schaf?« brüllte Opa Jochen.

»Strategische Frontverkürzungen. Je enger und kleiner die Hauptkampflinie, um so wuchtiger die Schläge! Wir lassen den Iwan kommen, immer kommen . . . und dann krachbum gibt es konzentriertes Feuer! Glaubt mir, der Führer weiß, was er will! Er ist ein Genie!«

»Das ist mir wurscht!« sagte Paskoleit. »Mir geht es allein um Erna und die Kinder. Ich evakuiere sie.«

»Das ist Verrat, Julius!« schrie Felix Baum. »Der deutsche Osten ist das sicherste Land! Wo soll denn Erna überhaupt hin?«

»Nach Krefeld. Dort hat sie eine Tante wohnen.«

»Hat man so etwas Idiotisches schon gehört?« rief Baum. »Nach Krefeld! Wo jeden Tag die Bomben fallen! Ins Ruhrgebiet, aus dem sie uns die Ausgebombten hierher schicken! Jochen, mach ihm einen Hirnwickel! Aber eiskalt! Die Gauleitungen im Westen bringen Frauen und Kinder bei uns in Sicherheit – weil der deutsche Osten ein starker Schild ist! – und dieser Hammel will Erna und Ewalds Kinder in den Westen bringen!«

»Es ist die Frage, was besser ist: Bomben oder Russen! Der Onkel in Krefeld ist irgendein hohes Tier in der Partei . . . er wird Erna gut unterbringen!«

»Nach Ostpreußen wird er sie schicken!« schrie Baum.

»Es hat keinen Sinn.« Paskoleit stand auf und winkte Jochen Kurowski zu. »Komm, Opa. Ich warte nicht, bis die russischen Panzer vor der Tür stehen! Ich fahre morgen nach Johannisburg ins Lazarett. Ich habe dort noch Stiefel abzuliefern und laß mir mal von den Neuen erzählen, wie's an der Front wirklich aussieht.« Er tippte Baum gegen die Brust und freute sich über die Unsicherheit in dessen Augen. »Dann kann ich dir mehr erzählen als dein Goebbels! Wehrmachtsbericht aus erster Hand. Schönen Sonntag, Felix.«

»Heil Hitler!« sagte Felix Baum trotzig.

Er blickte durchs Fenster Paskoleit und Kurowski nach. Das ferne Grollen hatte aufgehört, der Frieden des Sonntags lag über dem Land, eine helle Fröhlichkeit strahlte aus den Birkenwäldern und floß aus dem unendlichen Blau des weiten Himmels.

»Sie kommen nie, die Russen«, sagte Baum leise. »Sie dürfen nicht kommen. Unser schönes Land . . .«

Er sah, wie Ortsbauernführer Johannes Lusken die gelähmte Juliane Brakau zur Kirche rollte. Er trug seine Parteiuniform, aber die linke Rocktasche war ausgebeult, und hier verbarg er das Gesangbuch. Baum wußte das, und in diesem Augenblick beneidete er Lusken, daß dieser ein anderes Wort hören konnte als die von Adolf Hitler.

Er beschloß, am Abend heimlich zu Pfarrer Heydicke zu gehen, hintenherum, durch den Garten, und mit ihm zu sprechen.

Am 20. Oktober – es regnete wie aus Eimern, und Jochen Kurowski sagte: »Jetzt ersäuft Adamsverdruß. Die Russen müssen in der Badehose kommen!« – kam der Unteroffizier Hans Kampken zurück. Man hatte ihm bei Witebsk ein Auge ausgeschossen, das rechte, er trug eine schwarze Klappe über der leeren Höhlung und trug als Ersatz für sein Auge das Eiserne Kreuz I. Klasse an der Brust. Er kam von Groß Puppen mit einem Dogcart gefahren, das dem Apotheker gehörte, und machte in der Dorfschenke seine erste Station. Paskoleit und sein Geselle, der lungenkranke Franz Busko, saßen beim Skat, als Kampken triefend von Nässe eintrat und sich wie ein Hund schüttelte.

»Leute, ist das eine Scheiße!« rief er und winkte dem Wirt zu. »Einen Kümmel, Franz!« Er sah sich um, klopfte Paskoleit auf die Schulter und beachtete einen Mann nicht, der fremd hier war, in der Ecke saß und ein Bier trank. Er war mit einem Auto gekommen und hatte sich als Versicherungsvertreter vorgestellt. »Wißt ihr schon, was los ist? Ich komme gerade aus Rastenburg, aus 'm Lazarett. Der größte Feldherr aller Zeiten soll kalte Füße kriegen. Das Führerhauptquartier soll nach Berlin verlegt werden. Wißt ihr, was das bedeutet? Ostpreußen ist bald im Eimer. Macht euch auf die Socken, Leute! Ich sage euch: Wenn der Iwan mit seinen T 34 erst einmal losrollt, hält keiner mehr den Daumen dazwischen. Prost, Leute. Mein Auge liegt in Witebsk. Es meldet mir: Alles große Scheiße! In Kurland liegt eine ganze Panzerdivision ohne einen Liter Sprit, in den Weichselniederungen liegen die Jungs und müssen ihre Patronen und Handgranaten zählen. Und der Iwan holt heran, Tag und Nacht ... Panzer, Kanonen, Stalinorgeln, Lastwagen, Divisionen, frische, unverbrauchte Truppen aus Sibirien ... die reißen uns den Arsch bis zum Zäpfchen auf!«

An diesem Abend sprach Paskoleit noch einmal mit seiner Schwägerin. »Fahr nach Krefeld«, sagte er. »Es ist ja nur ein Abwarten, Erna. Ich bleibe ja hier. Aber wenn es brenzlig wird ... denk daran, was Ewald zu mir gesagt hat: Sorge für Erna und die Kinder. Ihr fahrt am Samstag in den Westen.«

»Wir bleiben hier«, sagte Erna Kurowski. »Ewald ist hier geboren, ich bin hier geboren, die Kinder sind hier geboren, hier steht unser Haus, hier ist Ewalds Werkstatt, und hierher wird Ewald zurückkommen. Er lebt, das fühle ich, vermißt ist nicht tot, und wenn er plötzlich vor der Tür steht und niemand ist da, was soll ich ihm dann später sagen? Wir waren feig, wir sind einfach weggefahren, wir haben von ganz weit Kanonendonner gehört und sind geflüchtet?! Nein, Julius ... wir bleiben hier!«

»Ihr werdet es bereuen«, sagte Paskoleit ernst. »Zwingen kann ich euch nicht. Aber wenn der Russe wirklich nach Ostpreußen kommt, wird's ein Wettrennen, und ob wir das dann gewinnen ...?«

Am nächsten Tag holten zwei Mann des SD den Unteroffizier Hans Kampken aus dem Bett. Er hatte noch nicht einmal mehr Zeit, sich seine Klappe über die leere Augenhöhle zu schnallen. Sie führten ihn wie einen Mörder zu einem geschlossenen grauen Wagen und fuhren mit ihm ab. Auch der fremde Herr, der Versicherungsvertreter, verließ Adamsverdruß, nachdem er kurz mit Ortsgruppenleiter Felix Baum gesprochen hatte. Opa Jochen wanderte am Abend dann durch das Dorf und berichtete.

»Sie werden den Kampken zum Tode verurteilen«, brüllte er. »Und Baum hat eine Verwarnung bekommen! Hölle und Teufel, nur weil er die Wahrheit gesagt hat! In Kurland ist der Russe wirklich durchgebrochen! Leute, wir sollten anfangen, die Koffer zu packen! Kommt der Russe über die Weichsel, hält den keiner mehr auf! Das sage ich, Joachim Kurowski ... und wenn sie mich jetzt neben Kampken aufhängen!«

Um Ostpreußen schloß sich die Zange der sowjetischen Divisionen. Tausende von Panzern warteten auf den Angriffsbefehl, Tausende Geschütze richteten sich auf die deutsche Grenze, ein Meer aus graubraunen Menschenleibern flutete heran. Neue Armeen aus den Tiefen Rußlands, junge frische Truppen ... und ihnen gegenüber lagen die müden, ausgezehrten, zusammengeschrumpften deutschen Divisionen, deren einzige Stärke der Wille war, vor der Heimat einen Wall aus Leibern zu bauen.

Und der Wind trug wieder das ferne Grollen heran, den Atem der Vernichtung ...

2

Weihnachten wurde ein trauriges Fest.

Nicht nur ganz Adamsverdruß, sondern ganz Ostpreußen saß auf gepackten Koffern, und fluchtbereite Wagen standen in den Scheunen und Garagen. Der Winter war über das Land gefallen mit einem Frost, der die Bäume ächzen ließ. Wenn der Wind um die Häuser pfiff und die Fensterscheiben zitterten, umfaßte Opa Joachim seine dicke Pfeife und sagte tröstend: »Das ist mal gut, Kinder. Bei so einem Wetter greift der Russe auch nicht an. Auch die Kerle aus Sibirien frieren.«

Er irrte sich. Julius Paskoleit, der in Groß Puppen beim Wirtschaftsamt Gummi und Leder für seine Schuhmacherwerkstatt abgeholt hatte, berichtete von Soldaten, die vom Narew und von der Weichsel kamen. Dort hatten sich, genau wie in Kurland, gewaltige Truppenmassen der Sowjets zusammengezogen und warteten auf den Angriffsbefehl.

»Man weiß sogar die Namen!« sagte Paskoleit. »Die Marschälle Rokossowskij und Tschernjakowski haben den Oberbefehl übernommen. Sie sollen die besten russischen Heerführer sein.«

»Alles Quatsch!« widersprach Opa Jochen. »Ich habe auch 'n ›i‹ am Schluß, bin ich deshalb ein großer General?«

Paskoleit hatte keine Lust, sich mit Kurowski zu streiten, und rannte durch den Schneesturm zu Felix Baum, dem Ortsgruppenleiter. Er war der einzige, der nicht gepackt hatte. Zu Weihnachten machte er eine Gratulationsrunde durch das Dorf, erhielt seinen Schnaps und sagte in jeder Familie vor dem Weihnachtsbaum das gleiche: »Keine Angst, Volksgenossen! Der Führer wird's machen! Das war doch schon immer so: hundert Russen gegen einen Deutschen! Die Front steht wie Kruppstahl! Ihr sollt sehen: Neunzehnhundertfünfundvierzig jagen wir die Roten bis zum Ural. Heil Hitler!«

Als er am Ende seiner Runde bei Pfarrer Heydicke ankam, konnte er kaum noch gehen und fiel mit glasigen Augen auf das alte Ledersofa.

»Ich möchte beichten«, sagte er mit schwerer Zunge. »Herr Pfarrer, auch wenn ich besoffen bin, – ich möchte beichten. Was sagt Gott dazu: Ich habe Weihnachten ein ganzes Dorf belogen! Und ich habe Angst! Keine Nacht schlafe ich mehr. Ich bin ein so erbärmliches Schwein, Herr Pfarrer.«

Er legte den Kopf auf die Tischplatte und heulte.

Pfarrer Heydicke ließ ihn weinen. Nach einer Stunde gab er Felix Baum Salatöl zu trinken, der Ortsgruppenleiter kotzte erbärmlich, aber dann war er so nüchtern, daß man mit ihm vernünftig reden konnte.

»Was ist nun?« fragte Pfarrer Heydicke. »Was wissen Sie, Baum?«

»Die Kreisleitung verlegt nach Allenstein. Provisorisch.«

»Sauber. Und das soll keiner wissen?!«

»Um Himmels willen, nein.« Baum trank ein halbes Glas Sprudel, rülpste, sagte verschämt: »Entschuldigung, Herr Pfarrer«, und starrte dann aus dem Fenster auf den Schneesturm. »Aber ich mußte es Ihnen sagen. Ich habe auch meinen Zivilanzug neben dem Bett liegen, griffbereit. Ich bin ein Feigling, nicht wahr?«

»Der Mensch ist schwach«, sagte Pfarrer Heydicke ausweichend. »Aber es ist gut, daß Sie den Weg zu mir gefunden haben. Wann wird der Russe angreifen?«

»Das weiß wirklich keiner.« Baum stand auf. Es war zwei Uhr morgens, und es bestand keine Gefahr, daß man ihn um diese Zeit und bei diesem Schneetreiben aus dem Pfarrhaus kommen sehen würde. »Ich habe Telefon, Herr Pfarrer. Rufen Sie bitte jeden Tag zweimal an . . . Wenn's soweit ist, können Sie ja die Glocken läuten. Ich warte nur auf den Befehl der Kreisleitung . . .«

Das neue Jahr begann mit klirrendem Frost, aber einem

klaren Himmel. Die Familie Kurowski, die um Mitternacht mit Gläsern voll heißem Tee und einem Schuß Korn darin an den Fenstern stand, umarmte sich, küßte sich und sagte das »Ein gutes neues Jahr« wie ein Gebet.

»Es ist so still . . .« sagte Opa Joachim später zu Paskoleit. Die Kinder waren im Bett, Oma Berta war im Sessel eingeschlafen, Erna Kurowski strickte an einem dicken Schal für den vierjährigen Peter. »Das gefällt mir gar nicht.«

»Erst ist's dir zu laut, dann zu leise – du weißt auch nicht, was du willst«, sagte Paskoleit.

»Du warst nie im Krieg!« schrie Kurowski. Das neue Jahr sollte sehen, daß er noch immer mit seinen 72 Jahren der ›Brüll-Jochen‹ war. »Im Krieg ist es immer am gefährlichsten, wenn es still ist! Was sagt man draußen?«

»Nichts.« Paskoleit dachte an den verhafteten Hans Kampken. Man hatte ihn in Allenstein erschossen, wie erwartet. Wegen Wehrkraftzersetzung. Ein Sondergericht hatte ihn gar nicht erst angehört, das Urteil gefällt und innerhalb einer Stunde vollstrecken lassen. Ein Viehhändler aus Allenstein, der es von seinem Schwager wußte, der Schmied bei der Division war, berichtete nur guten Freunden, Kampken habe kurz vor dem Kommando »Feuer!« noch geschrien: »Euch wird die Wahrheit noch den Arsch aufreißen!« Dann trafen ihn vierzehn Kugeln, alle in die Brust. Man hatte gute Schützen in das Exekutionskommando genommen.

»Irgend etwas muß man doch sagen!« knurrte Kurowski eigensinnig.

»Die Kartoffelernte wird schlecht . . .«

Opa Jochen starrte Paskoleit an, überlegte, ob er am ersten Tag des neuen Jahres einen Krawall machen sollte, winkte dann großzügig ab und ging ins Bett. Oma Berta nahm er mit . . . er knuffte sie in die Seite, um sie aufzuwecken, sie quiekte, rappelte sich aus dem Lehnsessel und tappte ihrem Mann nach. Paskoleit und Erna waren allein.

»Morgen belade ich die beiden Wagen«, sagte er. »Den

großen Leiterwagen und die Kutsche. Du hast doch alles gepackt?«

»Bis auf das Nötigste.« Erna Kurowski sah ihren Schwager mit weit aufgerissenen Augen an. »Du weißt mehr, als du sagst, Julius.«

»Ich werde auf keinen Fall warten, bis man uns amtlich zur Räumung auffordert.«

»Aber wir haben doch nur zwei Pferde ... für den Leiterwagen.«

»Ich habe vor vier Tagen in Ortelsburg zwei Pferde gekauft ... gegen zehn Häute Leder. Morgen hole ich sie ab. Und in Deutschwalde steht ein Traktor, den habe ich auch gekauft. Er hat dein Klavier gekostet ...«

»Das Klavier?« Erna warf den Schal weg. »Julius, du kannst doch nicht einfach Ewalds Klavier gegen einen Traktor eintauschen!«

»Willst du's auf dem Buckel mitschleppen, bis Berlin vielleicht oder bis Kolberg?«

»Aber wenn Ewald ...«

»Dein Mann hätte nichts anders getan! Mit 'nem Klavier kannste nicht über die Straßen rollen, aber mit 'nem Traktor! Ein Traktor kann unser Leben bedeuten ... oder willst du hier sitzen und ›An Elise‹ spielen, wenn der Russe vor der Tür steht?! Mein Gott, ich könnte die Wand hoch gehen vor Freude, daß wir 'nen Traktor haben, und du meckerst rum!« Paskoleit trat ans Fenster. Die Nacht zum 1. Januar 1945 war so schön, wie eine Neujahrsnacht sein soll. Ein weiter Himmel, ein Meer von Sternen. Und glitzernder Schnee über dem Land. »Hast du schon einmal daran gedacht, daß wir Adamsverdruß nie wiedersehen werden?« fragte er leise.

»Daran denke ich nicht. Das ist unmöglich.«

»Wenn der Russe hierbleibt?«

»Noch ist er nicht da, Julius.«

»Oder der Pole, weiß man's?«

»Daß du so etwas denken kannst, Julius. Hier ist doch Deutschland.«

»Wie lange noch?«

»Seit ein paar hundert Jahren ... und auch weitere Hunderte von Jahren.«

»Oder so lange, bis Rokossowskij und Tschernjakowski uns in die Zange nehmen und zerquetschen. Wer soll Ostpreußen zurückerobern? Unsere ausgelaugten Truppen? Unsere Divisionen, die ihre Munition zählen müssen? Unsere Panzer, die keinen Sprit haben?«

»Du siehst zu schwarz«, sagte Erna Kurowski. »Hast du Goebbels nicht im Radio gehört? 1945 ist das Jahr des Sieges.«

»Das stimmt.« Paskoleit trat vom Fenster zurück. Der weiße, glitzernde Frieden da draußen rührte ihn zu Tränen. »Es fragt sich nur, *wer* hier siegt ...«

Am 12. Januar, am Vormittag, an einem Tag, der vor Frost klirrte und jeder Laut in der Kälte mehrmals zerbrach, brüllte rund um Ostpreußen das Land auf. Ein feuerspeiender Ring schleuderte Tod und Vernichtung auf die deutschen Divisionen, die sich in den eisharten Boden duckten und auf das Anrollen der sowjetischen Armeen warteten. Schon am frühen Nachmittag erkannte man die ungeheure Konzentration und die Stoßrichtungen der roten Fronten. Nicht nur Ostpreußen sollte umklammert werden – Marschall Schukow marschierte in Richtung Berlin, die Armeen Konjews und Petrows rollten Schlesien auf. Bei Baranow in Westgalizien setzten die Sowjets über die Weichsel, und aus diesem Brückenkopf heraus rollten ihre Panzer und brachen die deutsche Mittelfront auf. Das weite Land westlich der Weichsel lag wie ein Tisch da, über den man jetzt eine Decke aus Blut ausbreitete.

Von allen Seiten strömten die Flüchtlinge nach Westen und Norden. In Eydtkau und Goldap, Treuburg und Lyck, Johannisburg und Neidenburg, Deutsch-Eylau und Marienwerder wurden Auffanglager eingerichtet, Tilsit wurde von Flüchtlingstrecks überflutet, aber sie blieben nicht lange, denn schon drei Tage später schoß schwere sowjetische Artillerie in die Stadt. Eine lange Schlange vermummter Menschen, mit Handkarren, Pferdewagen, Traktoren, Kutschen und Schlitten wälzte sich aus dem Protektorat bei Flammberg über die Grenze.

Ortsgruppenleiter Felix Baum rannte wieder durch Adamsverdruß und mahnte zur Ruhe. Die Kreisleitung in Allenstein schrie ihn an, wenn er mehrmals täglich telefonierte und um einen Lagebericht bat. »Sie haben an den Führer zu glauben, an nichts anderes!« brüllte jemand, der sich Lumenski nannte. Baum hatte den Namen nie gehört, aber wer in der Kreisleitung brüllt, hat immer recht.

Am 16. Januar sah man in der klaren Frostnacht den Feuerschein der Front. Franz Busko, Paskoleits Schustergeselle, hockte oben neben der Glocke im Kirchturm und brüllte herunter, was er sehen konnte. Ein ewiges Donnern lag in der Luft. Wenn man das Radio anstellte, erklang fröhliche Operettenmusik, oder Fanfaren kündeten Sonderberichte an, die immer mit einem Sieg deutscher Truppen irgendwo in Ost und West endeten.

»Es wird Zeit«, sagte Pfarrer Heydicke zu den Adamsverdrussern, die vor der Kirche standen. Auch Ortsbauernführer Lusken mit der gelähmten Juliane Brakau im Rollstuhl war gekommen. In der Kirche, vor dem Altar, saß Felix Baum, hilflos, mit gefalteten Händen, in einer Parteileiter-Uniform, die ihm in den letzten Tagen zu groß geworden war.

Von der Kreisleitung war kein Befehl mehr gekommen. So oft er anrief, man nahm den Hörer nicht mehr ab. Schließlich ertönte nur noch das Besetztzeichen.

»Sie haben uns vergessen ...« sagte er mit starren, ungläubigen Augen, als sich Paskoleit neben ihn setzte. »Die Schweine haben uns vergessen! Bei Klein-Grieben stehen schon russische Panzer an der Grenze. Und die spielen noch

immer Operetten, und Goebbels hat gestern gesprochen ...«
Er weinte plötzlich, zog seinen Uniformrock aus, warf ihn vor den Altar auf die Stufen und lehnte sich wie ein Kind an Paskoleit.

»Ich glaube nicht, daß Gott deine Mistuniform als Stiftung annimmt«, sagte Paskoleit und schob Baum von sich. »Es ist immerhin gut, daß du Rindvieh jetzt wach wirst! Wo ist denn dein Führer?«

»In Berlin ...«

»Und der Endsieg?«

»Wenn wir in Sicherheit sind, kannst du mich hundertmal in den Arsch treten, Julius.«

»Wenn wir überhaupt hier rauskommen. Hast du dir schon Gedanken darüber gemacht? Wohin denn?«

»Keine Ahnung.«

»Aber ich. Wir ziehen zuerst nach Westen. Ortelsburg, Hohenstein, Osterode, Saalfeld, Marienburg. Nach Danzig! Und dann ab nach Pommern. Immer an der Küste lang ... wenn uns vorher keiner mitnimmt. Es wird doch noch Züge in den Westen geben ...«

»Und die ganzen Klamotten? Die Pferde, Wagen, Möbel, Betten, Herde, das Geschirr ...«

»Es wäre zu schön, wenn wir's retten könnten. Wir nehmen's mit ... aber glaubst du wirklich, wir kommen damit bis an die Elbe? Die russischen Panzer sind schneller als ein Zugochse. Und die Straßen sind vereist ...«

Am Nachmittag sammelte sich Adamsverdruß zum Abmarsch. Vor der Kirche fuhren sie auf, Wagen neben Wagen, mit Pferden oder Ochsen bespannt, mit Traktoren oder auch nur Kühen, die störrisch im ungewohnten Joch trampelten. Paskoleit fuhr seinen gegen das Klavier eingetauschten Traktor und zog den Miststreuwagen. In ihm saß in einem Haufen Stroh und von Möbeln umgeben, als müsse man sie festklemmen, Oma Berta. Großvater Jochen hockte auf dem Fuhrsitz des Leiterwagens und lenkte die beiden Pferde, die Paskoleit in Ortelsburg gegen zehn Lederhäute gehandelt hatte. Im Wagen stapelte sich der Hausrat der Kurowskis und die halbe Schuhmacherwerkstatt, alle Werkzeuge und Geräte, der Herd, Töpfe, Federbetten, Decken und eine Eckbank, auf die Opa Jochen nicht verzichten wollte. Sie war 1871 zur Reichsgründung geschnitzt worden. Erna Kurowski saß auf dem Bock der Kutsche, hinter sich, dick in Decken vermummt, die Kinder. Franz Busko, der Geselle, war als Verbindungsmann eingeteilt ... er sollte da helfen, wo es nötig war.

Es begann sanft und lautlos zu schneien, als Pfarrer Heydicke die Leute von Adamsverdruß segnete. »Gott mit euch!« sagte er, schlug das Kreuz, kletterte auf seinen Bauernwagen und fuhr an. Er übernahm die Spitze, ihm folgte Paskoleit, dann die Familie Kurowski.

Der große Treck begann.

3

Sie waren im letzten Augenblick aufgebrochen. Das zeigte sich, als sie die Straße von Johannisberg nach Ortelsburg erreichten. Hier stauten sich die Fahrzeuge, verkeilten sich ineinander, nur schrittweise ging es manchmal vorwärts. So weit man die Straße überblicken konnte: Wagen hinter Wagen, Pferdeköpfe, brüllende Kühe, Traktoren, dazwischen, verloren, geradezu lächerlich, ein paar Autos mit dem roten Winkel auf dem Nummernschild... unabkömmliche Wagen, für den Heimateinsatz nötig, mit Benzinscheinen versorgt. Von allen Seiten wälzten sich die Menschenschlangen heran, vor allem aber von der Grenze, von Fischborn, Gehlenburg, Lyck. Ein anderer großer Treck zog vom Sammelpunkt Neidenburg nach Allenstein, der dritte von Marienwerder nach Marienburg. Sie alle hatten nur ein Ziel: die Küste. Danzig. Das Meer. Pommern. Mecklenburg. Berlin. Hinein in das unbedrohte Deutschland. Hinüber zu den Brüdern im Westen. Dort fielen zwar jeden Tag Tausende von Bomben, Sicherheit war nirgendwo, aber lieber Tag und Nacht in einem Keller warten und beten, als eine einzige Stunde die rote, erbarmungslose Flut aus den Weiten Rußlands erleben.

Der Treck aus Adamsverdruß wußte noch nicht – und das war gut so –, daß von allen Seiten die Flüchtenden zusammenströmten. Ihm genügte schon, daß es auf der Straße nach Ortelsburg nicht weiterging.

»Der Russe holt uns ein!« sagte Paskoleit zu Pfarrer Heydicke, der noch immer an der Spitze fuhr. Es war wie damals, als das Volk aus Ägypten zog und Moses folgte... nur wußte man eins: *Dieses* rote Meer, das jetzt um sie herum über die Ufer trat, würde sich nicht vor ihnen teilen.

»Wenn das hier so weitergeht bis Danzig, können wir uns gleich an den Weg setzen und auf die Russen warten.«

Ortsgruppenleiter Felix Baum, der seine gelbbraune Uniform gegen seinen Anzug vertauscht hatte, den er früher immer getragen hatte, einen guten derben Bauernanzug mit grüner Joppe, Stiefelhosen, Filzstiefeln und darüber einen gefütterten Mantel, ratterte mit einem Motorrad durch die Wagenreihen der Adamsverdrusser und zog alle Flüche und Bitten auf sich wie ein Magnet. Er hatte kein Gepäck bei sich, dafür auf dem Hintersitz seines Motorrades drei Kanister mit Sprit und im Wagen Paskoleits nochmal zehn Kanister. Außerdem besaß er einen Ausweis der Gauleitung, daß er überall Benzin fassen durfte. Das war jetzt mehr wert als ein ganzer Wagen voller Geld. Solange Baum beim Treck blieb, hatte man Sprit. So glaubte man. »Fahr vor und sieh nach, was da los ist!« schrie ihm Paskoleit zu. »Wozu bist du ein Parteibonze?! Da ist doch irgendeiner, der den Weg sperrt! Tritt ihn in den Arsch!«

Felix Baum donnerte los. Mit seinem Motorrad kam er gut durch alle Stockungen, fuhr Slalom um die dicht an dicht aufgefahrenen Bauernwagen und erreichte nach sechs Kilometern die Weggabelung bei Groß Jerutten. Hier stand ein Hauptmann der Feldgendarmerie mit vier Mann, sperrte die Straße und ließ von Friedrichshof eine lange Militärkolonne auf die Chaussee nach Ortelsburg.

Troßfahrzeuge. Werkstätten, eine Feldbäckerei, eine Schmiede, Kastenwagen mit gut genährten Stabsintendanten in dicken Lammfellmänteln, eine Divisionsschreibstube, zehn schwere Horch-Wagen mit Stabsoffizieren, dahinter wieder Lastwagen mit Büromaterial und sogar ein vollständiger Musikzug. Aber kein Sanitätsauto, kein Munitionswagen, keine müden, abgekämpften, hohlwangigen Fronttruppen.

Felix Baum staunte. Dann überkam ihn eine mächtige Wut. Zum erstenmal in seinem Leben vielleicht war er mutig, stand er nicht bloß stramm und gehorchte ohne zu denken. Er sah, wie die Männer an der Spitze der kilometerlangen Flüchtlingstrecks mit dem Hauptmann auf der Kreuzung verhandelten; Bauern, in langen Mänteln, Greise und alte Frauen schrien auf ihn ein, und Baum wußte, daß jede Minute die Schlange der vor den Russen Flüchtenden länger wurde und daß von allen Seiten die sowjetischen Panzerspitzen über die Grenze stießen.

Er gab Gas, raste mit seinem Motorrad auf die Kreuzung und bremste ein paar Zentimeter vor dem Hauptmann. Der hatte einen roten Kopf von der Kälte und vom dauernden Brüllen, starrte Baum an und schrie ihm etwas zu, was im Lärm der Motoren einer neuen Troßkolonne unterging. »Die Straße frei!« schrie Baum zurück. Er mußte sich dazu nahe zu dem Hauptmann vorbeugen. »Da hinten warten Tausende ...«

»Zuerst die Truppe!« brüllte der Hauptmann zurück.

»Wo sind hier denn Truppen?« schrie Baum. »Nur vollgefressene Etappensäcke! Zahlmeister und Großfresser! Wo ist hier ein Soldat? Die stehen da hinten an der Grenze, und hier haut alles ab! In Pelzmänteln! Mit dem Sprit, den unsere Panzer vorne brauchen! Ihr Lumpen!«

»Ich verhafte Sie!« Der Hauptmann der Feldgendarmerie griff nach seiner Pistolentasche. Sein Gesicht war geschwollen vor Zorn. »Im Namen des Führers ...«

»Ich scheiße auf deinen Führer!« brüllte Baum zurück. »Ich bin Ortsgruppenleiter, und wenn du Idiot schießen willst, ich kann das auch!« Er riß aus der Manteltasche seine Pistole, und das ging schneller als das Lösen der Lederschlaufe an der Pistolentasche.

»Mann! Sind Sie verrückt?« Der Hauptmann blickte sich nach seinen vier Männern um. Aber die waren plötzlich nicht mehr da. Eine geballte Masse zu allem entschlossener Männer hatte sie einfach überrollt, als Baum mit seinem Eingreifen die Scheu vor der Uniform genommen hatte. Jetzt besetzten die Bauern die Kreuzung, die Verkehrskellen der vier verschwundenen Feldgendarmen tauchten auf, eine Reihe

Leiber versperrte jetzt die Kreuzung, die roten Stopzeichen blinkten.

Knirschend hielt der erste Wagen, dem sich das Hindernis in den Weg stellte. Ein Küchenwagen mit dampfendem Kessel. Im Fahrerhaus saß ein feister, mondgesichtiger Zahlmeister. Hinten, neben dem Kessel, in wohliger Wärme, hockten in dicken Mänteln die Köche. Ein Oberfeldwebel und zwei Unteroffiziere. Nach dem Küchenwagen bremste ein Schreibstubenlaster, dahinter eine Werkstatt . . . und dann Wagen an Wagen. Es war, als bestände die ganze deutsche Wehrmacht nur aus Troßfahrzeugen.

»Ich bringe Sie vors Kriegsgericht!« brüllte der Hauptmann. »Sie verhindern den Aufmarsch einer Armee!«

»Ich rette mein Dorf –« sagte Baum, plötzlich ganz ruhig. Er sah, wie sich die Flüchtlingstrecks endlich wieder in Bewegung setzen konnten. Die Bauernwagen mit den Pferden, die Trecker, die Kühe, die trostlose Fracht aus Betten, Tischen, Kommoden, Töpfen, Körben und Säcken, aus Greisen, Kindern und Frauen rollte langsam hinter ihm vorbei. Das machte ihn glücklich. Ich bin doch noch zu etwas nutze, sagte er sich. Vielleicht rechnen sie mir das an, eine gute Tat gegen hundert dämliche Parteireden, die ich gehalten habe. Einmal Wahrheit gegen tausend Lügen.

Die lange Troßschlange begann wild zu hupen. Offiziere liefen nach vorn und brüllten die Bauern an. Aber das waren Ostpreußen, mit Schädeln so dick wie das Eis auf den Seen im Frost und so standhaft wie die jahrhundertealten Bäume in den weiten Wäldern rund um Masuren. Sie fielen vor Stimmen nicht um, auch nicht, wenn diese Stimmen aus Uniformen mit silbernen Schulterstücken klangen. Sie starrten die Offiziere aus zusammengekniffenen Augen an, und einer aus dieser Mauer auf der Kreuzung sagte langsam zu einem Stabsintendanten:

»Maanchen, wennste nich weggehst, scheiße ich dich in die Luft . . .«

»Das ist Revolution!« brüllte der Hauptmann. Er griff wieder zur Pistolentasche.

»Laß stecken, Maanchen ...« sagte Baum breit.

»Sie Verräter!« Der Hauptmann hatte seine Pistole frei. Aber er kam nicht dazu, sie auf Baum anzulegen. Mit einer Ruhe, die er selbst nicht verstand, drückte Baum zuerst ab. Der Schuß traf den Hauptmann in den rechten Oberarm, stieß ihn zurück, er rutschte auf dem vereisten Boden aus und fiel auf die Knie. Ungläubig starrte er Felix Baum an und preßte die Linke auf seinen durchschossenen Arm. Unter seinen Fingern quoll träge Blut hervor.

Baum kümmerte sich nicht mehr um ihn. Er wendete sein Motorrad und raste die Kolonne zurück. Drei Bauern hoben den Hauptmann von der Straße, stützten ihn und brachten ihn zum Küchenwagen. Der Intendant im Fahrerhaus war bleich geworden und zitterte, als einer der Bauern die Tür aufriß. »Kümmert euch um ihn!« sagte er. »Ein Heimatschuß! Aber wo ist denn noch die Heimat?«

»Ihr seid verrückt geworden ...« stotterte der Zahlmeister.

»Und ihr? Warum seid ihr nicht vorn an der Front, he? Wo wollt ihr denn hin? In Sicherheit, was? Aber erst die Zivilbevölkerung, Maanchen! Soldaten gehören nach vorn.« Er ließ den Hauptmann stehen, an den Wagen gelehnt, und rannte zurück zur Kreuzung. Dort standen sich Offiziere und Bauern gegenüber ... wehrlose Männer, die hinter sich ihre Frauen und Kinder, Enkel und Urenkel vorbeirattern hörten, und Männer mit Waffen in den Händen, die ebenfalls nach Norden und Westen wollten.

Aus dem Lautsprecher eines Batterie-Radios im Schreibstubenwagen tönte die Stimme des Nachrichtensprechers des Großdeutschen Rundfunks. Eine Sondermeldung. In der Nordsee ein Geleitzug angegriffen, 300 000 Tonnen versenkt. Im Westen erfolgreicher Abwehrkampf westlich Straßburgs. In Ungarn Angriffe der 6. SS-Panzerarmee gegen Budapest. Aber kein Wort von Ostpreußen, nichts von der Weichsel, vom Narew, vom Njemen und der Memel. Erst am Ende, ganz beiläufig, ein Satz: »Deutsche Verbände stehen in einem erbitterten Abwehrkampf gegen starke russische Kräfte im Weichselbogen.

»Sind wir nichts?« sagte ein alter, weißbärtiger, riesiger Bauer in der ersten Reihe der lebenden Mauer auf der Kreuzung. »Hast du's gehört, Major? Nichts von uns! Und dabei ist das ganze Land auf der Straße. Schießt nur ... hinter uns kommen andere, und immer wieder andere, bis ihr keine Munition mehr habt ... Wir ziehen nach Danzig, und ihr hindert uns nicht mehr daran ...«

Die beiden Mauern blieben stehen. Die Offiziere begannen zu verhandeln. Ein Oberst unterbreitete einen Vorschlag. »Ihr zieht in Dorfgemeinschaften«, sagte er. »Gut. Machen wir es so. Wenn ein Dorf durch ist, darf eine Kolonne von uns weiter. Dann das nächste Dorf, dann wir ... und so weiter. Ein vernünftiger Rhythmus, das müssen Sie zugeben.«

Darauf einigte man sich.

Das Dorf Altkelbunken zog vorbei, dann wurde die Kreuzung freigegeben für zwanzig Militärfahrzeuge. Ihnen folgte das Dorf Krutinnen. Darauf zwei Werkstätten und ein mobiles Verpflegungslager. Hinter ihm schloß sich das Dorf Adamsverdruß an.

»Besser kann's gar nicht sein«, sagte Opa Jochen zufrieden. »Zu fressen in Hülle und Fülle vor uns. Julius, sag dem Pfarrer, er soll immer hart am Mann bleiben! Haste schon mal was von Piraten gelesen, Jungchen?«

Paskoleit erriet die Gedanken des Alten und tippte sich an die Stirn. ›Brüll-Jochen‹ schrief auf, – aber der Treck ging weiter, und er mußte sich um die Pferde kümmern. Dicke Eisbrocken hingen ihnen an Mähnen und Beinen und an den Nüsterhaaren.

Es begann wieder zu schneien.

Sie zogen fünf Tage hinter den Verpflegungswagen her.

Nach Allenstein kamen sie gar nicht mehr hinein. Es war abgeriegelt, eine neue Frontlinie baute sich hier auf, der

Russe stieß schneller vor, als man berechnet hatte. Der Treck wurde bei Alt-Märtinsdorf auf eine schmale Landstraße umgeleitet in Richtung Wartenburg. Schon bei Passenheim war ein großer Teil der Flüchtlinge abgeschwenkt in Richtung Bischofsburg. Nach Norden, nach Heilsberg, und von dort über Landsberg, Zinten nach Heiligenbeil. Zum Frischen Haff, dann hinüber auf die Nehrung, und auf dem schmalen Landstreifen westwärts zur Weichselmündung und nach Danzig. Das war das große Ziel.

Auch Adamsverdruß stand an der Kreuzung Passenheim vor dieser Frage.

»Nein!« sagte Paskoleit nach einer kurzen Beratung. »Nicht diesen Bogen! Auf schnellstem Wege nach Elbing und dann weiter. Warum wieder nach Osten? Weiß man, was mit Königsberg wird?«

»Da kommt der Russe nie hin!« rief Felix Baum.

»Er fängt schon wieder an!« brüllte Opa Jochen. »Warum verklebt ihm keiner die Parteischnauze?! Wir ziehen dahin, wo die Verpflegungskolonne hingeht.«

»Er denkt nur ans Fressen«, stöhnte Franz Busko, der Geselle. Er hatte in diesen fünf Tagen mit seinem Fahrrad weitere Ausflüge nach vorn unternommen, genau wie Baum, der sogar mit seinem Ausweis nach Allenstein hineingekommen war. Die Kreisleitung war längst fort. Er fand nur verlassene Büros und viel verbranntes Papier. Im Zimmer des Kreisleiters wohnten drei Quartiermacher irgendeines Regimentsstabes. »Wir kommen vom Weg ab, sag ich euch! Die ziehen mit dem ganzen Fressen zur kämpfenden Truppe.«

»Die? Nie!« Paskoleit dachte an den dicken Stabsintendanten im ersten Lastwagen. »Ich bin dafür, daß wir nach Elbing kommen!«

Was Paskoleit sagte, war immer gut, man wußte das. Also blieben die Adamsverdrusser auf der Straße und ließen Passenheim hinter sich.

Jeden Abend und jeden Morgen hielt Pfarrer Heydicke einen schnellen Gottesdienst. Dann übernahm Paskoleit die

Kutsche, und Busko fuhr den Trecker. Heydicke stand dann auf dem Dach seines Wagens, festgehalten von sechs Händen, blickte zurück über die lange Reihe der Wagen und sprach sein Gebet, segnete die Frauen und Kinder, Greise und Männer und sagte am siebten Tag:

»Mein Gott, verlaß sie nicht. Es sind gute Menschen; sie sind mutig und zäh. Bring sie hinaus aus der Hölle, – sie haben sie nicht verdient.«

Am 19. Januar 1945 überrannten die Russen Tilsit und Wloclawek. Am 20. Januar stießen ihre Panzerspitzen bereits nach Allenstein vor. In Polen fluteten die deutschen Truppen zurück. Sie gaben am 17. Januar Warschau auf, am 19. Lodz und Krakau. Durch das Weichseltal ergossen sich die sowjetischen Armeen und schnitten Ostpreußen vom Reich ab.

»Wir verlieren das Wettrennen«, sagte Pfarrer Heydicke spät in der Nacht zu Paskoleit. Sie hockten um ein Lagerfeuer. Zwei Stunden Rast, – man kann nicht ohne Unterbrechung laufen. Die Pferde hatten kaum noch Kraft, die schweren Wagen zu ziehen. »Spätestens in drei Tagen fällt Alleinstein. Wenn wir jemals die Küste erreichen, – wohin dann? Wir leben auf einer Insel. Oder glauben Sie, wir bekämen ein Schiff?«

»Glauben ist Ihre Arbeit, Herr Pfarrer«, sagte Paskoleit und starrte in das knisternde Feuer. »Ich weiß nur, wir kommen durch. Wir lassen uns nicht unterkriegen, wir nicht! An etwas anderes denke ich nicht! Lassen Sie uns erst am Meer sein ...«

4

Zwei Tage später eroberten die sowjetischen Divisionen Allenstein. Ihre schnellen Panzerspitzen teilten sich ... nach Königsberg und nach Elbing-Danzig ratterten jetzt die tonnenschweren Ungetüme über das verschneite, vereiste, von flüchtenden Menschen überschwemmte Land.

Ostpreußen wurde zerschnitten. Es gab kaum noch Widerstand. Aber die Menschen auf den Straßen und Wegen, die Wagenkolonnen, die Trecks, denen die Angst im Nacken saß, die kreuz und quer durch das Land zogen und überall auf russische Panzer trafen, wurden überrollt, niedergewalzt, in die Straßengräben gedrückt, die Frauen von den Wagen gezerrt oder aus den Häusern geschleppt und dem Haß und dem Siegestaumel überlassen.

Die Straßen Ostpreußens brauchten keine Bäume oder Chausseesteine mehr, – man erkannte sie an den Leichen, die rechts und links von ihnen im Schnee lagen. Meistens Frauen und Kinder, steinhart gefroren, in den Trümmern ihrer zerquetschten Wagen, oder auch einfach so, wie hingelegt, wie die totale Erschöpfung sie niedergeworfen hatte, wie sie zusammenbrachen und den Tod gar nicht merkten. Dann wieder Menschenhaufen, aufeinandergeschichtet, blutverschmiert, erschossen und zerstochen. Wegmarkierungen russischer Truppen. In den Trecks, die noch immer herumirrten innerhalb der sowjetischen Ringe, erzählte man sich grauenhafte Dinge, die von allen Seiten herankamen. Da sollten sibirische Truppen einen Pfarrer lebend an die Tür seiner Kirche genagelt haben. In einem Dorf, das schneller überrollt wurde, als es wegziehen konnte, hatte man alle Frauen, von der Achtzigjährigen bis zum zehnjährigen Kind, der Reihe nach vergewaltigt. In einem anderen Dorf hatten tatarische Verbände der Einfachheit halber alle Männer auf dem Marktplatz erschossen.

Greuel über Greuel ... und die Eroberung Ostpreußens hatte erst begonnen.

Der Treck aus Adamsverdruß war bisher verschont geblieben. Es schien, als ob der Zahlmeister vorne im ersten Wagen der Verpflegungskolonne einen guten Riecher hatte: Er fuhr auf Nebenwegen, mühsam, aber unangefochten, zielstrebig nach Elbing. Aber an der großen Kreuzung beim Bahnhof Schlobitten kam der Treck zum Stehen. Es schien, als sei eine ganze deutsche Armee unterwegs von Allenstein zum Haff. Die Straßen waren vollständig verstopft, der Weg nach Elbing durch Artillerieregimenter und Panzer verbaut. Es blieb nur noch eine Möglichkeit: doch nach Norden, über Braunsberg und die Passarge entlang zum Frischen Haff.

Pfarrer Heydicke und Paskoleit waren sich einig, nicht aber die rollende Verpflegung vor ihnen. Sie blieb auf der Straße nach Elbing und versuchte, sich in die Militärkolonnen einzugliedern.

»Das können wir nicht zulassen«, sagte Opa Jochen, als feststand, daß die Adamsverdrusser zum Haff ziehen würden. »Wir können doch nicht unsere Speisekammer sausen lassen! Jungchen, das muß geregelt werden!«

»Willst du die ganze Kolonne überfallen?« knurrte Paskoleit.

»Genug dazu wären wir.« Jochen Kurowski schielte zu Heydicke und faltete dann die Hände über dem Bauch. »Denken Sie intensiv an den Himmel, Herr Pfarrer ... ich muß mit Julius etwas besprechen.«

Was Kurowski vorschlug, war geradezu idiotisch, aber es sollte später der Familie das Leben retten. »Ich habe nichts gehört«, sagte Heydicke später. »Und ich sehe auch nichts. Gottgefällig ist es nicht ... aber du hast recht, Jochen: Wo ist Gott jetzt?«

In der Nacht – die ganze Kolonne stand noch auf der Straße und konnte nicht vor und zurück, weil von Allenstein deutsche Truppen heranrückten und Feldpolizei rigoros alles vom Weg drängte, was ein schnelles Vorwärtskommen behinderte – verschwanden aus sieben Verpflegungswagen zwanzig Kisten mit Konserven, Brot, Butter, Schmalz, Öl und Dauerwurst. Man merkte es gar nicht in den bis unter die Planendecke reichenden Kistenbergen, daß hier und da eine freie Stelle war. Vor Aufregung schwitzend, lautlos und wie gleitende Schatten in der Nacht, transportierten Paskoleit, Busko und Felix Baum die Kisten ab. Ab der neunten Kiste kam noch Ortsbauernführer Lusken hinzu, der die gelähmte Juliane Brakau in seinem Wagen transportierte und sie jetzt, wo sie schlief, allein lassen konnte.

Opa Jochen unterhielt unterdessen jeweils die Besatzung des Wagens, der hinten bestohlen wurde, mit Witzen und fröhlichen Jagderzählungen aus Masuren. Er war in solchen Geschichten unerschöpflich, erhielt zum Kehleschmieren überall ein paar Schlucke Schnaps und war nach dem Abtransport der zwanzig Kisten soweit, daß Paskoleit ihn abschleppen mußte.

Selbst Pfarrer Heydicke machte mit. Um sie abzulenken, klopfte er mit den Offizieren des Transports einen mörderischen Skat.

Am frühen Morgen endlich ging es weiter. Das rollende Verpflegungslager zog nach Elbing, der Treck nordwärts nach Braunsberg. Traurig hockte Opa Jochen auf seinem Kutschbock und blickte den graugrünen Lastwagen nach.

»Da fährt Fressen für ein ganzes Jahr –« sagte er. »Eine Schande ist das, eine Schande. Warum ist von euch Holzköpfen nicht früher einer auf die Idee gekommen, uns vollzuladen! Brauchen wir Küchenschränke, he? Bettgestelle? Kommoden? Sessel? Eckbänke? Zu fressen brauchen wir ... dann raucht der Ofen! Wer gut kackt, kann auch gut arbeiten. Maanchen, wir hätten die ganzen Wagen umladen sollen!«

Der Frost wuchs. Oma Berta kroch vollständig ins Stroh und rührte sich nicht. Ihr Zusammenkriechen war so vollkommen, daß Opa Jochen am frühen Nachmittag anhielt und brüllte: »Alles halt! Ich habe meine Berta verloren. Das Luder muß aus'n Wagen gefallen sein! Zurück!«

Aber zurück war unmöglich. Es gab nur ein Vorwärts. Felix Baum und Busko, die mit Motorrad und Fahrrad den zurückgelegten Weg absuchten, kamen ohne Ergebnis zurück.

Der Treck stockte. »Ohne meine Berta fahr ich nicht weiter!« schrie Jochen Kurowski. »Wir waren einundfünfzig Jahre zusammen!«

»Vielleicht ist sie mit der Versorgungskolonne mitgefahren?« sagte Paskoleit. »Du hast ihr ja immer vorgeredet: Essen ist das wichtigste.«

»Zurück!« brüllte Opa Jochen wieder. Verzweifelt suchte er noch einmal in dem langen hohen Bauernwagen. Felix Baum raste noch einmal zurück zur Kreuzung beim Bahnhof Schlobitten. Er war kaum weg, fand Kurowski seine Frau. Tief unten im Stroh, unter einer Decke und zusammengerollt unter dem Küchentisch. Es war ein Rätsel, wie sie hier Luft bekam, – aber sie schlief fest und glücklich in der eroberten Wärme. Außerdem war sie schwerhörig.

»Da ist se«, sagte Opa Jochen. »Undenkbar, daß ich meine Alte verliere.« Es lag so viel Zärtlichkeit in seiner Stimme, daß Paskoleit darauf verzichtete, Kurowski einen Idioten zu nennen. Er deckte Oma Berta wieder mit der Decke und dem Stroh zu und winkte zum ersten Wagen, zu Pfarrer Heydicke. »Weiter!«

Die Kolonne der Wagen und Pferde, Ochsen und Kühe setzte sich wieder in Bewegung. Keiner von diesen Menschen, die der Vernichtung davonliefen, ahnte, daß seitlich von ihnen der Russe durchbrach, daß sie bereits von Deutschland, ihrer großen Sehnsucht, abgeschnitten waren und daß sie zufällig durch einen schmalen, noch nicht eroberten, freien Schlauch Land zogen. Links und rechts von ihnen und hinter ihnen brannten die Dörfer, starben die Menschen auf den Straßen, wurden wie Vieh zusammengetrieben, rollten

Panzerketten über steifgefrorene Leiber, drückten T 34 die Wagen in die Gräben, ging Ostpreußen unter in Feuer, Blut und Tränen.

Die Adamsverdrusser aber zogen weiter wie unter der hohlen Hand Gottes. Sie hatten Kühe bei sich, geschlachtete und im Frost bestens konservierte Hühner und Schweine, zwanzig Kisten Konserven und Wurst, Fässer mit Butter und Schmalz, Säcke mit Zucker, Mehl und Hafer. Sie hatten vorgesorgt, weil Paskoleit es ihnen geraten hatte.

»Kinder, was habt ihr mich als Ortsgruppenleiter beschissen«, sagte Baum ein paarmal. »Monatelang.«

»Jahrelang, du Rindvieh.« Paskoleit lachte dunkel. »Seit zwei Jahren haben wir schwarz geschlachtet und gehortet! Grenzland – unruhiges Land . . . das haben wir schon in der Schule gelernt.« Und zu Erna Kurowski, die wie ein Mann die Kutschpferde dirigierte und ihre Kinder ebenfalls beim Einbruch des grausamen Frostes wie Hundewelpen unter Stroh gesteckt hatte, sagte er: »Sag's keinem weiter, aber ich glaube nicht, daß wir alle zusammenbleiben können. Es kommt einmal der Tag, wo jeder für sich selbst sorgen muß. Aber wir, Erna, wir Kurowskis und Paskoleits, wir bleiben zusammen. Sie müßten uns schon einzeln abhacken wie Äste von einem Baum!«

Sie zogen über Nebenwege, über Neumarck, Ebersbach, Tiedmannsdorf, Schalmey und quer übers Feld nach Pettelkau, weil neue Trecks die Straße blockierten. Dörfer, die im Aufbruch waren wie vor vierzehn Tagen Adamsverdruß. Menschen, von der Angst getrieben.

Kurz vor Braunsberg geschah das gleiche wie vor einigen Tagen: An der Kreuzung der beiden Straßen stand ein Mann diesmal in der Uniform eines Politischen Leiters, und regelte den Verkehr. Von Mehlsack wälzte sich eine Kolonne Privatwagen heran, drückte die Flüchtlingsfahrzeuge an den Straßenrand und brauste durch den aufstaubenden Schnee. Die gelben Uniformen hinter den beschlagenen

Scheiben waren nicht zu übersehen. »Gelb wie Kinderscheiße!« hatte Opa Jochen sie genannt.

»Sieh nach!« sagte Paskoleit bloß. Felix Baum sauste los. Er bremste sein Motorrad vor dem Mann auf der Kreuzung und hob die Hand zum Gruß.

»Ich bin Ortsgruppenleiter Baum aus Adamsverdruß!« rief er. »Heil Hitler, Kamerad!« Dann gab er dem Verdutzten eine gewaltige Ohrfeige, der Mann rollte in den Schnee, Busko ließ einen Wagen quer über die Kreuzung stellen, und die Adamsverdrusser hatten Vorfahrt.

»Er wird immer nützlicher, der Felix«, sagte Paskoleit anerkennend. »Leider ein paar Jahre zu spät ...«

Sie kamen nach Braunsberg hinein und wurden aufgesaugt von Hunderten Wagen und Tausenden von wartenden Menschen. Opa Jochen, Paskoleit, Pfarrer Heydicke, Busko und Lusken sammelten Informationen. Ortsgruppenleiter Baum fragte sich durch, bis er einen Parteigenossen fand, der noch Dienst tat ... im Rathaus von Braunsberg saßen noch eine Dienststelle der NSV und der Leiter des Wirtschaftsamtes mit zwei Mann und einigen Tausend Lebensmittelkarten, die jetzt wertloser waren als Klosettpapier. Alles war ratlos. Braunsberg schien die Endstation zu sein.

»Es stimmt«, sagte Pfarrer Heydicke nach drei Stunden, als alle wieder beim Treck waren. »Königsberg ist eingeschlossen. In Pillau sitzen die Russen bereits. Um Marienburg wird gekämpft. Panzerkeile der Russen stoßen nach Danzig und nach Pommern. Alles ist zu! Wohin jetzt?«

»Zum Haff!« sagte Paskoleit.

»Und dann?«

»Auf die Nehrung.«

»Wir können nicht übers Wasser wandeln wie Jesus.«

»Aber wir können über das Eis fahren. Das Haff ist vereist.«

»Das ist unmöglich ...« sagte Heydicke leise und starrte Paskoleit an. »Auf dem Eis sind wir wie auf dem Schießstand. Ein paar Bomben... und ganz Adamsverdruß ersäuft...«

»Bleiben wir hier, überrollt uns der Russe.«

»Wir sind am Ende, Julius.«

»Wir sind nie am Ende, Herr Pfarrer.« Er nahm seine halb gerauchte Zigarette aus dem Mund und hielt sie Heydicke hin. Der nahm sie und rauchte weiter. »Wir lassen uns nicht unterkriegen... das ist die beste Predigt, Herr Pfarrer.«

Sie blieben zwei Tage in Braunsberg, bis sich drei große Trecks gebildet hatten. Sie schlossen sich einer Kolonne an, die über Frauenberg nach Tolkemit ziehen wollte, um dort übers Haff zu kommen. Hier fror es immer besonders dick zu, und in strengen Wintern konnte man von Tolkemit hinüber zum Seebad Kahlberg auf der Nehrung mit dem Schlitten fahren.

Als sich Heydicke, Paskoleit und Opa Jochen bei dem Führer des Trecks meldeten, sahen sie verblüfft, daß es ein junger Oberleutnant war. Um seinen Hals hing das Ritterkreuz. Er hatte blonde Haare, ein jungenhaftes, offenes, fröhliches Gesicht, große blaue Augen und strömte trotz seiner Jugend Ruhe und vor allem Mut aus.

»Wieviel Wagen?« fragte er kurz.

»Neun...« sagte Heydicke gepreßt.

Adamsverdruß war zerrissen worden. Eine Gruppe um Johannes Lusken wollte in Braunsberg abwarten. Juliane Brakau hatte eine Lungenentzündung und glühte vor Fieber. Vierzehn Wagen mit meist alten Leuten blieben zurück. Sie gaben auf. Es war die schwärzeste Stunde, und Pfarrer Heydicke segnete die Alten, die bereit waren, auf der Erde ihrer Heimat zu sterben.

Eine zweite Gruppe wollte zurück nach Schillgehnen, sich dort auf die Reichsautobahn setzen und nach Elbing wandern. Von Elbing, so hieß es, fuhren noch Züge ins Reich. »Du mit deinem Meer!« schrie man Paskoleit an. »Das war ein Fehler, bei dem wir jetzt alle draufgehen! Elbing, das war die Richtung! Leck uns am Arsch!«

Adamsverdruß brach auseinander. Was Jahrhunderte zusammengefügt hatten, zerplatzte in Angst, Entsetzen, Kopflosigkeit und Verzweiflung. So blieben nur noch neun Wagen übrig: die Familie Kurowski mit Paskoleit, Pfarrer Heydicke, Franz Busko, Felix Baum, drei unmittelbare Nachbarn Paskoleits und eine junge Frau mit einem Säugling, die erst seit acht Monaten in Adamsverdruß gewohnt hatte und die Frau des Gutsherren Rambsen war. Gottfried Rambsen war irgendwo an der Front als Leutnant. Seine junge Frau kannte man kaum... nun war sie der neunte Wagen. Ein leichter Jagdwagen mit nur einem Pferd davor. Ein Trakehnerhengst. Er hieß »Goldener Sommer«. »Er ist mein einziges Kapital –« sagte Julia Rambsen zu Paskoleit. »Mit ihm kann man überall von neuem anfangen...«

Am Abend ging Opa Jochen noch einmal zu dem jungen Oberleutnant mit dem Ritterkreuz. »Warum sind Sie nicht an der Front?« fragte er direkt.

Der junge Offizier lächelte schwach. »Hier kann ich vielleicht vierhundert Frauen und Kinder retten... da drüben« – er nickte ins Weite – »nichts mehr. Was ist mehr wert?«

»Ich bleibe an deiner Seite, Jungchen«, sagte Opa Jochen fest. »Das Ding da um den Hals kannste dir jetzt zum zweitenmal verdienen...«

In der Nacht brach der Treck zum Haff auf.

Am Morgen, gegen sieben Uhr – es war noch dunkel – kamen die russischen Flugzeuge. Nur drei Stück, tuckernde, langsame, schwergepanzerte Stahlvögel. Aber sie flogen tief. so tief, daß man glaubte, sie fassen zu können, und sie schossen mit überschweren Maschinengewehren in den Treck und warfen kleine Bomben mit verheerenden Splitterwirkungen.

Der erste Tote war Oma Berta in ihrem Haufen aus Dekken, Küchengerät und Stroh.

5

Zuerst hatte man es gar nicht gemerkt. Als die ratternden, feuerspeienden Ungetüme wieder im tiefhängenden, bleigrauen Schneehimmel verschwunden waren und der auseinandergespritzte, in den Straßengräben und unter den Wagen liegende Treck wieder hervorkroch, rannte auch Opa Jochen zu seinem breiten Leiterwagen und hieb mit der Faust auf den Küchentisch, unter dem im Stroh und in Decken gewickelt die Oma lag.

»Komm raus!« brüllte Joachim Kurowski. »Mein Gott, is die Alte schwerhörig. Wenn wir im Westen sind, laß ich ihr die Ohren durchblasen! Berta! Wach auf!«

Dann erst sah er mitten in der Tischplatte einen Einschuß. Ein zersplittertes Loch, ein einziges nur, aber genau dort, wo Berta Kurowski im Stroh lag. Sicher ein Zufallstreffer, aber er hatte Kurowskis Welt ärmer gemacht.

Mit zitternden Händen wühlte er das Stroh weg. »Julius!« brüllte er dabei. »Herr Pfarrer! Herr Oberleutnant! Die Berta ... die Berta ...«

Als das Stroh zur Seite geschoben war und die Gestalt in den Decken frei lag, konnte Jochen Kurowski nicht mehr weiter. Er lehnte bleich am Wagen, und Paskoleit wickelte Oma Berta aus ihrer herrlich warmen Umhüllung. Die Kugel des überschweren Flugzeugmaschinengewehres hatte sie genau von hinten ins Herz getroffen. Sie hatte nicht mehr ihren Tod gespürt, vielleicht nur einen kurzen, heißen Schlag, der alles Bewußtsein plötzlich auslöschte. Pfarrer Heydicke zog die Decke wieder über das ruhige, entspannte, noch von der wohligen Wärme gerötete Gesicht. Der Oberleutnant mit dem Ritterkreuz legte den Arm um Kurowskis Schulter. Und plötzlich weinte Opa Jochen, lehnte den Kopf an die Schulter des Offiziers und schüttelte sich im Schluchzen. Es war das erstemal, daß die Familie den Großvater weinen sah – man hatte bisher angenommen, er könne das gar nicht.

»Meine Berta ...« stammelte er. Seine Stimme war jetzt wirklich greisenhaft, zurückverwandelt in das Greinen eines Kindes. »Meine alte, gute Berta –«

»Wir haben neunundvierzig Tote im Treck«, sagte der Oberleutnant. Es sollte ein Trost sein. Sie ist nicht allein. Ein Krieg vernichtet nicht einzelne, – er ist ein legitimer Massenmörder. »Und wir wissen noch nicht, wie es weitergeht, Opa. Vielleicht« – er blickte hinüber zu dem zugefrorenen Haff, über das sie in einer Stunde ziehen wollten – »hat sie die beste Art gewählt, aus diesem Wahnsinn auszusteigen.«

Heydicke sprach ein Gebet. Paskoleit und Busko hoben Oma Berta aus dem Wagen, wickelten sie in eine andere Decke und wollten mit ihr unbemerkt weggehen. Aber Kurowski merkte es trotz allen Schmerzes. »Halt!« brüllte er und riß sich von dem jungen Oberleutnant los. »Wohin?! Stehenbleiben! Meine Berta begrabe ich allein!« Er holte Paskoleit ein und umklammerte dessen Schulter. »Du willst sie einfach wegwerfen, was? Wie einen faulen Kohlstrunk, was? Hast du kein Herz, du Schuft? Meine Berta –«

»Der Boden ist steinhart gefroren«, sagte Paskoleit milde. »Du kommst keine zehn Zentimeter tief! Opa, ich weiß, es ist zum Kotzen, es ist grausam ... aber Tausende liegen in den Straßengräben, – wir müssen Oma dazulegen!«

»Nie!« schrie Kurowski. »Nie! Und wenn, dann lege ich mich daneben! Eine Schaufel her! Eine Hacke! Berta bekommt ein Grab!«

»Wir müssen weiter!« Der Oberleutnant blickte über den Treck. Die anderen Toten lagen rechts und links der Straße wie Meilensteine. Ihre Hinterbliebenen knieten vor ihnen, und Pfarrer Heydicke ging herum, segnete, sprach Gebete, schlug das Kreuz. »Herr im Himmel«, sagte er achtundvierzigmal – »sie haben Deine Gnade verdient.« Dann kam er zu Berta Kurowski, die Opa Jochen jetzt auf den Armen trug wie ein Kind.

»Helfen Sie, Herr Pfarrer«, stotterte Kurowski. »Sie wollen sie einfach an die Straße legen. Meine Berta ... Versuchen wir zu graben.«

Sie versuchten es. Während der Treck langsam weiterzog, blieben Kurowski, Busko, Ortsgruppenleiter Baum und ein Nachbar der Kurowskis zurück und hieben mit zwei Spitzhacken und drei Spaten in die gefrorene Erde. Paskoleit hatte unrecht, – sie kamen keine zehn Zentimeter tief, sondern gaben es bereits auf, als die längliche Grube erst fünf Zentimeter herausgehämmert war. Der Boden war härter als Stein, der Frost hatte die Erde zu Stahl verwandelt, an dem Werkzeuge abprallten. Jochen Kurowski ließ sich neben seiner Frau auf die Knie fallen und beugte sich über sie. »Berta –« sagte er mit einer Zärtlichkeit, vor der sich Paskoleit abwenden mußte, um nicht laut loszuheulen. »Berta, altes, liebes Aas ... es geht nicht. Du mußt an der Straße liegen bleiben. Aber das verspreche ich dir, Berta ... wenn ich den Krieg überlebe, werde ich jedem, der bei mir von Heldentum, Soldat und Feld der Ehre spricht, in die Fresse schlagen. Berta« – er umarmte die kleine Gestalt in der Decke – »Leb wohl. Oben seh'n wir uns wieder, wenn se mich hineinlassen –«

Sie legten Oma Berta neben die Straße, schaufelten Schnee über sie, beteten und nahmen dann Jochen Kurowski in ihre Mitte. Sie zogen ihn weg, und Paskoleit sagte rauh: »Sieh dich nicht um, Opa! Verdammt, dort drüben ist unser Treck, unser Adamsverdruß. Der Wagen mit Erna und den Kindern, Ewalds Kinder, Opa! Von deinem Sohn! Wenn Ewald wiederkommt, müssen wir zu ihm sagen können: Hier, Ewald, sind Erna und deine Kinder! Wir haben sie durchgebracht. Die Kurowskis und Paskoleits geben nicht auf. Nie! Komm, Opa ...«

Jochen Kurowski nickte. Er blickte nicht zurück, schwankte zwischen Paskoleit und Busko dem Treck nach, nur Felix

Baum blieb zurück, hieb mit der Spitzhacke eine zerbrochene Deichsel aus einem zerschossenen Bauernwagen und steckte sie hinter Bertas Kopf in den Schneehaufen. Ein zerborstenes, riesiges bizarres Kreuz. Finger, die nach Gott griffen. Aufschrei und Mahnung. Dann stieg er auf sein Motorrad und knatterte der Kolonne nach.

Das Haff war zugefroren. Man hatte die richtige Stelle ausgesucht, das Eis schien meterdick zu sein. Vorsichtig zog der Treck über die blanke Fläche. Die Bauern hatten ihren Pferden und Ochsen die Hufe mit Säcken umwickelt, damit sie nicht ausrutschten, es war ein mühseliger Weg, aber man kam langsam voran. Nur die Motorfahrzeuge rutschten heillos herum, ihnen konnte man keine Säcke um die Reifen drehen. Felix Baum mit seinem Motorrad hatte die Spitze und die Erkundung übernommen ... er schlidderte über das Haff, die Füße meistens auf dem Eis, um sein Fahrzeug zu halten, und brachte die neuesten Meldungen mit. Heydicke und der Oberleutnant, die im ersten Wagen saßen, konnten nicht viel sehen ... grau war der Himmel, war die Luft, das Eis, das Licht des Tages ... man zog einfach in das Nichts hinein mit dem Glauben, irgendwo anzukommen ... drüben, auf der Nehrung, auf diesem schmalen Landstreifen, auf dem man dann westwärts ziehen wollte, nach Danzig.

Felix Baum kam am zweiten Tag von einem weiten Ausflug zurück. Der Treck hatte mitten auf dem Eis übernachten müssen ... es ging nicht mehr. Die Pferde stolperten über ihre eigenen Beine, drei Wagen stürzten dadurch um, vier Räder brachen. Man mußte die Wagen aufgeben, liegenlassen und sie auf andere Fahrzeuge umladen. Nur das Wichtigste, das Leben im Rohzustand: ein paar Betten, Kissen, Decken, Töpfe, ein Herd. Schluß!

»Wir kommen bei Pröbbernau auf die Nehrung«, berichtete Baum, »wenn wir die Richtung weiterziehen. Aber von Kahlberg ist ein anderer Treck unterwegs und von Elbing zieht ein ganzes Heer herauf. Das ganze Gebiet um Elbing ist auf den Beinen! Die größte Scheiße aber: Vor Danzig steht schon der Russe!«

»Dann sind wir abgeschnitten.« Der junge Oberleutnant betrachtete die Karte, die auf seinen Knien lag. »Rundherum Russen. Nur die Ostsee ist noch frei.«

»Sollen wir nach dem Westen schwimmen?« sagte Jochen Kurowski leise. »Ich geh zurück zu meiner Berta und leg mich daneben.«

»Wir kommen durch, verflucht noch mal!« Paskoleit hieb mit der Faust gegen die Wagenwand. »Was ist mit der Weichselmündung, Oberleutnant?«

»Daran denke ich auch. Aber wir müssen schneller sein als die sowjetischen Panzer. Wenn wir riesiges Glück haben, ist die Weichselmündung nur mit Treibeis bedeckt, und wir finden ein paar Boote.« Er faltete die Karte zusammen, – es war zu trostlos, ihre Lage auch noch gedruckt zu sehen.

»Leute, weiter! Zur Weichsel! Erst dort können wir sagen: Alles im Eimer! Oder auch nicht!«

Die Adamsverdrusser zogen weiter. Sie ließen auf dem Haff sieben Wagen zurück. Nur leichtes Gepäck, hieß es. Das Leben ist wichtiger als ein Eichenschrank und ein blankgeputzter Herd. Wir müssen schneller werden.

Von allen Seiten drängten die sowjetischen Divisionen durch Ostpreußen. Königsberg war eingeschlossen, über Hunderte von Kilometern brannten die Dörfer, türmte sich ein Berg von Greueln auf, machte man Jagd auf die Frauen. Der berühmte russische Dichter Ilja Ehrenburg schwelgte in einem Aufruf an die sowjetischen Truppen in der Vernichtung alles, was deutsch war.

Der Treck erreichte die Nehrung tatsächlich bei Pröbbernau. Von hier zog er weiter nach Westen, über Vogelsang, Bodenwinkel, Stutthof nach Steegen. Hier kreuzte die Straße von Elbing über Tiegenhof und die Elbinger Weichsel. Der große Treck saugte die Adamsverdrusser auf. Ein einziger Satz trieb Tausende vorwärts, ein Gerücht, das jeder als Wahrheit nahm, weil es das Leben bedeutete: Bei Nickelswalde, in der Weichselmündung, liegen noch drei Frachtschiffe.

O Gott im Himmel – drei Schiffe!

Ein dicker, schwarzer, endloser Wurm, so wälzte sich der Treck zur Weichsel. Und in diesem Wurm fuhr eine intakte deutsche Truppe in Regimentsstärke mit einem vollständigen Divisionsstab, der das Pech gehabt hatte, seine Division zu verlieren. Die Russen waren schneller gewesen. Sie schlossen die Division ein, aber der Stab war draußen. Nun zog er auch zur Weichsel, weil es sinnlos war, mit einer Schar Offizieren, Schreibern und einem voll besetzten Feldgericht gegen T 34 anzurennen.

Aber die militärische Alltagsarbeit, dieser sture preußische Kasernengeist, blühte auch jetzt im Stadium der Auflösung. Jeden Morgen gab es Truppenappell, wurden die Kompanien strammstehend gemeldet. Während eines Ruhetages bei Pasewark setzten zwei Kompaniechefs sogar Gewehrgriffübungen an und Stiefelappell.

Hier in Pasewark geschah es auch, daß ein Oberfeldrichter, der einen Teil des Trecks an sich vorbeiziehen ließ, den Oberleutnant mit dem Ritterkreuz auf dem Kutschbock von Pfarrer Heydickes Wagen sitzen sah. Er sah den jungen Offizier an, winkte dann und brüllte: »Kommen Sie mal her!«

Der Oberleutnant sprang vom Bock. Paskoleit, der als nächster vorbeifuhr, hörte noch, wie der Oberfeldrichter schrie: »Was sagen Sie da?! Wo ist Ihre Truppe?! Sie Hundsfott! Mitkommen!« Dann sah er, wie beide in einen Horchwagen stiegen und nach vorn fuhren. Paskoleit warf die Zügel Busko zu und rannte nach vorn zu Heydicke.

»Herr Pfarrer!« schrie er. »Da braut sich was zusammen! Sie haben unseren Oberleutnant mitgenommen! Herr Pfarrer! Helfen Sie! Ich übernehme Ihren Wagen!«

Pfarrer Heydicke sprang vom Bock, saß hinten bei Felix Baum auf und brauste mit ihm dem Horch nach. Am Abend kamen sie zurück. An ihren Augen sahen alle, daß etwas

Schreckliches geschehen war. Baum holte sein Parteibuch aus der Tasche und zerriß es.

»Sie haben ihn verurteilt«, sagte Heydicke leise. »In einer regelrechten Gerichtsverhandlung unter dem Vorsitz von Oberfeldrichter Dr. Eberhard Bollow. Wegen Fahnenflucht und Feigheit vor dem Feind ... zum Tode. Ich habe versucht, ihn zu verteidigen ... sie haben mich einfach hinausgeworfen. Eine Stunde später haben sie ihn aufgehängt ... Er hängt an der Straße an einem Baum, das Ritterkreuz noch um den Hals ...«

»Dr. Eberhard Bollow –« sagte Opa Jochen laut. Dann nahm er ein Schulheft aus der Tasche, riß aus ihm ein paar Blätter, teilte sie in neun Streifen und schrieb neunmal den Namen Dr. E. Bollow darauf. Die Streifen verteilte er an Paskoleit, Baum, Busko, Heydicke, Erna, die Kinder und steckte selbst auch einen ein. »Damit ihr diesen Namen nie vergeßt!« rief er dröhnend. »Dieser Zettel ist wichtiger als jedes Geld! Nie vergessen! Wir werden den Namen Dr. Bollow noch brauchen!«

Dann zogen sie weiter. Nach vier Stunden kamen sie an dem Baum vorbei, an dem der junge Oberleutnant hing. Die Adamsverdrusser legten grüßend die Hände an den Kopf, Paskoleit ging zu ihm hin und drückte dem Toten die eisige Hand. Heydicke segnete ihn. Opa Jochen brüllte: »Mein Jungchen, wir werden immer an dich denken!« und zeigte den Kindern den Toten. »Das ist er! Und sein Mörder heißt Dr. Bollow! Nicht vergessen!«

In der Nacht, einer ganz klaren, frostklirrenden Nacht, erreichten sie die Weichsel bei Nickelswalde.

Im treibeisübersäten Wasser lagen wirklich drei Schiffe ... und vor ihnen eine dreifache Kette Soldaten mit gesenkten, geladenen Maschinenpistolen.

Die Lage war ganz klar: Die Schiffe standen bereit, die Flüchtlinge aufzunehmen, – aber nur Frauen und Kinder. Die Männer mußten zurückbleiben und warten, ob dann noch Plätze frei waren. Konnten die Schiffe noch mehr aufnehmen, würden zuerst die Alten an Bord gelassen werden.

»Ich bleibe!« sagte Opa Jochen. »Aber ihr« – er zeigte auf Erna und die Kinder – »ihr geht auf's Schiff! Verflucht, keine Widerrede, Erna, – denk an Ewald!«

Durch einen Schlauch schwerbewaffneter Offiziere und Soldaten wurden die Frauen und Kinder an Bord gelassen. Der Abschied war für immer, die meisten ahnten es. Auf dem Land blieben die Wagen zurück, all die armselige Habe, die sie mit dem Treck gerettet hatten. Nur was man tragen konnte, war zugelassen, und die meisten Mütter trugen ihre Kinder auf den Armen. Auf ihren Rücken hingen Rucksäcke, zusammengerollte Decken, Kleiderbeutel, ein bißchen zu essen. Weinend gingen sie auf die Schiffe, und die Männer winkten ihnen nach, mit brennenden Augen und verzerrten Gesichtern. Am Morgen durfte auch Opa Jochen an Bord ... er wehrte sich, aber Paskoleit ließ den Alten von Busko abschleppen, und eine Stunde später durfte er auch aufs Schiff. Ein Mann mit einem Holzbein, so entschied die Offizierskommission, ist nur bedingt wehrfähig.

»Nun sind wir alle wieder zusammen«, sagte Opa Jochen und umarmte Paskoleit. »Was haste mitgenommen?«

»Nur die Schuhmacherwerkzeuge.«

»Das reicht. Auch nach'n Krieg wird keener barfuß gehen.«

Über ihnen flatterte die Fahne des Roten Kreuzes. Sie wurde am Hauptmast hochgezogen. Und unter der Fahne stand ein Mann, von dem keiner wußte, wie er an Bord gekommen war, – aber er war da.

Oberfeldrichter Dr. Eberhard Bollow.

6

Von einem neuen Treck, der aus Richtung Marienberg müde, am Ende aller Kräfte durch den eisigen Tag herankam, wurden wieder Frauen und Kinder durch die Absperrkette der Soldaten auf die Schiffe gelassen. Ein paar Offiziere gingen herum und schrien zu den schon an Bord befindlichen Männern: »Wenn der Platz nicht reicht, müßt ihr wieder runter! Verstanden?!«

»Verstanden!« brüllte Opa Jochen zurück. »Aber dann alle!« Er blickte zu Dr. Bollow hinüber, der unter der Fahne stand, als müsse er dort Ehrenwache halten. »Ich sag's ihm persönlich!« knurrte Kurowski. Paskoleit hielt ihn am Ärmel fest.

»Bist du verrückt?!« zischte er. »Willste die Rübe abhaben?«

»Von dem da?« Opa Jochen lachte gefährlich. »Wenn ich tief einatme, hängt er mir unter der Nase!«

Er riß sich los und stampfte über das Deck zu Dr. Bollow.

»Alle Männer von Bord!« schrie Kurowski. »Es kommen noch mehr Frauen!«

Verwirrt starrte der Oberfeldrichter den alten, großen Mann mit dem wilden Bart an. »Was wollen Sie?« sagte er dann ziemlich unsicher.

»Platz für die Frauen! Was machen Sie auf dem Schiff, he?«

»Ich sorge hier für Ordnung, Mann!«

Dr. Bollow straffte sich. Er schlug den Kragen seines Lammfellmantels hoch und ging an Kurowski vorbei. Kurz darauf hörte man seine helle Stimme irgendwo schreien: »Alle Männer bis 50 Jahre an der Brücke sammeln! Abzählen lassen! Für jede Frau zwei Männer von Bord!«

»So ein Schwein!« sagte Opa Jochen bitter. »Julius, was für eine dicke Sau! Wenn der den Krieg überlebt, muß mich Pfarrer Heydicke neu missionieren. Dann glaub ich nicht mehr an Gott.«

Gegen Mittag wurden die Stege eingezogen, die Schiffe waren überfüllt. Man wußte zwar, daß noch von allen Seiten mehrere große Trecks heranzogen, aber es hatte keinen Sinn mehr, sie abzuwarten. In der Ostsee sollten sowjetische U-Boote und Minensucher kreuzen und alles zusammenschießen, was von der deutschen Küste abstieß. Keiner wollte das Risiko eingehen, diese vollbeladenen Schiffe auch noch zu opfern.

Die Soldaten und die zurückgebliebenen Männer, meistens Bauern und Arbeiter aus ehemals kriegswichtigen Betrieben, die nun längst von den russischen Divisionen überrollt waren, winkten den drei Schiffen nach, als sie langsam die Weichselmündung hinunterglitten zur offenen See. Über den Masten knatterten die Rote-Kreuz-Fahnen, auf den Dächern der Ruderhäuser leuchtete ebenfalls das internationale Zeichen. Hier suchten die Unschuldigsten und die am meisten Getroffenen eines Krieges ihr Leben wieder: Frauen, Kinder und Greise, von dieser Minute an heimatlos, erbärmlich arm, angespültes Strandgut der großen Schlachten, Überlebende mit der Chance, irgendwo zu verhungern oder draußen auf der Ostsee in einen russischen Torpedo zu laufen. Denn auch das Rote Kreuz hatte seine Mahnkraft verloren. Es galt nur noch eins: Vernichten! Auslöschen!

Als die Küste im Schneenebel versank, gingen Paskoleit und Opa Jochen durch das Schiff, um zu sehen, was von Adamsverdruß gerettet worden war. Zuerst sahen sie Oberfeldrichter Dr. Bollow. Er saß in der Kapitänskajüte und rauchte gemütlich eine Zigarre. »Er wird durchkommen«, sagte Kurowski in einem Ton, der bei Paskoleit ein Kribbeln unter der Kopfhaut erzeugte. »Wir werden ihn einmal in die Finger kriegen. Mein Jungchen hat er aufgehängt! Wo wären wir jetzt ohne den Oberleutnant?«

In der Masse der Flüchtlinge trafen sie Julia Rambsen wieder, die junge Gutsherrin mit ihrem Säugling. »Nun ist Ihr Trakehnerhengst ›Goldener Sommer‹ auch hin«, sagte Paskoleit. »Ihr einziges Kapital.«

Julia Rambsen lächelte still. »Er steht unten in einem Ladebunker. Er fährt mit.«

»Wie haben Sie das denn fertiggekriegt?«

»Einer der Offiziere ist Turnierreiter. Welch ein Glück ...« Ihr Lächeln war wie eine Sonne, die den eisigen Nachmittag aufwärmte.

Auch Pfarrer Heydicke war auf dem Schiff, und in einer Ecke saß sogar Felix Baum, der Ortsgruppenleiter. Er grinste, als Kurowski und Paskoleit sprachlos vor ihm stehenblieben, und zeigte auf sein rechtes Bein. Es war geschient und dick umwickelt.

»Wann ist'n das passiert?« fragte Opa Jochen.

»Gar nicht. Ich hab's nur verbunden. Verwundete dürfen mit.«

»Du verfluchtes Aas!« sagte Paskoleit leise. »Wenn das rauskommt!«

»Ich wollte bei euch bleiben! Verdammt, wir können uns mal gegenseitig notwendig haben. Der Frieden wird furchtbar sein, verlaßt euch drauf. Und wenn ich auch nichts habe, – 'ne große Fresse habe ich!«

»Da hat er recht«, sagte Opa Jochen überwältigt, »'ne große Fresse hat in Deutschland noch immer was genützt! Halt dich gut, Felix ...«

Langsam, schwer im Wasser liegend, mit stampfenden Maschinen rollten die drei Schiffe durch die Ostsee. Sie fuhren in Küstennähe, um die Halbinsel Hela herum, manchmal so nahe, daß man bei klarem Wetter Feuerschein vom Land sehen konnte und der Wind dumpfes Grollen herübertrug. Die Russen waren schnell, – sie rollten Deutschland auf wie eine Konservendose. Ihre Panzerdivisionen waren die Büchsenöffner.

Bei Stolpmünde stießen zwei Küstenwachboote zu ihnen,

hinter Rügenwalde gliederte sich ein Minensuchboot ein ... wie ein Geleitzug dampfte die kleine Kolonne durch die eisige See in die Freiheit. Pfarrer Heydicke betete jeden Tag in einer Art Bordgottesdienst.

»Gott, laß uns durchkommen. Mach die U-Boote blind. Leg Nebel zwischen die Russen und uns. Mein Gott, schütze uns ...« Gebete, die man nie vergessen sollte.

Sie fuhren vierzehn Tage durch die Ostsee, ohne daß sie ein feindliches Schiff sahen. Dreimal überflogen sowjetische Kampfflugzeuge den Schiffszug, aber sie griffen nicht an. Sie kamen vom Festland und hatten anscheinend alle Munition verschossen.

Ununterbrochen tickte in der Funkkabine der Telegraf. Von den großen Häfen, die man anlaufen wollte, um die Flüchtlinge auszuladen, flogen böse Meldungen heran. Kolberg fiel aus ... der Russe näherte sich. Stettin konnte man nicht anlaufen, hier stauten sich andere Schiffe und machten sich Kriegsschiffe zum Landkampf bereit. Greifswald bot keine Chance, aber Stralsund war bereit, die Schiffe zu entladen. Auf den Gleisen des Güterbahnhofs standen Hunderte von Waggons. »Bis Stralsund kommt kein Russe!« sagte Opa Jochen, als die Nachricht durch das Schiff lief. »Da sind die Engländer schneller, ich sag dir's.«

Nach drei Wochen Angst und Beten erreichten sie Stralsund. Es war ein heller, kalter, sonniger Tag, als die Schiffe mit brüllenden Sirenen die Stadt und die Rettung begrüßten. Erna Kurowski stand mit ihren Kindern an der Reling und blickte hinüber zu dem Land, das auch Deutschland war, aber so ganz anders als Ostpreußen, so fern und fremd, wie es etwa Afrika oder Amerika für sie gewesen war, wenn man in Adamsverdruß über es sprach. »Ich habe Angst, Julius«, sagte sie zu ihrem Schwager Paskoleit. »Wir kommen über diese Menschen wie Heuschrecken, und so werden sie uns auch behandeln.«

»Nicht einen Schuster!« Paskoleit klopfte mit breitem Grinsen an seinen Rucksack mit den Werkzeugen. »Eine

Sohle unterm Fuß hat noch immer einen Mann ernährt. Erna, – wie ist unser Wahlspruch?«

»Wir lassen uns nicht unterkriegen!« sagten Erna und die Kinder im Chor. Es war ein guter Spruch ... aber die Angst ganz drinnen im Herzen blieb trotzdem.

Am Mittag wurden sie ausgeladen. Zweitausenddreihundertneunundvierzig Frauen und Kinder, Greise und Verwundete. Und siebzig Soldaten und Offiziere als Begleitkommando, unter ihnen Oberfeldrichter Dr. Bollow. Als er an Land ging, knallten die Hacken der Soldaten am Fallreep. Dr. Bollow hob stolz den Kopf und blickte sich um. In seinen Augen lag der Endsieg ...

Das Auffanglager war eine große Fabrik. In den Werkhallen lagerten die Flüchtlinge auf Stroh, Rote-Kreuz-Helfer verteilten Decken und heiße Suppe aus Bohnen und wäßriger Bouillon, Malzkaffee und Brote mit einem nach Leberwurst schmeckenden Kunstaufstrich. Die Grundlage war Mehl und Grieß. In vier Schreibstuben wurden alle namentlich erfaßt und nach Verwandten im Westen gefragt. Als Erna Kurowski ihre Schwägerin in Krefeld angab, winkte man ab. Krefeld war kein Ziel mehr ... wer aus der Hölle kommt, den schickt man nicht in neue Trümmerhaufen. Aber wo war Deutschland noch heil? In der Lüneburger Heide, im Sauerland, im Bayrischen Wald, in der Holsteinischen Schweiz, im Münsterland, im Frankenwald? Noch war man so höflich, zu fragen: Wo wollen Sie hin? Noch konnte man mit Zügen fahren, auch wenn Tausende von britischen und amerikanischen Bombern die Luft über Deutschland beherrschten und ab und zu auch die langen Züge angriffen. Noch war Deutschland ein Schwamm, der sich nicht vollgesogen hatte und die Menschen aus dem deutschen Osten aufnehmen konnte.

Paskoleit und Pfarrer Heydicke wurden beim Leiter des Auffanglagers, einem Gauamtsleiter in babyschißfarbener Uniform, vorstellig. »Wir bitten darum, daß das Dorf

Adamsverdruß – oder was noch davon übrig ist – zusammenbleibt«, sagte Paskoleit. »Es sind nicht mehr viel. Vierzehn Familien nur. Ist das möglich?« Und einer Eingebung folgend, fügte er hinzu (er hatte so etwas einmal von Felix Baum gehört): »Es ist der Wille des Führers, daß Dorfgemeinschaften als Grundzelle des Staates zusammenbleiben.«

Heydicke schielte zu Paskoleit und verbiß ein Lachen, als er dessen ernstes Gesicht sah. Der Gauamtsleiter war beeindruckt über soviel Nationalismus. »Lübeck ist frei«, sagte er. »Im Lager Lübeck könnte Adamsverdruß – welch ein Name! – noch unterkommen. Vierzehn Familien, das geht. Wollen Sie nach Lübeck?!«

»Das war immer mein Wunsch.« Paskoleit sagte es fast feierlich. »Lübeck ist gut. Dort halten wir uns, bis der Endsieg uns die ostpreußische Heimat wiederbringt und wir die Russen hinter den Ural zurückjagen!«

»Heil Hitler!« rief der Gauamtsleiter.

Nach zehn Minuten hatte Pfarrer Heydicke als Chef der Adamsverdrusser den Marsch- und Einweisungsbefehl nach Lübeck in der Tasche. »Sie sind ein verdammter Hund, Paskoleit«, sagte er draußen.

»Und Sie haben als Pfarrer eben verdammt gesagt, Herr Pfarrer!« Paskoleit lächelte. »Wir sind jetzt ein Wolfsrudel und müssen heulen wie die Wölfe! Sie sehen, Herr Pfarrer, – das versteht man!«

Nach fünf Tagen rollten die vierzehn Familien von Adamsverdruß mit drei Waggons weiter nach Nordwesten, nach Lübeck. Im letzten Waggon, zwischen Heu- und Strohhaufen, betreut von Franz Busko, stand der Trakehnerhengst ›Goldener Sommer‹. Für das Heu hatte Opa Jochen seine wertvollste Habe eingetauscht: Die goldene Uhr der Kurowskis, seit 1813 in Familienbesitz. Der Bauer Hermann Poltin hatte sie angenommen.

»Das vergesse ich Ihnen nie«, sagte Julia Rambsen mit Tränen in den Augen. Opa Jochen winkte ab.

»Ich hol se mir wieder. Ich kenn ja den Namen. Vergessen

Sie nicht: Wir Kurowskis sind unausrottbar wie die Wanzen.«

Von Stralsund bis Lübeck fuhr der Güterzug zwei Tage und zwei Nächte. Das heißt, – am Tage versteckte er sich irgendwo auf der Strecke und fuhr nur des Nachts. Was keiner in den drei letzten Waggons wußte: Vorne, in zwölf Wagen, wurden Granaten transportiert. Hätte Opa Jochen das geahnt, wäre er nicht so fröhlich gewesen wie auf dieser Fahrt durch ein noch erstaunlich stilles, vom Kriege kaum berührtes Land. Zwei Tage und zwei Nächte lang war es, als lebe man auf einem anderen Stern, der »Frieden« hieß – – –

Lübeck war ein einziges Heerlager.

Die Stadt, obgleich auch stark durch Bombenangriffe beschädigt, war vollgestopft von Menschen. Verschiedene Flüchtlingszüge waren bereits aufgenommen worden, und als die vierzehn Familien aus Adamsverdruß mit ihrem Hengst ›Goldener Sommer‹ im Lager V erschienen, rauften sich die Männer der Lagerleitung die Haare.

»Was heißt hier Einweisung und Marschbefehl?« schrie ein dicker Mann, der anscheinend viel zu sagen hatte. »Der Gauheini in Stralsund kann gut solche blöden Zettel ausschreiben! Wohin mit Ihnen, das frage ich?! Wir sind so voll, daß sich schon das Dach hebt! Und dann auch noch'n Pferd dabei!«

»Ein Trakehnerhengst. ›Goldener Sommer‹!« sagte Opa Jochen.

»Leckt mich im Arsch mit eurem Hengst! Und ›Goldener Sommer‹? Jawoll, das wird noch'n goldener Sommer! Ihr werdet das Vieh auffressen!«

»Nie!« sagte Paskoleit laut.

»Wetten?« Der dicke Mann hieb auf den Tisch. »Pro Woche gibt's fünfzig Gramm Fett und 100 Gramm Wurst... wenn se da ist! Und ihr führt ein paar Zentner bestes Fleisch spazieren! Ihr Vollidioten! Gut, ihr seid im Lager! Aber ich habe keine Betten, keine Decken, keine Ecke, wo ihr liegen könnt, – nur scheißen könnt ihr im Gemeinschaftslokus und euch waschen in der Waschbaracke! Sieg Heil!«

»Nicht aufgeben!« sagte Paskoleit draußen. Die vierzehn Familien und ›Goldener Sommer‹ standen vor der Lagerleiterbaracke. »Wichtig ist: Wir sind erfaßt. Wir haben eine Nummer, wir sind im Westen, wir sind eingegliedert. Wir gehören jetzt dazu! Man kann uns nicht mehr weiterjagen. Lübeck ist ein Ort wie jeder Ort auf der Karte – wir werden hier leben! Los, Leute, Quartier suchen! Wir zeigen denen mal, was da aus Adamsverdruß gekommen ist!«

Und sie zeigten es! ›Goldener Sommer‹ wurde in einer Remise neben der Lagerküche untergebracht. »Jungs, wenn ihr ihn absticht, zerhacke ich euch!« sagte Opa Jochen ernst. »Ich gucke jede Stunde nach ihm!« Dann verteilten sich die Adamsverdrusser über alle Baracken, und Paskoleit und Busko begannen, schon am ersten Tag Schuhe zu reparieren, und besohlten sie mit zerschnittenen Autoreifen. Dafür bekamen sie einen Platz zum Schlafen ... die anderen rückten eben zusammen.

Der Anfang einer neuen Schuhmacherwerkstatt war gemacht. Nach zehn Tagen kannte jeder im Lager den Julius Paskoleit. Es war erstaunlich, wieviel heimliche Lebensmittel kursierten und bei Paskoleit, dem Schuster, hängenblieben. Es gab im Lager Genies, die spazierengingen und mit vollen Taschen zurückkamen. »Von denen werde ich lernen«, sagte Opa Jochen. »Jungchen, ich gehe für mein Leben gern spazieren –« Aber die Organisationsgenies ließen den alten Kurowski nicht in ihre Reihen. Sie hängten ihn mit allen Tricks ab.

»Die kennen mich noch nicht«, sagte Opa Jochen knirschend. »Ich muß hier erst mal warm werden. Bei einem Kurowski dauert das nicht lange.«

Plötzlich waren die Engländer da.

Sie rückten in Lübeck ein ohne großen Lärm, besetzten die Stadt, übernahmen nominell das Lager, ließen die alte Lagerleitung bestehen und pflanzten nur einen jungen Captain in die Kommandanturbaracke, der deutsch sprach, sehr freundlich war und bei seinem Antritt eine Rede vor allen Flüchtlingen hielt.

»Meine Eltern wurden in Auschwitz vergast«, sagte er. »Aber ich weiß, – ihr armen Schweine könnt nichts dafür. Wenn ihr Sorgen habt, – kommt ruhig zu mir.«

Für Lübeck, das Flüchtlingslager und die Leute aus Adamsverdruß war der Krieg zu Ende. Sie hatten ihn überlebt.

»Jetzt geht es los«, sagte Paskoleit an einem Morgen zu der Familie Kurowski. »Jetzt beginnt der Kampf um ein Plätzchen an der Sonne –«

7

Der erste Versuch, aus dem Lagerleben auszubrechen, mißlang.

»Ich schreibe nach Krefeld«, sagte Erna Kurowski, als die Familie die naheliegendsten Möglichkeiten durchgesprochen hatte. »Tante Elfriede bewohnt dort ein großes Haus, – sie kann uns alle aufnehmen. Wenigstens die erste Zeit.«

»Zwei Monate höchstens.« Paskoleit klatschte in die Hände. »Wir suchen uns einen Schuppen, bauen ihn aus und machen eine Werkstatt auf. Es hat noch nie eine Zeit gegeben, in der man einen Handwerker nicht brauchte. Also auf nach Krefeld.«

Nach einer Woche schon traf ein Brief von Tante Elfriede ein. Die Sache war hoffnungslos. »Ihr wißt doch«, schrieb die Tante, »daß Onkel Adolf einen hohen Posten in der Partei hatte. Nun haben ihn die Sieger verhaftet und in ein Lager nach Darmstadt gebracht. Unser Haus, das noch gut erhalten war, haben sie auch beschlagnahmt . . . ich lebe jetzt bei meiner Freundin Monika auf einem Zimmer und warte und bete, daß Onkel Adolf wieder nach Hause kommt. Ihr wißt doch, – Adolf war immer ein guter Mensch, er war nur fehlgeleitet, er ließ sich immer so schnell begeistern... das hat er nun davon. Ich weine Tag und Nacht...«

»Essig!« sagte Opa Jochen. »Das kann lange dauern, bis der Adolf Hammes aus dem Lager zurückkommt. Braune Uniform und dann noch mit Vornamen Adolf... das kann eine Ewigkeit dauern. So lange warten wir nicht. Streichen wir Krefeld. Ehrlich, – wir hätten auch nicht in die stinkfeine Villa gepaßt. Also sehen wir uns hier um. Lübeck ist 'ne schöne Stadt, und die Ostsee ist die gleiche See wie an der Nehrung. Direkt heimatlich ist das.«

Der dicke Lagerleiter von Lager V war der einzige, der Schwierigkeiten machte. Warum er ausgerechnet die Familie Kurowski unter Beschuß nahm, wußte nur Opa Jochen, aber der verriet es nicht. Es war nämlich am vierten Tag nach ihrer Ankunft in Lübeck, als der Dicke bei Julia Rambsen in der Remise erschien und zuschaute, wie sie ihren Hengst ›Goldener Sommer‹ fütterte.

»So 'ne hübsche Frau und geht mit Hengsten um«, sagte er gemütlich. »Aber das Futter wird knapp werden.«

»Wir werden sammeln gehen«, antwortete Julia Rambsen und putzte dem Hengst die Nüstern aus. »Er wird einmal der Stammvater einer neuen Trakehnerzucht werden.«

»Ein Glückspilz.« Der Fette lachte dröhnend. »Der darf immer. Der muß sogar. Kriegt die schönsten Stuten hingestellt. Warum sollen wir Menschen schlechter leben?« Er klatschte Julia auf die Hüften und sah sie lüstern an.

»Lassen Sie das!« sagte sie gefährlich leise.

»Ich weiß, wo man vier Fuder Heu und 'ne Menge Hafer bekommt.« Der Dicke betrachtete mit offenem Wohlgefallen Julias schöne Brüste und leckte sich schnell über die Lippen. »Es gibt da nur zwei Möglichkeiten: Entweder wird mal der Gaul eines Tages abgestochen, weil einige Hundert hier im Lager mit ihrem knurrenden Magen Musik machen können... oder wir holen gemeinsam das Heu und den Hafer.

Dann passe ich auf das Vieh auf. Aber das geht nur gemeinsam, schöne Frau ... verstehen wir uns? Gemeinsam!«

»Da gibt's auch noch 'ne dritte Möglichkeit!« hatte Opa Jochen gebrüllt. Er war gerade beim letzten Satz unbemerkt in der Remise erschienen. »Wenn 'n Esel bockt, tritt man ihn in den Arsch!« Und ehe der Dicke wußte, was da geschah, wurde er mit kräftigen Tritten und Faustschlägen aus dem Unterstand gejagt. Seitdem hatte die Lagerleitung die Familie Kurowski wie einen Balken im Auge und versuchte alles, diesen Fremdkörper loszuwerden.

»Das hier ist kein Dauerlager, sondern ein Durchgangslager«, sagte der Dicke zwei Monate nach Kriegsende zu Paskoleit, – es war die siebente Ermahnung dieser Art. »Immer neue Flüchtlinge kommen aus den russischen Gebieten herüber. Wir brauchen Platz! Man hat Ihnen Zeit gelassen, sich zu kümmern. Sie müssen in Kürze raus! Mein Gott, Sie müssen doch endlich wissen, wo Sie hingehören.«

»Nach Ostpreußen!« sagte Paskoleit finster. »Sorgen Sie dafür, daß Adamsverdruß frei von Russen ist ... schon eine Stunde später sind wir auf dem Rückweg!«

»Das ist doch dämliches Gequatsche!« schrie der Dicke. »Wir haben den Krieg verloren!«

»*Wir!* Das ist es! Nicht nur wir Ostpreußen oder Schlesier, sondern auch Sie, Sie dickes Schwein! Sie haben nur Glück gehabt, daß hierhin der Engländer gekommen ist, aber wir können ja tauschen. Ich hatte in Adamsverdruß ein schönes Haus, – ich schenke es Ihnen. Gehen Sie ihn, setzen Sie sich rein, – ich nehme dafür gern Ihre miese Dreizimmerwohnung. Abgemacht?« Der Dicke drehte sich wortlos um und ging. »Polacken!« hörte ihn Paskoleit murmeln. Es war ein Wort, das er von da an nicht mehr vergaß.

»Das also sind wir für die hier im Westen«, sagte er zu Opa Jochen und Felix Baum. »Polacken! Verdammt, ich habe so eine Ahnung, als ob auch dieser Krieg den Deutschen die Hirne nicht freigeblasen hat! Gibt es eigentlich nichts, was den Deutschen ändert? Auch nicht die Millionen Toten, die zerstörten Städte, der Hunger, das völlige Chaos? Bleibt denn dieser Deutsche immer der arrogante Trottel?! Opa, ich ahne: Der Frieden wird schrecklich!«

Am nächsten Abend wurde der dicke Lagerleiter in die Waschbaracke gezogen, nachdem jemand ihm einen Sack über den Kopf geworfen hatte. Quiekend, später stumm und ergeben, ließ er sich verprügeln, bis er ohnmächtig zusammensank. Bis heute weiß noch niemand, wer die Attentäter waren. Man weiß nur, daß die Baracke II, in der die Kurowskis wohnten, zusammenlegte und zwei Flaschen Schnaps von den Engländern kaufte. Es wurde eine fröhliche Nacht.

»Trotzdem müssen wir hier raus!« sagte Paskoleit später. »Der Dicke hat in einem recht: Das hier ist kein Dauerzustand. Hier verschimmeln wir: Die Paskoleits und Kurowskis waren immer freie Menschen. Und wenn ich mich unter ein Bretterdach draußen *vor* das Lager setze und Schuhe besohle, – ich bin *draußen!* Ich habe mein eigenes Dach! Opa –?«

»Hier!« brüllte Jochen Kurowski.

»Was die anderen können, schaffen wir auch? Wir gehen auf Maggeltour.«

»Und womit willste tauschen, du Idiot?«

»Mit ›Goldener Sommer‹!«

Jochen Kurowski starrte Paskoleit mit offenem Mund an. »Biste total verrückt ...« sagte er dann leise. »Erstens gehört dir der Hengst nich, und zweitens fresse ich lieber Gras, ehe ich das Pferd hergebe ...«

»Euch fehlt die Phantasie.« Paskoleit tippte an seine breite Bauernstirn. Als er jetzt lachte, war es, als wäre die Sonne über den masurischen Seen aufgegangen. »Wir machen mit Julia zusammen einen Reitstall auf ... fünf Minuten reiten, eine Nähnadel. Eine halbe Stunde: einen Feuerstein. Zehn Minuten: ein Stück Seife. Eine ganze Reitstunde: ein halbes Pfund Speck! Für Engländer Sondertarife: jede halbe Stunde ein Frühstückspäckchen. Offiziere zahlen mit Butter und Schinken oder mit Ham 'n eggs.«

»Er ist übergeschnappt!« Opa Jochen sah sich hilflos um. Die Kurowskis, Felix Baum, Franz Busko und Julia Rambsen schienen anderer Meinung zu sein – sie nickten Paskoleit zustimmend zu. »Wer will denn auf 'nem Gaul rumhopsen, wenn er nichts zu fressen hat?!«

»Abwarten.« Paskoleit setzte seine Mütze auf. »In Baracke VI ist ein Maler, der soll ein Schild malen. ›Reiten – ein Volkssport! Gönnen Sie sich ein paar frohe Minuten auf dem Rücken eines feurigen Pferdes‹. Mehr als auf die Schnauze fallen können wir dabei nicht ...«

Sie fielen nicht auf die Schnauze.

Schon am ersten Tag, nachdem das Schild – der Maler aus Baracke VI verlangte für Pappe und Arbeit ein halbes Pfund Butter von der ersten Einnahme – von dem zehnjährigen Ludwig Kurowski herumgetragen wurde, meldeten sich zwanzig Kinder aus dem Lager und drei britische Sergeanten. Von den Eltern der Lagerkinder nahm Paskoleit Seife, Waschpulver oder Gummibänder an, – die Engländer bezahlten mit dicken Nahrungspaketen.

Am Abend zählten Paskoleit und Opa Jochen die Einnahmen. Es war überwältigend. »Wer ist nun der Idiot?« fragte Paskoleit. »Wenn wir das zwei Monate lang machen, hat ›Goldener Sommer‹ einen richtigen Stall, und wir bauen eine Schusterwerkstatt.«

»Und besohlen tuste mit Rotz, was?« brüllte Opa Jochen.

»Auch das Problem lösen wir.« Paskoleit faltete die Hände über dem Bauch. Er spürte in sich die Ahnung, daß mit dem Sommer 1945 inmitten einer zertrümmerten Welt die Familie Kurowski neu zu leben begann. »Ich mache den Reitstall weiter, ihr« – er zeigte auf Opa Jochen, Felix Baum und Franz Busko – »wandert mal durch die Gegend und seht euch um. In Deutschland liegt jetzt viel herum, mit dem man ganze Konzerne gründen könnte. Man muß nur 'nen Blick dafür haben! Sehen können, Opa!«

»Das laß ich nicht auf mir sitzen!« Jochen Kurowski ging beleidigt weg. Er bummelte hinüber zu ›Goldener Sommer‹, setzte sich neben den herrlichen Kopf des Hengstes und sagte: »Mein Lieber, die werden was erleben! Morgen nehm ich die Umgebung von Lübeck unter die Sohlen. Und du sollst mal 'ne Krippe aus Marmor haben, das versprech ich dir ...«

Drei Wochen florierte der Reitbetrieb vorzüglich. Morgens drei Stunden, nachmittags drei Stunden ... ein hartes Pensum für das Pferd, aber ›Goldener Sommer‹ hielt es durch, als ahne er, daß sein schöner Rücken nicht nur elf Personen ernähren mußte, sondern die ganze Hoffnung einer besseren Zukunft trug.

Ab der zweiten Woche hatte Paskoleit seine Stammkundschaft: Am Nachmittag ritten die britischen Offiziere. Vormittags die Deutschen. Das waren meistens Kinder, die ihre Eltern so lange anbettelten, bis diese mit geradezu rührenden Angeboten zu Paskoleit kamen. Für zehn Minuten ein Paar Schnürsenkel, gebraucht natürlich. Für drei Runden um die Baracke V das Lederband einer Armbanduhr. Eine Mutter brachte drei Windeln ... für eine halbe Stunde Glück ihres jetzt vierjährigen Jungen.

Paskoleit nahm alles an. »Jedes hat seinen Wert«, sagte er ahnungsvoll. »Die große Zeit des Elends kommt erst noch –«

Am Samstag, nach drei Wochen, kehrten Opa Jochen und Felix Baum von einem zweitägigen Ausflug zurück. Baum, der sein Motorrad in Stralsund zurücklassen mußte, hatte aus Einzelteilen, die er zusammensuchte, ein Fahrrad zusammengebaut, und auf dem wackelten sie nun über Land, Opa Jochen hinten drauf, die langen Beine angezogen, in normalen Zeiten eine eklatante Verkehrsgefährdung, aber was war in diesen Tagen noch normal und was bedeutete Gefahr, wenn man der Hölle Ostpreußen und den Trecks entronnen war? Diese Überlandfahrten waren genau eingeteilt, Kurowski und Baum lösten sich beim Strampeln ab, sie besuchten alle um Lübeck liegenden Dörfer, tauschten die Dinge, die ›Goldener Sommer‹ sammelte, bei den Bauern gegen

Naturalien ein und feilschten um jedes Gramm Butter, jede Kartoffel, jeden Kohlkopf, jede Zuckerrübe. Aber es klappte: Wenn Baum und Opa Jochen abends heimkamen, hatten sie ihre Rucksäcke voll.

An diesem Abend, nach zwei Tagen, kamen sie leer zurück. Paskoleit sah ihnen entgeistert entgegen. »Hat man euch beraubt?« schrie er ihnen zu, noch bevor das Gefährt, das man Fahrrad nannte, aber eigentlich einen eigenen neuen Namen verdiente, bremste.

»Einen Kurowski beraubt man nicht!« brüllte Opa Jochen vom Gepäckträger. »Komm zum Gaul, Julius! Und halt jetzt die Klappe –«

Sie trafen sich in der Remise bei ›Goldener Sommer‹ wie Verschwörer, und Opa Jochen benahm sich auch so. »Junge, mir sind die Augen übergegangen«, sagte er. »Felix, habe ich zu dem dämlichen Nazi gesagt, Felix, halt mich fest, ich krieg 'nen Herzschlag ...«

»Es war überwältigend«, sagte Felix, heiser vor Erregung.

»Grandios –«

»Und redet mal vernünftig!« Paskoleit stieß Kurowski an. »Was ist grandios?«

»Fünftausend Autoreifen ...« Opa Jochen schluckte vor Ergriffenheit.

»Zehntausend ...« sagte Baum.

»Mindestens zehntausend! Haufen über Haufen ...«

»Alte und neue. Julius ... wir haben ein Reifenlager der ehemaligen Wehrmacht entdeckt. Nur 'n einfacher Stacheldraht drum. Englische Pendelposten. Wir haben zwei Tage im Gras gelegen und alles beobachtet. Wie bei uns: Ablösung alle zwei Stunden ... aber da ist eine Mannschaft dabei, die spart sich das Herumlatschen und pennt. Von zwei Uhr nachts bis fünf Uhr morgens ist kein Posten zu sehen.« Baum lehnte sich müde an die Remisenwand. »Stell dir das vor: Da liegen mindestens zehntausend Reifen, und die Engländer wissen nichts damit anzufangen und pendeln nur so um sie herum.«

»Damit könnten wir 'ne Riesenschuhfabrik aufmachen, Julius.« Jochen Kurowski umarmte den mit gespitzten Ohren zuhörenden Hengst und küßte ihn auf die weichen Nüstern. »Du olles Vieh . . . ich hab se entdeckt! Und mich wollten se zum Zittergreis machen! Mich, den Jochen Kurowski! Und du kannst aufhören mit der dämlichen Herumtraberei . . , du kriegst deine Marmorkrippe. Versprochen ist versprochen, mein Jungchen . . .«

»Wo?« fragte Paskoleit kurz.

»Zwischen Curau und Malkendorf. Zwischen zwei Hügelketten.« Felix Baum griff in die Tasche, – er hatte sogar eine Zeichnung angefertigt. Die Hügel, das riesige Reifenlager, der Stacheldrahtzaun, die britische Wachbaracke, die Scheinwerfermasten, die aber nie brannten, der Weg der Pendelposten, der nur bei der Wachgruppe II rund ums Lager ging. Die meisten Posten, vor allem nachts, sparten das hintere Drittel aus, denn dort mußten sie durch unebenes Gelände. »Hier können wir rein, ohne daß einer etwas merkt.«

»Und da ist das Lager auch am sichersten. Von dort bis zum nächsten Weg quer durch die Hügel ist eine Miststrecke. Willst du jeden Reifen erst über hundert Meter tragen, ehe du ihn aufladen kannst?«

»Ich ja!« sagte Opa Jochen laut. »Ich bin kräftig genug. Ich bin ein Kurowski! Ob die Paskoleits soviel Mumm haben –«

»Also dann übermorgen nacht!« Paskoleit blickte Opa Jochen herausfordernd an. »Ein Paskoleit schafft zwanzig Reifen.«

»Ein Kurowski einundzwanzig!« schrie Kurowski.

»Macht nur bei uns beiden einundvierzig. Wie kriegen wir die weg?« sagte er nüchtern. »Willste deine einundzwanzig vor dir herrollen?«

»Auch daran habe ich gedacht«, sagte Opa Jochen und verließ den Stall.

Am frühen Morgen, nach der ersten Andacht im Lager, saß

Kurowski bei Pfarrer Heydicke in der Bürobaracke. Heydicke hatte dort ein Dienstzimmer bekommen; er war zum Lagerpfarrer ernannt worden. Trotz besserer Angebote aus dem Hinterland blieb er bei seinen Flüchtlingen.

»Eine Frage, Herr Pfarrer«, sagte Jochen Kurowski mit gefalteten Händen, »liegt mir sehr am Herzen und muß ein Pfarrer entscheiden: Bestraft Gott jemanden, der ein neues Leben aufbaut?«

»Aber nein, Jochen –« antwortete Heydicke verwirrt. »Gott ist bei ihm!«

»Das ist gut, Herr Pfarrer!« Opa Jochen stand auf. »Ich brauche einen kleinen Lastwagen, der so um die fünfzig Autoreifen transportieren kann. Für eine Nacht. Können Sie das organisieren?«

Pfarrer Heydicke konnte es, nachdem Kurowski ihm alles erzählt hatte. Der britische Lagerkommandant selbst lieh dem Pfarrer einen kleinen Dodge.

»Ich komme mit«, sagte Heydicke. Opa Jochen nickte.

»Sie sagten ja: Gott ist bei uns! Morgen abend um neune . . .«

In der Abenddämmerung des nächsten Tages rumpelte der Lastwagen hinaus in das Land zwischen die Flüßchen Helisau und Schwartau. Am Steuer saß, Paskoleit neben sich, Pfarrer Heydicke.

Ein einmaliges Abenteuer begann.

8

Hinter Curau, auf einer engen Straße, die sich durch die flachen Hügel wand, kletterte Opa Jochen nach vorne ins Fahrerhaus und quetschte sich neben Pfarrer Heydicke. Von jetzt ab begann es, kriminell zu werden, wenn man in normalen Zeiten gelebt hätte. Aber Ende Juli 1945, in einem

Land, das mehr einer Mondlandschaft glich als einem geordneten Staat, einem Land, das wie noch kein Land auf dieser Welt zerstört, zerbombt, zerfetzt, zerrissen war und jeder Überlebende nur den einen Gedanken hatte, auch weiterhin zu überleben, ganz gleich, wie und mit welchen Mitteln, wäre diese nächtliche Autofahrt gar nicht erwähnenswert gewesen, wenn nicht mit ihr ein neuer Abschnitt für die Familie Kurowski begonnen hätte.

Die Städte und Dörfer, die sie durchfahren hatten, lagen in tiefer Ruhe, wie ausgestorben. Ausgangssperre ab 22 Uhr. Befehl der Militärregierung. Wer sich ab 22 Uhr noch außerhalb seiner Wohnung befand, wurde verhaftet und eingesperrt.

Der kleine Lastwagen wurde dreimal angehalten von britischen Feldpolizeistreifen. Einmal in Bad Schwartau selbst, das zweitemal auf der Straße nach Curau, das drittemal wieder im Dorf Curau selbst. Und immer zückte Pfarrer Heydicke seinen vom Lagerkommandanten in Lübeck ausgestellten Fahrbefehl und seinen Ausweis, sprach in einem guten Englisch mit den britischen Offizieren und bekam freie Weiterfahrt, wenn sie sich ausgiebig davon überzeugt hatten, daß hier tatsächlich ein Mann Gottes auf dem Bock eines Lastwagens saß.

»Mindestens einer von unserer Familie hätte Pfarrer werden und englisch sprechen müssen«, sagte Opa Jochen nach der dritten Sperre. »Jungchen, das muß man sich merken. Entweder Ludwig oder Peter werden englischsprechender Pfarrer –«

»Vielleicht ist mal Russisch wichtiger«, sagte Paskoleit. Sie hielten zwischen den Hügeln, Felix Baum kam nach vorn gelaufen.

»Noch etwa fünfhundert Meter.« Er zeigte in die Finsternis hinein. »Das Lager ist links vom Weg. Eine Straße führt bis vors Tor, eine Privatstraße.«

»Die fahren wir bestimmt nicht«, sagte Heydicke. »Wie kommen wir am nächsten von hinten ran?«

»Querfeldein, Herr Pfarrer.« Felix Baum winkte zu der Hügelkette. »Da geht's rauf und runter! Soll ich fahren, Herr Pfarrer?«

»Sie schleppen Reifen, Baum! Ich bin schon andere Wege gefahren. Also los ...«

Ohne Licht, langsam, im ersten Gang, schlichen sie sich in die Hügel hinein. Baum stand draußen auf dem Trittbrett, Opa Jochen klebte mit der Nase an der Windschutzscheibe. Paskoleit rauchte in der hohlen Hand nervös eine selbstgedrehte Zigarette aus Kippentabak.

»Halt!« sagte Baum. »Hier muß es sein. Hinter dem Hügel in der Senke beginnt der Stacheldraht. Mann o Mann, wie wollen Sie da zurück, Herr Pfarrer? Leer geht das, – aber vollgeladen? 'n Achsenbruch fehlt uns noch!«

»Der Pfarrer wird beten«, sagte Opa Jochen und sprang aus dem Wagen. »Aber das versteht ein ehemaliger Ortsgruppenleiter ja nicht! Los, Jungchen – ran an die Bouletten!«

Wie Schatten glitten Paskoleit, Opa Jochen, Baum und Busko in das Hügelgelände und wurden nach wenigen Metern von der Nacht verschluckt. Es war eine gute Nacht, warm und dunkel, dunstig dazu, der Mond schwamm als armselige Sichel in einer trüben Brühe, die kein Licht durchließ. Lautlos zu sein, hatte man im Krieg gelernt, und so huschten die vier im Schutz von Büschen und Birken, Wacholder und Zwergkiefern bis zu der Senke, die durch einen drei Meter hohen Stacheldrahtzaun abgesperrt war. Hinter dem Draht, schwarzen Türmen und runden Hügeln gleich, türmten sich die Autoreifen. So weit das Auge die Dunkelheit durchdringen konnte ... Berge von Reifen. Ganz in der Ferne schimmerte ein mattes Licht: Die Wachbaracke. Die Scheinwerfer an den hohen Masten waren ausgeschaltet. Für die Engländer schien es ausgesprochen blödsinnig zu sein, alte Autoreifen zu bewachen. Aber Befehle müssen ausgeführt werden.

»Guck dir das an, Jungchen«, sagte Opa Jochen ergriffen.

»Das ist an Schuhsohlen überhaupt gar nicht mehr auszurechnen . . .«

»Fehlen uns nur Klebstoff und Nägel.« Paskoleit trat an den Zaun heran und betrachtete ihn mißtrauisch. Er hatte gehört, daß man auch durch Stacheldrahtzäune Starkstrom jagen kann. »Anspucken kann ich die Sohlen nicht.«

»Der Kerl hat immer was zu meckern!« Jochen Kurowski packte zu, ehe Paskoleit ihn daran hindern konnte. Er bog die beiden mittleren Drähte auseinander und winkte mit dem Kopf. »Los, rein . . .«

»Da haste aber Glück, daß die nicht unter Strom stehen«, sagte Paskoleit und atmete pfeifend aus.

»Ihr müßt mich alle für blöd halten, was?« knurrte Opa Jochen. »Das habe ich gestern doch längst mit 'nem Stück Holz festgestellt. Los, rein . . .«

Sie kletterten in das Lager, ließen sich sofort auf den Boden fallen und warteten. Es konnte sein, daß jetzt in der Wachbaracke durch irgendeinen Impuls eine Alarmglocke anschlug. Aber alles blieb still. Es war genau zwei Uhr morgens, die Zeit, in der die britischen Posten bis auf einen ausgelosten Wachhabenden schliefen.

Bis zu dem ersten Stapel Reifen waren es nur sechs Meter. Paskoleit fuhr mit beiden Handflächen über die Profile. »Mann, das sind ja ganz neue«, flüsterte er. »Das werden keine Schuhsohlen . . . dafür bekommen wir Butter, Speck, Eier, Fleisch!«

»Und der Lagerkirche stiften wir vier Reifen«, sagte Opa Jochen ergriffen. »Jungchen, von Adamsverdruß bis hier . . . haben wir ein Glück gehabt.«

»Nun heul nicht gleich.« Paskoleit klopfte Kurowski auf den Rücken. »Schnapp dir zwei, Opa . . . und ab damit . . .« Sie arbeiteten von zwei bis halb fünf Uhr. Zweieinhalb Stunden schleppten sie Reifen nach Reifen weg, der Schweiß lief ihnen in die Schuhe, die Lungen schienen zu platzen, schließlich schwankten sie nur noch herum, als seien es keine Gummireifen, sondern Bleiräder.

Pfarrer Heydicke lud sie hinten auf den Wagen. Um halb fünf nahm er Opa Jochen aus der Kolonne. Der Alte keuchte wie ein alter Dampfkessel und benahm sich wie ein Betrunkener. »Schluß!« sagte Heydicke scharf. »Sie bleiben hier!«

»Ich laß mich von dem Paskoleit nicht unterkriegen!« keuchte Kurowski und lehnte gegen die Autowand. »Bis jetzt stehen wir gleich.«

»Und bei der nächsten Tour fallen Sie um! Schluß sage ich!«

Und Opa Jochen fügte sich. Gegen einen Pfarrer kam er nicht an.

Um fünf Uhr war die Aktion zu Ende. Der Zaun war unbeschädigt, im trüben Morgenlicht sah man gar nicht, wo die Reifen fehlten, denn Paskoleit hatte angeordnet, sie von verschiedenen Stapeln wegzunehmen. »Wieviel, Herr Pfarrer?« fragte er und saß müde und schweratmend, von Schweiß überflossen, auf dem Trittbrett.

»Genau neunundsechzig. Alles neue Reifen!«

»Weniger vier für die Kirche, bleiben fünfundsechzig«, sagte Opa Jochen zufrieden. »Damit läßt sich ein Leben aufbauen! Leute, hier tanken wir jede Woche wenigstens einmal nach –«

Die Rückfahrt gelang ohne Kontrollen. In der Scheune eines Bauernhofes zwischen Bad Schwartau und Lübeck – der Bauer erhielt dafür eine komplette Bereifung seines klapprigen DKW – wurde die Beute abgeladen, noch einmal gezählt, und Opa Jochen sagte zu dem Bauern: »Jungchen, wenn ein Reifen fehlt, geht's dir wie dem Bullen, der zum Ochsen wurde. Verstanden?!«

Um acht Uhr fuhren sie wieder ins Lager ein; Pfarrer Heydicke lieferte den Lastwagen ab. »Ich will nicht fragen«, sagte der Lagerkommandant, »aber ganz privat interessiert es mich: Wo waren Sie mit meinem Wagen?«

»Ich habe eine neue Altardecke geholt und zwei Kerzenleuchter.«

»Mit einem Lastwagen?«

»Gott zu dienen, ist Schwerarbeit, Captain«, sagte Heydicke. »Vergessen Sie nicht ... wir fangen ja im Jahre Null wieder an –«

Die Familie Kurowski und Julia Rambsen mit ihrem Trakehnerhengst ›Goldener Sommer‹ verließen das Flüchtlingslager. Auf einmal – die anderen wußten es nicht zu erklären – lief alles wie am Schnürchen, so als hingen alle Kurowskis wie Marionetten in den Händen eines großen Puppenspielers. Am Rande Lübecks, wo es schon ländlich wurde, bekamen sie eine hölzerne Wohnlaube zur Miete mit dem Recht, sie auszubauen. Das kostete sechs Reifen. Bauholz, Nägel, alte, abgeklopfte Ziegelsteine aus Trümmerschutt, Zement und durchgesiebter Trümmersand kosteten zehn Reifen. Zweimal einen Lastwagen leihen: Zwei Reifen! Dann hockte die ganze Familie Kurowski vierzehn Tage lang um einen Berg Steine, klopfte den Mörtel ab und stapelte sie. Der jetzt elfjährige Ludwig und der fünfjährige Peter hämmerten mit, Erna Kurowski mischte von Hand die Mörtelspeise und den Beton, Opa Jochen, Paskoleit, Felix Baum und Busko mauerten die Laube aus und bauten drei Zimmer und eine Werkstatt an. So etwas wie Bauamt, Bauplätze und statische Berechnungen, Baufluchtlinien und Vorschriften, wie die Fenster sein sollten, gab es noch nicht. Wohl begann das deutsche Beamtentum wieder anzulaufen, aber noch waren es Männer, denen der Krieg frisch in den Knochen steckte und die in den anderen Bürgern Kameraden sahen. O selige Zeit! Das sollte sich bald ändern. Nichts wächst auch nach einer totalen Vernichtung schneller nach als die Bürokratie! Auch in den Trümmern blühten als erstes die Disteln ...

Ab und zu tauchte Pfarrer Heydicke auf, half dann am Bau mit und kassierte immer einen Reifen.

»Ein schamloser Mensch!« knurrte Opa Jochen. »Früher tat man 'nen Groschen in'n Klingelbeutel, heute 'nen Autoreifen!«

Das größte Geschäft machte Paskoleit mit zwanzig Reifen ... er tauschte dagegen einen alten Opel P 4. Gleichzeitig mit der Zulassung meldete er sein Gewerbe an und kam zurückgefahren mit einem Blumenstrauß auf dem Kühler. »Die Firma ›Schuhbesohlerei Ewald Kurowski‹ ist gegründet!« schrie er noch vor dem Bremsen aus dem Fenster. Und dann, leiser, indem er die weinende Erna umarmte: »Wir nennen den Betrieb nach Ewald, Erna. So ist er immer bei uns. Verdammt, wir wollen nie daran zweifeln, daß er zurückkommt ...«

Als erstes stand die Werkstatt. Erna und Opa Jochen zogen los und organisierten einen großen Ringtausch, dessen Basis die Reifen waren. So bekamen sie Nägel, Gummikleber, Heftzwirn, Pechdraht, Stifte, Zwecken, Stoßplatten, Ösen, eine alte Aufdoppelmaschine und eine verrostete Steppmaschine, die Franz Busko reparierte, Paskoleit schnitzte aus Pappelholz Leisten, und jetzt zeigte sich, daß das Wichtigste, das sie aus Adamsverdruß gerettet hatten im Treck quer durch Ostpreußen, über die Nehrung und die Ostsee der Rucksack mit den Schusterwerkzeugen war.

Der erste Kunde war ein ausgebombter Bonbonfabrikant.

»Den halten wir uns warm«, sagte Opa Jochen, nachdem Paskoleit vier Paar Schuhe besohlt hatte. »Wenn der wieder seine Bonbons zu kochen beginnt, lutschen wir uns in die Höhe!« Es war ein wertvoller Gedanke –

Ende September stand der ›Neubau‹. Stolz führte Erna Kurowski Pfarrer Heydicke durch die ausgebaute Laube und in die Werkstatt, wo Paskoleit und Busko jeden Tag vierzehn Stunden auf ihren Schemeln hockten und Schuhe reparierten. Teils für Geld, zum großen Teil aber gegen Sachwerte, die Baum und Opa Jochen über Land gegen andere wichtige Dinge eintauschten. ›Goldener Sommer‹ hatte einen schönen Stall und trabte seit vier Wochen wieder als Reitpferd um eine provisorische Bahn. Er ernährte Julia Rambsen und ihr Kind, für die Paskoleit ein Zimmer an die Laube gebaut hatte. »Ihr seid eine phantastische Familie«, sagte Pfarrer Heydicke, nachdem er alles besichtigt hatte. »Ihr zieht euch an den eigenen Haaren aus dem Dreck.«

»So ist's.« Paskoleit legte die schmutzigen Hände auf die Knie. »Wir sagen es jeden Tag im Chor, Herr Pfarrer: ›Wir lassen uns nicht unterkriegen!‹«

»Das ist das schönste Gebet; das stimmt, Paskoleit! Ich brauche noch einen Reifen.«

Seufzend verschwand Opa Jochen im ›Lagerraum‹.

Auch fünfundsechzig Reifen sind schnell verbraucht, wenn man mit ihnen eine Existenz aufbaut. Als Werkstatt und Wohnung standen und der P 4 als ›Maggelwagen‹ herumklapperte, die ersten Kunden kamen und die ›Schuhbesohlerei Ewald Kurowski‹ als anerkannter notwendiger Betrieb Bezugsscheine für Leder und anderes Material erhielt, lagen im ›Lager‹ nur noch vier Reifen. Ein erbärmlicher Anblick.

»Das geht nicht«, sagte Opa Jochen. »Julius, morgen nacht tanken wir auf!«

Felix Baum wurde mit seinem Fahrrad losgeschickt und meldete am Abend: Das Lager ist noch da! Voll wie bisher. Die Engländer stehen herum und wissen nicht, wohin damit. Es ist wie bei den deutschen Beamten: Es liegt keine Verwendungsverfügung vor, also bleiben die Reifen liegen. Dabei würden sie überall in Deutschland dringend gebraucht.

»Auch ein P 4 kann schleppen!« sagte Opa Jochen. »Von jetzt ab pendeln wir jede Nacht hin und her. Franz und ich! Wenn man uns schnappt, ist das halb so schlimm. Ich bin ein alter Mann, und Franz ist ein lungenkranker Idiot! Ihr anderen werdet noch gebraucht!«

Busko lächelte breit, er nahm Kurowski das nicht übel. Jeder wußte, wie's gemeint war. Denn weder war Busko ein Idiot, noch war er mehr lungenkrank. Nach Kriegsende hatte er eine wundersame Heilung durchgemacht, nahm an Gewicht zu und wurde ein breiter, großer, verdammt kräftiger Mann. »So ein Kerl«, sagte Baum einmal. »Der hat die Wehrmacht glatt beschissen!«

Von nun an zockelte der Opel P 4 jede Nacht zwischen den Hügeln bei Malkendorf und der Werkstatt am Rande Lübecks hin und her. Man konnte nur jeweils zehn Reifen transportieren, sonst brach die Achse des Wagens, aber Nacht für Nacht zehn Reifen, das summierte sich. Das Lager füllte sich, drei Transportunternehmer und zwei Baufirmen wurden nicht Schuhkunden, sondern Reifenabnehmer, und in dieser Zeit fragte niemand, wo die Dinger herkamen, man tauschte sie ein und war eine große Familie, die sich gegenseitig alle Hände wäscht.

Bis heute weiß man nicht, wie's gekommen ist, ob die Engländer langsam doch merkten, daß die Reifenstapel niedriger wurden, oder ob man Opa Jochen und Franz Busko durch Zufall beobachtete ... am 21. Oktober 1945, morgens gegen vier Uhr neunzehn (die Zeit stand später peinlich genau im Bericht) tauchte plötzlich zwischen den riesigen Reifenbergen eine britische Streife von vier Mann auf, legte die MPis an und brüllte: »Stop! Hands up!«

Opa Jochen verstand dieses Englisch sofort, blieb stehen, einen schönen, neuen Reifen zwischen den Beinen, und hob die Arme hoch in den Himmel. Franz Busko versuchte, mit einem verzweifelten Sprung hinter dem nächsten Stapel in Deckung zu gehen. Aber er sprang eine Sekunde zu spät ... ein Feuerstoß erreichte ihn, aber nur eine Kugel traf. Doch sie genügte. Sie durchschlug seinen Oberschenkel und warf ihn mitten hinein in die Reifen. Der Stapel brach zusammen und begrub ihn.

»So ein Rindvieh!« brüllte Jochen Kurowski. »Da sieht man wieder, daß er nie gedient hat!« Er blieb mit hocherhobenen Händen stehen und ließ sich dann von den Engländern abführen. Busko wurde hinterhergetragen, er war ohnmächtig, aber er lebte.

In dieser Nacht war Felix Baum mitgefahren und wartete in den Hügeln am P 4. Und wieder hatte die Familie Kurowski Glück ... als die Schüsse krachten, sprang Baum hinter das Steuer und hoppelte davon. Wohl schoß man hinter ihm her, aber im schwimmenden Morgenlicht gingen alle Schüsse weit daneben. Er erreichte die Straße und verschwand in Richtung Lübeck.

»Jetzt müssen wir Opa heraushauen«, sagte Paskoleit drei Stunden später. Auch Pfarrer Heydicke war gekommen – Baum hatte ihn gleich aus dem Lager mitgebracht. »Herr Pfarrer, Sie sind jetzt der einzige, der zu ihm kann.«

»Ich werde noch heute mit ihm sprechen«, sagte Heydicke. »Aber es ist eine verdammte Situation: Jetzt habt ihr Kleinen die großen Sieger gegen euch –«

9

Die Situation war wirklich sehr gefährlich, wenn man sie von Opa Jochen aus betrachtete... Pfarrer Heydicke, der ihn ganz kurz sprechen durfte, berichtete, daß britische Gerichtsoffiziere ihn Tag und Nacht verhörten und an eine organisierte Sabotageaktion des nationalistischen ›Wehrwolfes‹ glaubten. Joachim Kurowski begegnete diesem gefährlichen Verdacht, nach dessen Beweis die Todesstrafe fällig war, mit einer schauspielerischen Glanzleistung: Er verlor sein Gedächtnis. Da man keinerlei Ausweispapiere bei ihm gefunden hatte, ebensowenig wie bei Franz Busko, erinnerte er sich plötzlich nicht mehr seines Namens, stierte dümmlich in die Gegend, grinste die englischen Offiziere an und sagte nach fünf Tagen: »Schentlemänner, ich bin ein Findelkind. Wenn ihr herausbekommt, wer ich bin, würd mich das sehr freuen –«

Franz Busko schwieg ebenfalls. Bei ihm hatte der harmlose Fleischschuß in den Oberschenkel ebenfall eine Blutleere im Hirn erzeugt. Wenn ihn jemand ansprach oder gar verhörte, zuckte er so nervös mit den Augen, daß die britischen Offiziere schnell wieder aus dem Krankenzimmer gingen.

»Trotzdem müssen wir Opa und Franz herauspauken!« sagte Paskoleit nach zwei Wochen. »Die kriegen es fertig und hängen dem Opa alles an, was noch unaufgeklärt ist.«

»Und unsere vierundneunzig Reifen sind hops!« sagte Felix Baum. »Das mit dem ›Wehrwolf‹ – das müssen sie erst beweisen.«

Schon im Dezember fand die Gerichtsverhandlung statt ... eine harmlose Verhandlung vor einem britischen Militärgericht wegen Plünderung von Beuteware. Busko humpelte in das Zimmer, Opa Jochen saß starr und schweigsam in einem alten Korbsessel. Der einzige Deutsche, der der Verhandlung zuschauen durfte, war Pfarrer Heydicke. Von ihm wußte man später, was geschehen war.

Die Verhandlung war kurz. Ein paar Fragen, ebenso wenig Antworten. Man bemühte sich nicht mehr, die Namen der beiden Angeklagten festzustellen; in den Trümmerbergen Deutschlands liefen so viele Menschen ohne Namen herum, daß es auf zwei gar nicht mehr ankam. Es war auch nicht wichtig, – man steckte ja keine Namen in die Zellen, sondern Körper. Und so verurteilte das britische Militärgericht die Körper eines vielleicht siebzig Jahre alten Mannes und eines ungefähr Ende der Zwanzig stehenden Mannes zu einem Jahr Gefängnis wegen Diebstahls. Opa Jochen nahm das Urteil schweigend an; Franz Busko sagte: »Und wie verrechnen wir meinen zerschossenen Hintern?!« Er zeigte damit zum erstenmal eine Begabung zum Ausgleich, die ihn auf seinem weiteren Lebensweg begleiten sollte.

Kurowski und Busko bezogen eine Zelle im Lübecker Gefängnis. Eine große Gemeinschaftszelle, in der bereits vierzehn Verurteilte hockten und die Neuen mit Hallo und Gesang begrüßten. Damals hinter Gittern zu sitzen, schien eine Auszeichnung zu sein, wie Monate vorher das Eiserne Kreuz. Es stellte sich heraus, daß alle vierzehn Mitinsassen wegen fast gleicher Delikte bestraft worden waren und jeden Neuzugang als Vergrößerung einer Familie ansahen.

Opa Jochen übernahm schon am dritten Tag das Kommando in der Zelle. Zunächst brüllte er so gewaltig, daß zwei Wärter herbeistürzten und die Tür aufrissen, voll Angst, jemand würde wahnsinnig. »Was is das, he?« schrie Kurowski. »Nur zwei Eimer für sechzehn Mann zum Scheißen?! Jungchen, wir lackieren euch die Wände, wenn hier nicht bald mehr Eimer erscheinen!«

So ging das eine Woche lang. Wenn aus Zelle 23 Opa Jochens Gebrüll tönte, zogen die Wärter die Köpfe in die Schultern und versuchten, sich taub zu stellen.

Plötzlich hörte der wilde Riese aus Ostpreußen auf, – dafür hämmerten dreißig Fäuste gegen die Tür und die Wände und schrien fünfzehn Kehlen im Chor: »Einen Arzt! Sanitäääääter!«

Ganz still, ohne einen Laut war Kurowski auf seiner Pritsche zusammengebrochen. Busko begann zu weinen wie ein Kind, rüttelte ihn, hob die Augenlider des Alten, sah die verdrehten Augäpfel und fiel vor der Pritsche auf die Knie.

»Opa!« rief er. »Opa, mach keenen Quatsch! Opa! So'n Theater sollste nich machen –«

Als der britische Gefängnisarzt erschien, war Joachim Kurowski tot. Er hatte nichts davon gemerkt ... der Arzt versuchte es zu erklären: Irgendeine Ader im Gehirn war geplatzt. Aus.

»Er hat sich zu Tode jebrüllt!« sagte Franz Busko. »Mein Jott, wird uns der Ton fehlen –«

»Jetzt müssen wir raus aus dem Schneckenhaus«, sagte Paskoleit, als Pfarrer Heydicke die traurige Nachricht überbrachte. »Wir können Opa doch nicht als namenlosen Toten verscharren lassen. Ganz gleich, was folgt ... ich hol ihn ab! Ich werd sagen, der Opa hat schon immer so Sachen gemacht. War plötzlich weg ... und so haben wir uns dran gewöhnt ...«

Die britischen Behörden, fern aller Bürokratie und verwundert auf die sich langsam erholende deutsche Verwaltung blickend, die wieder gut geölt mit Paragraphenschmier Stück für Stück der preußischen Gründlichkeit zurückeroberte, hatten kein Interesse daran, den toten Alten zu behalten und zu begraben. Als Paskoleit Opa Jochens Ausweis mit Lichtbild vorlegte, sich als Schwager der Familie Kurowski ausgab und die Leiche für ein schönes christliches Begräbnis erbat, händigte man ihm Opa Jochen aus, eingerollt in eine alte Militärzeltbahn.

Auf dem Rücksitz des Opel P 4 holten Paskoleit und Felix Baum den alten Kurowski heim in die neue Werkstatt. Dort bahrte man ihn auf, tauschte gegen vier Reifen einen Sarg ein, Pfarrer Heydicke segnete den Toten ein, und dann wurde Joachim Kurowski auf dem Friedhof Lübeck-Süd begraben. Er kam damit in deutsche Verwaltung, erhielt eine Nummer und eine auf Quadratzentimeter berechnete Grube. Paskoleit schnitzte ein schönes Holzkreuz mit dem Wappen von Adamsverdruß. Es war der Anlaß zum ersten Krach mit der deutschen Friedhofsverwaltung, die der Ansicht war, ein Stadtwappen gehöre nicht auf ein Grab, auch nicht in Verbindung mit einem Kreuz. »Wer das Kreuz anrührt, dem schlage ich hundert Schuhzwecken in den Schädel!« brüllte Paskoleit. »Ist das klar?«

Die Adamsverdrusser, die das Grab umstanden, lächelten trotz des trüben Tages nach innen: Opa Jochen hatte einen Nachfolger bekommen. Der Ton von Adamsverdruß starb nicht aus.

Wer arbeitet, täglich vierzehn Stunden, und sich und eine Frau und drei Kinder aus dem Dreck zieht, vergißt, wie schnell die Zeit rennen kann.

Julia Rambsen hatte mit ihrem Hengst ›Goldener Sommer‹ Lübeck verlassen. Im Westfälischen, bei Borghorst, hatte sich ein Gutsbesitzer gemeldet, der früher einmal mit den Rambsens in Verbindung gestanden hatte und von ihnen Trakehnerpferde kaufte. Jetzt holte er Julia zu sich und bot ihr für ›Goldener Sommer‹ Stall und Weiden an. Von Gottfried Rambsen hatte man nicht wieder gehört, ebensowenig wie von Ewald Kurowski... sie waren im großen Schmelztiegel des Krieges verbrannt, ohne Rückstand, nicht mal ein Korn Asche war noch von ihnen übriggeblieben.

Felix Baum – »Gott ist wirklich ein guter Mann!« sagte Paskoleit – bekam trotz seiner Vergangenheit eine Stelle als Amtsbote in Ratzeburg und schied mit Tränen. Franz Busko, wegen guter Führung schon nach einem halben Jahr entlassen, fand seine Erinnerung wieder und tauchte plötzlich in der Werkstatt auf, holte seine lederne Schürze vom Haken, setzte sich auf seinen Schemel und sagte zu Paskoleit: »Meester, die Absätze übernehme ick wieder ...«

Pfarrer Heydicke erhielt eine Pfarrei in Kiel, vier andere Familien aus dem Dorf fuhren mit überfüllten Zügen nach allen Winden fort zu entdeckten Verwandten.

»So zerplatzt Adamsverdruß –« sagte Paskoleit, als Heydicke als letzter sich verabschiedete. »Wir bekommen es nie wieder zusammen.«

»Warum auch?« Heydicke schüttelte langsam den mächtigen Kopf. »Es kommt eine neue Zeit, Paskoleit. Wir werden hier Wurzeln schlagen, die Kinder sind schon eingewachsen, das geht so schnell. Adamsverdruß – das wird ein Märchen werden, und in zwei Generationen will auch das keiner mehr hören.«

»Die Kurowskis immer, Herr Pfarrer!«

»Auch die Kurowskis nicht, Paskoleit. Warten Sie ab ... wenn Ludwig, Peter und Inge so alt sind wie wir, wird Ostpreußen ein Name auf der Landkarte sein, aber nicht mehr *die* Heimat, um die man Blut vergießen könnte.«

»Das ist undenkbar, Herr Pfarrer.«

»Es wird die natürliche Entwicklung sein, Paskoleit. Wir haben den Krieg verloren, und zwar so gründlich, daß auch der alte deutsche Revanchistengedanke endgültig zertrümmert sein sollte.«

Paskoleit hatte keine Zeit, darüber nachzudenken. Ludwig besuchte jetzt das Gymnasium und lernte Latein und Mathematik, Peter kam in die Schule und schrieb die ersten

Buchstaben, die kleine Inge spielte in einem neugebauten Kindergarten und erhielt jeden Mittag eine dicke Milchsuppe mit Rosinen von einer englischen Hilfsorganisation. Das Leben normalisierte sich, wenn man es normal nennt, daß vom Morgengrauen bis zum Abenddämmern Paskoleit und Busko in der Werkstatt hockten und Erna Kurowski mit zwei Körben Schuhe einsammelte und die besohlten Schuhe wieder austrug zu den Kunden. Aber wer rechnete damals nach Stunden? Wer leistete sich den Luxus, müde zu sein? Wer dachte an Urlaub? Hätte damals jemand gesagt: »Ich komme von der Gewerkschaft, – ihr dürft nur 40 Stunden arbeiten!«, den hätte man so lange in den Hintern getreten, bis er die Internationale auf chinesisch gesungen hätte. Wer wagte es, Forderungen durch Streiks durchzudrücken? Jeder lag irgendwie auf der Schnauze, fraß Dreck, hatte die Front, die Bombennächte, die Flucht noch in den Knochen und war glücklich, daß er überhaupt lebte.

Sommer 1947. Ein Pfund Butter kostete 350,– Reichsmark, ein Pfund Kaffee 450,– Mark. Wer noch Vorkriegsseife hatte (so welche gab es) – denn jetzt wusch man sich mit Tonseife oder mit einem qualligen Ding, das so leicht war, daß es oben auf dem Wasser schwamm –, wurde umschwärmt. Ganze Heere zogen aus den Städten über das Land und belagerten die Bauernhöfe, tauschten Teppiche gegen Käse, Klaviere gegen Speck, Schreibmaschinen gegen Kartoffeln, Waschpulver gegen Rüben, aus Stahlhelmen getriebene Töpfe gegen einen Kohlkopf. Eine englische oder amerikanische Zigarette kostete 6,– Mark, – wer täglich eine rauchen konnte, gehörte zur obersten Schicht. Die berühmten Ringtäusche begannen, es gab nichts in Deutschland, was nicht reihum wanderte ... wer ein Brett brauchte, fing mit einer Kaffeekanne an, für die man ein Paket Nägel bekam. Die Nägel wurden zu einem Bettvorleger, der Bettvorleger zu einer alten Stehlampe, die Stehlampe zu einer verbeulten Milchkanne, die Milchkanne (in ihr konnte man Maische zum Schwarzbrennen ansetzen) zu drei Flaschen selbstgebranntem

Korn, genannt Habra, aus drei Flaschen Korn endlich wurde das gebrauchte lange Brett samt Scharnieren... hurra, man konnte eine Tür bauen!

Aus dem Ruhrgebiet fuhren nachts lange Kohlenzüge nach Belgien und Frankreich. Nacht für Nacht ratterten sie durchs Land, während im strengen Winter 1946/47 die Menschen an den kalten Öfen zitterten. Da standen dann plötzlich in der Nacht lange Reihen von Springern an den Bahndämmen und enterten die Kohlenzüge, warfen die schwarzen Brocken hinunter zu den anderen, die sie in Säcken aufrafften. Und in Köln sagte der Kardinal Frings, daß dies kein Raub sei und Gott bei den Menschen ist, die um ihr Leben kämpfen. Von da ab sagte keiner mehr: »Ich gehe Kohlen klauen« sondern: »Ich gehe fringsen«.

Der Krieg war vorbei, aber der Frieden war fürchterlich. Von Tag zu Tag wurde das Geld wertloser... man saß da, die Hände voller Reichsmark, und kaute an seinen hundert Gramm Maisbrot herum, das entweder im Mund staubte oder glitschig an den Zähnen klebte.

In diesem Sommer 1947 sagte Julius Paskoleit zu Erna Kurowski: »Man hat uns Schustern immer die Pechärsche genannt! Jetzt sieh dir an, wo die Studierten sind! Die kloppen Steine an der Straße... aber bei uns geht's auseinander wie'n Hefekloß. Erna... noch ein Jahr, und wir können uns ein ganzes Haus kaufen!«

Die ›Schuhbesohlerei Ewald Kurowski‹ am Rande von Lübeck war ein gesundes Unternehmen geworden. Jetzt arbeiteten schon zwei andere Gesellen in der vergrößerten Werkstatt. Paskoleit konnte es sich leisten, einmal im Monat beim Wirtschaftsamt zu erscheinen. Bezugsscheine für Leder, Nägel, Gummi, Beschläge und Zwirn zu fordern und die verschreckten, sich wieder in Akten einwühlenden Beamten anzubrüllen: »Was heißt hier einschränken? Ich weiß, daß ihr eure Bezugsscheine bebrütet! Himmel und Arsch, bei der nächsten Wahl werde ich Innungsmeister... wißt ihr, was das bedeutet? Ein Paskoleit Innungsmeister? Ihr wißt es nicht. Ihr habt noch keinen ostpreußischen Herbststurm mitgemacht –«

Ende August 1947 stellte Paskoleit eine Flasche Wein auf den Tisch und setzte sich Erna Kurowski, Ludwig, Peter, der kleinen Inge und Franz Busko gegenüber. Er zog eine Zeitung heraus und schlug sie auf. Den Anzeigenteil.

»Bevor wir die Flasche aufmachen«, sagte er, »hört mal zu. Zwei Jahre lang haben wir keinen Kaffee getrunken, nur Pfefferminztee, selbst gepflückt und selbst getrocknet. Wir haben nicht geraucht und kaum Fett verbraucht. Du, Erna, hast alles Fett eingekocht, den Kaffee aufgehoben, die Zigaretten gesammelt. Wir haben geschuftet von morgens bis in die Nacht, und jeder von uns hat erst aufgehört, wenn er umgefallen ist. Wäre Opa noch bei uns, würde er jetzt brüllen: Das ist es! Andere verfressen ein Vermögen, wir machen eins. Liebe Familie, wir *haben* ein Vermögen.« Er zeigte auf die Zeitung und hob sie dann hoch, damit alle die rotumrandete Anzeige sehen konnten. »Hier stand vor drei Wochen das drin: ›Ein ehemals gutgehendes, jetzt teilzerstörtes Schuhgeschäft in Leverkusen an Fachmann zu verkaufen. Preis Verhandlungssache.‹ Ich habe hingeschrieben, ohne euch zu fragen, ich habe verhandelt ... ab 1. Oktober sind wir Besitzer eines Schuhgeschäftes mit Werkstatt in Leverkusen! Was sagt ihr nun?«

»Wenig.« Erna Kurowski starrte Paskoleit an. Sie schien noch gar nicht zu begreifen, was da gesagt worden war. Doch dann fragte sie: »Was kostet es?«

»Fünf Pfund Kaffee, zehn Pfund eingekochtes Fett, zweitausend Zigaretten und zehntausend Mark –«

»Unser ganzes Vermögen, Julius –«

»Alles!« Paskoleit ließ die Zeitung auf den Boden flattern. »Für ein Geschäft, Erna! Ein richtiges Geschäft mit großem Schaufenster und einem Laden und einer doppelt so großen Werkstatt dahinter wie hier. Und dann in Leverkusen ...«

»Wo liegt Leverkusen, Julius?«

»Am Rhein, zwischen Köln und Düsseldorf. Das ist eine

Ecke mit Zukunft, Erna. Da ist Industrie, da ist Bayer, da ist der Rhein, im Rücken das Ruhrgebiet ... Ich habe es gewagt, Erna ...«

»Unser ganzer Besitz! Und wenn es schiefgeht, Julius?« Sie legte die Arme um ihre zusammengerückten Kinder. »Wenn Ewald zurückkommt ...«

»Er kann in Leverkusen ebenso leben wie in Lübeck.« Paskoleit nahm die Flasche und drehte den Korken heraus. »Erna, laß uns darauf anstoßen. Wir haben den Treck überlebt, wir haben uns aus dem Dreck gezogen ... wir haben immer alles gewagt. Wie heißt es bei uns?«

»Wir lassen uns nicht unterkriegen!« riefen die Kinder.

Paskoleit nickte. »Da – Erna – ruft unsere Zukunft! Für die klettern wir jetzt auf die Leiter. Verdammt, Franz ... du sitzt herum wie ein Kalb. Was sagst du?«

Und Franz Busko sagte bedächtig: »Du bist der Meister! Ich kann auch in Leverkusen Zwecken in die Sohlen kloppen!«

»Dann ist's gut.« Paskoleit lachte, beugte sich über den Tisch und küßte Erna auf die Stirn. »Lach auch, Erna ... wir rücken in Leverkusen an mit zweitausend Gummisohlen aus Opas Autoreifen. Mit dieser Armee erobere ich unsere Zukunft!«

Der unaufhaltsame Aufstieg der Kurowskis begann.

10

Das ›teilzerstörte Schuhgeschäft‹ in bester Lage von Leverkusen erwies sich als ein Trümmerhaufen. Zwar stand das Haus noch, oder besser – man konnte an den Außenwänden erkennen, daß es ein schönes, stattliches Haus gewesen war ... aber von einem Ladengeschäft zeugten nur noch die leeren Schaufensterhöhlen und der dahinter liegende, mit Schutt gefüllte, ziemlich große Raum. Was allein stimmte, war die ›beste Lage‹ ... nahe am ebenfalls zerstörten Bahnhof, mitten in dem, was man großzügig eine City nennen würde, eine Straße, durch die jeder gehen mußte, die Aorta Leverkusens gewissermaßen ... aber jetzt nur ein geräumter Pfad zwischen Ruinen und Schuttbergen.

Die Familie Kurowski stand sprachlos vor ihrem neuen Besitz, mit Koffern und Pappkartons neben sich auf dem Bürgersteig, Rucksäcken und einem Flechtkorb, den sich Franz Busko wie eine Kiepe auf den Rücken geschnallt hatte. Die zweitausend Gummisohlen, die Einrichtung der Schuhmacherwerkstatt, die alten Maschinen, der ganze in Lübeck angeschaffte Hausrat aus der schönen ausgebauten Laube rollte mit einem Güterwagen noch von Norden nach Südwesten. Auch hier hatten zwei Pfund Butter und ein Pfund Kaffee dafür gesorgt, daß der Waggon bevorzugt abgefertigt und an die nächsten Züge, die ins Rheinland fuhren, angekoppelt wurde.

»Ist det 'ne Scheiße!« sagte Busko und starrte auf das Ruinenfeld. »Habense det jewußt, Meester?«

»Ich hab's geahnt, Franz.« Paskoleit legte den Arm um Erna Kurowski. »Nun heul nicht los, Schwesterchen ... in de Hände spucken ist wichtiger. Dafür brauchste alle Feuchtigkeit, nicht zum Wegweinen ... Was glaubste, was Opa jetzt sagen würde, wenn er noch bei uns wäre.«

»Du Idiot, würde er sagen!« Erna Kurowski lächelte unter Tränen.

»Und dann würde er brüllen: Ran an de Bäume, Maanchen! In drei Wochen kloppen wir de ersten Nägel in de Sohlen!«

»Von mir aus!« Franz Busko setzte sich auf einen der großen schweren Koffer, die sie vom Bahnhof bis vor ihr neues Haus geschleppt hatten. Der frühere Besitzer war noch nicht erschienen, obwohl er zum Empfang der Familie Kurowski zugegen sein wollte, hatte er geschrieben. Er schien zu ahnen, daß in diesen ersten Minuten in der neuen Heimat Julius Paskoleit die letzte Rate des Kaufvertrages mit der Faust bezahlt hätte. Erst eingewöhnen lassen, dachte er. Sie kommen aus dem Lager und aus einer Baracke ... sie müssen sich erst an die städtischen Verhältnisse gewöhnen. Wenn sie die Kerle sind, als die sich Paskoleit ausgegeben hat, werden sie in ein paar Jahren hier eine Goldgrube haben.

In ein paar Jahren ... mein Gott, um sie durchzustehen, mußte man ein Kreuz aus Beton haben!

»Dann wollen wir –« sagte Paskoleit rauh und rieb die Hände. »Wir sind da, das Haus gehört uns, ich habe den Kaufvertrag in der Tasche –« er legte die rechte Hand auf seinen Rock, wo in der Innentasche das Dokument knisterte: Julius Paskoleit kauft das Haus Nordstraße 34 in Leverkusen mit allen Einrichtungen und Gegenständen, wie beschrieben – »die Sonne scheint, der Sommer ist die beste Zeit, um die Ärmel hochzukrempeln ... also los!«

»Und wo wollen wir schlafen?« fragte Erna.

»Jedes Haus hat einen Keller, Schwester.«

»Wenn er nicht von Bomben eingedrückt ist ...«

»Das sehen wir ja! Wir fangen wie normale Menschen an ... von unten nach oben! Franz!«

»Meester?«

»In den Keller!«

Es zeigte sich, daß nicht alles so trostlos war, wie es von außen zunächst ausgesehen hatte. Der Keller war unversehrt, hier hatte der Hausbesitzer bis vorgestern noch gewohnt, es gab hier Wasser und einen Kanalanschluß, elektrisches Licht und einen Lokus, verputzte Wände und sogar einen Kellerraum mit einer geblümten Tapete ... das Wohnzimmer.

»Na also!« sagte Paskoleit, nachdem er Erna und die Kinder in den Keller geführt hatte, als beträten sie einen Palast. »Wasser und Licht ... damit hat man die Kultur aufgebaut. Mehr braucht ein Paskoleit auch nicht. In ein paar

Wochen ... bis zum Winter bestimmt – sind wir wieder aus der Erde heraus. Hast du Angst, Erna?«

Erna Kurowski saß in dem ›Wohnzimmer‹ auf den Koffern, die Kinder um sich wie eine Glucke ihre Küken. Sie hätte heulen können, ganz laut heulen, wenn sie an die schöne Laube in Lübeck dachte, an den blühenden Garten drum herum, an die neuen Freunde, das nahe Meer und das Gefühl der Sicherheit. Alles war nun aufgegeben, verkauft gegen einen Ruinenhaufen, eingetauscht gegen einen weiträumigen, aber muffigen Keller, in den – wenn der Wind herüberkam von den wieder produzierenden Farbwerken Bayer – eine unsichtbare Wolke von Arzneigestank hineinkroch.

»Ich habe keine Angst, Julius«, sagte sie tapfer und lächelte wieder, obwohl ihr die dicken Tränen aus den Augen tropften. »Es ... es ist nur alles so fremd ...«

»Wir müssen in das Fremde hineinwachsen, Erna.« Paskoleit zog seinen Rock aus und krempelte die Hemdsärmel hoch. Er hatte dicke Armmuskeln und einen breiten Brustkorb ... ein ostpreußischer Baum, den kein Sturm umweht.

»Nach Adamsverdruß kommen wir nie wieder.«

»Ist das sicher?«

»Für mich ja! Der Krieg ist verloren ... der Verlierer muß bezahlen. Das ist natürlich. Wir bezahlen mit Ostpreußen und Schlesien, und wenn man noch so laut schreit von Heimatrecht und Rückkehr. Verdammt, es wird lange dauern, bis man das begreift ... aber ich glaube, schon Ludwig, Peter und Inge werden es verstehen, wenn sie groß sind. Ihre Kinder werden Ostpreußen nur noch als Fleck auf der Landkarte betrachten. Politik ist ein Generationsprozeß ... sollen wir uns davon überrollen lassen? Nee, nicht ein Paskoleit. Wir fangen an, die neue Welt zu erobern!«

»Sie sollten in de Politik gehn, Meester –« sagte Franz Busko beeindruckt. »Reden können Se ...«

»Ich bin Schuster!« Paskoleit klatschte in die Hände. »Das ist mehr als Politiker, Franz. Was ist'n Politiker ohne Schuhe? Wie sieht das aus, wenn er Aufstieg verspricht und steht barfuß da ... Los, rauf auf die Straße!«

Die Familie Kurowski begann, das Haus Nordstraße 34 aufzubauen.

Auch im zerstörten Deutschland von 1947 hatte alles wieder seine behördliche Ordnung. Zwar zogen ganze Menschenschlangen aufs Land und fuhren auf den Trittbrettern der Züge, in Güterwagen, Bremserhäuschen, mit Holzgasautos und auf Fahrrädern bis nach Bayern und überfielen die entlegensten Bauernhöfe wie Heuschreckenschwärme, nur um ein paar Pfund Kartoffeln, ein Stückchen Speck, ein Glas Schmalz oder eine Welle Butter zu tauschen; Schnellgerichte saßen stundenlang über ausgemergelten Frauen und Männern Gericht, die man beim Stehlen von Kohlköpfen, Salat und Steckrüben auf den Feldern erwischt hatte, verurteilten sie wegen Mundraub zu Geldstrafen oder ein paar Tagen Haft, bis die Gefängnisse aus den Nähten platzten und Wartezeiten zum Einsitzen bis zwei Jahre hatten ... trotz einer immerwährenden Jagd nach Sattsein, dem einzigen großen Gedanken der Deutschen in diesem Jahr, zu dem sich bei fortschreitender Jahreszeit die Angst vor dem Winter gesellte, arbeiteten die Behörden mit einer geradezu perfiden Präzision.

Paskoleit hatte vierzehn Tage zu tun, um sich in Leverkusen behördlich zu etablieren. Er meldete sein Gewerbe an, seinen Umzug, den Hauskauf, die Eröffnung einer Werkstatt mit Ladengeschäft, stand Schlange vor den Bezugsscheinstellen und beantragte Fensterglas, Leder für sein Gewerbe, Nägel, Zwecken, Garne, Farben, Pech, Leim und Gewebe, stritt sich mit den Beamten herum, die der Ansicht waren, die Genehmigung eines Gewerbebetriebes sei nicht gleichbedeutend mit einer Zuteilung rationierter Sachen, erfuhr, daß in der Kreisverwaltung als Oberinspektor ein alter Bekannter aus Passenheim saß, und drang bis zu ihm vor.

»Der Paskoleit!« sagte der Oberinspektor. »Nee, Maanchen, so 'was! In Leverkusen! Komm, trink einen Schnaps. 'n Selbstgebrannten! Was ist eigentlich aus Adamsverdruß geworden?«

Wer damals einen Vetter – oder auch nur einen alten Bekannten mit einem goldenen Herzen – an der richtigen Stelle sitzen hatte, war vom Glück geküßt. Paskoleit verließ den Oberinspektor aus Passenheim mit vielen Zusicherungen, daß Haus und Laden die Förderung der Stadtverwaltung erhalten würden.

Und siehe da ... nun lief es. Bis Ende Oktober hatte man das Untergeschoß ausgebaut und die Decke mit Dachpappe so abgedeckt, daß der Winter kommen konnte. Die Schaufenster waren eingesetzt, der Laden geweißt, die Werkstatt eingerichtet, und hinter der Werkstatt war eine kleine Wohnung entstanden. »Sogar 'nen Garten haste –« sagte Paskoleit zu Erna Kurowski. »Zwar nur vier mal fünf Meter jroß ... aber für Petersilie und Porree reicht's ...«

Es war ein trauriger Garten, eingekeilt zwischen Wohntrakt und der hochragenden, zerborstenen Wand des Hauses der Parallelstraße; ein Fleck Erde voller Trümmerschutt, über dem wie ein viereckiges Fenster der blaue Himmel hing. Der jetzt zwölfjährige Ludwig und der siebenjährige Peter sammelten die Steine auf und gruben die Erde um, die vierjährige Inge richtete sich in einer Ecke an der Hauswand einen Sandkasten ein. Erna Kurowski rammte Eisenstangen in den Boden, die Franz Busko nachher weiß lackierte ... zum Wäschetrocknen. Die Hauptsorge einer Hausfrau.

Am 9. November ... »Ein blöder Tag«, sagte Paskoleit, »aber es geht nicht anders, mit dem Marsch auf die Feldherrnhalle hat das nichts zu tun ...« wurden Geschäft und Werkstatt feierlich eröffnet. Über der Ladentür hing jetzt nicht mehr ›Schuhbesohlerei Ewald Kurowski‹, sondern ein anderes, breites, blaugrundiges Schild mit leuchtenden gelben Buchstaben:

»Westschuh«

Paskoleit erklärte das so: »Für das Rheinland ist Kurowski ein Name, der nicht lockt. Man muß psychologisch vorgehen, Erna. Westschuh ... das trifft hier ins Herz! Das ist ein Teil von ihnen. Das ist nun mal so ... wir waren damals stolz, Ostpreußen zu sein – wir sind's noch, Erna! – und die hier sind stolz, Rheinländer zu sein. Deutsche sind wir alle, was macht's also, wenn man sich eingliedert? Wie gefällt dir ›Westschuh‹?«

»Gut, Julius«, sagte Erna Kurowski und starrte auf das große Schild über dem Ladeneingang. Noch waren die Schaufenster leer. »Aber wenn Ewald zurückkommt ...«

»Ewald denkt wie ich, verlaß dich drauf.« Paskoleit steckte die Hände zufrieden in die Hosentaschen. »Die ›Westschuh‹ ist eine GmbH ... Ewald, du, die Kinder, ich und Franz sind Gesellschafter. Und morgen fahr ich nach Pirmasens.«

»Was willst du denn da?« fragte Erna entgeistert.

»In Pirmasens lebt Heinrich Ellerkrug.«

»Wer ist denn das?«

»Heinrich hatte in Königsberg eine kleine Schuhfabrik. Sein Schwager Fritz Kämper ist Besitzer der ›Kämper-Schuhwerke‹ in Pirmasens. Und im ›Zentralblatt für Lederwaren‹ hab' ich gelesen, daß Heinrich Ellerkrug jetzt Prokurist bei Kämper geworden ist. Ahnste was, Erna?«

»Ja, Julius. Und du glaubst –«

»Mädchen, ich *weiß!* Eine Laus ist harmlos gegen Julius Paskoleit. Ich bohre mich in die ›Kämper-Werke‹ hinein ...«

Am 10. November fuhr Paskoleit, von der ganzen Familie zum Bahnhof begleitet, nach Pirmasens. Den Laden übernahm Franz Busko so lange ... zu verkaufen gab es nur die zugeteilten Sandaletten mit dicker Holzsohle ... aber man hatte ja aus Opas geklauten Autoreifen zweitausend Schuhsohlen auf Lager, ein Kapital, das jetzt ungeheure Zinsen trug. In drei Tagen hatte Busko neunundsiebzig Reparaturen angenommen ... er arbeitete von früh um fünf bis nachts um eins und schlief nur vier Stunden. Neben ihm auf dem

Schemel hockte Erna und glättete mit Schleifpapier die Sohlenränder.

Paskoleit blieb zehn Tage in Pirmasens, und Erna Kurowski hatte große Angst, ihm könne etwas geschehen sein. In den Zeitungen las man von Überfällen und Morden, manchmal nur wegen eines Pfundes Speck. Es bildeten sich regelrechte Räuberbanden.

Der Krieg war vorbei ... die Zeiten wurden wieder normal ...

Am elften Tag nach seiner Reise nach Pirmasens stand Paskoleit plötzlich wie ein Käufer im Laden. Er grinste breit, als Erna aus dem Hinterzimmer kam und ohne hinzublicken gewohnheitsmäßig sagte: »Bitte ... was darf's sein?« Dann blieb sie stehen und starrte ihren Bruder an.

»Zweimal Erbsensuppe mit Speck!« rief Paskoleit fröhlich. »Erna, ich hab'n gleich mitgebracht. Er will sehen, ob wir eine gute Firma sind!«

»Wer, mein Gott?«

»Heinrich Ellerkrug!«

In der Ladentür stand ein großer, schlanker Mann mit grauen Schläfen und schwarzen Locken, elegant, fast vornehm – Opa Jochen würde gesagt haben, ein richtiges Herrchen –, er hatte helle Lederhandschuhe in der rechten Hand und winkte damit Erna zu. Seine ganze Erscheinung strahlte Zufriedenheit und Erfolg aus, Sattsein und Sorgenfreiheit ... in dieser Zeit alles kleine Wunder.

Erna Kurowski wußte es nicht zu erklären, – aber als sie Heinrich Ellerkrug da in der Ladentür stehen sah, wurde sie unsicher, spürte ihr Herz schneller klopfen und kämpfte dagegen an, rot zu werden.

»Das ... das ist schön ...« sagte sie stockend. »Wir haben schon gedacht, Julius ist verschollen ... wie mein Mann!« Sie setzte das hinzu, um sich innerlich Halt zu geben, um einen Wall aufzubauen zwischen dem eleganten Ellerkrug und sich. Sie kämpfte dagegen an, aber es nutzte wenig ...

der Blick aus seinen strahlenden Augen traf sie voll wie ein Schuß, sie spürte ihn in sich eindringen, sagte zu sich, als schlage sie um sich: Ewald! Ewald! Ewald! – und wurde entgegen aller Willenskraft doch rot.

»Wenn Heinrich den Eindruck gewinnt, daß die ›Westschuh‹ ein solider Laden ist und Kämper-Schuhe für ihn nicht zu hochgestochen sind, dann will Heinrich uns beliefern! Erna, weißt du, was das bedeutet? Wir haben das modernste Schuhgeschäft in Leverkusen!« Er wandte sich zu Ellerkrug um und machte eine alles umfassende Handbewegung. »Na, wie ist's, Heinrich? Noch im Aufbau, aber du kennst den Paskoleit! Beste Lage in der Stadt! Und dann eine solche Chefin ...«

»Das allein überzeugt.« Ellerkrug kam näher, ergriff Ernas Hand und küßte sie. Es war Ernas erster Handkuß ... sie stand steif da, wie versteinert, und merkte nicht, daß Ellerkrug ihre Hand weiter festhielt. »Aus Ihrem Geschäft, Frau Kurowski, machen wir zusammen ein Schmuckkästchen. Und wenn diese Bezugsscheinsache mal aufhört – einmal ist das zu Ende, garantiert – dann sollen Sie mal sehen, wie der Schornstein dampft!«

»Heinrich fährt einen Mercedes –« sagte Paskoleit, als Erna noch immer nicht antwortete. »Er hat von der französischen Militärregierung jede Menge Benzin dazu. Und einen Betrieb haben die in Pirmasens ... Zucker, sage ich. So, und nun koch eine Erbsensuppe! Du ißt doch noch wie früher Erbsensuppe gern, was, Heinrich?«

»Immer noch.« Ellerkrug sah Erna tief in die unruhigen, blauen Augen. Wie schön sie ist, dachte er. Ihr Haar leuchtete wie reifer Weizen. Einunddreißig ist sie, sagte Paskoleit. Und drei Kinder hat sie. Man sieht's ihr nicht an. Sie ist zierlich und schüchtern wie ein junges Mädchen. Und dabei kann sie zupacken wie ein ostpreußischer Fuhrknecht. Verdammt, so eine Frau zu haben, ist schon ein Glück ...

Heinrich Ellerkrug blieb acht Tage bei den Kurowskis. Er machte – was kluge Männer immer tun, wenn sie Mütter umwerben – einen Umweg über die Kinder, um Erna näherzukommen. Er kaufte ihnen auf dem Scharzen Markt Schokolade, brachte Butter und große Fleischportionen heran (Geld spielte keine Rolle bei ihm), spielte mit Inge im Sandkasten, half Erna die Wäsche aufhängen und gab Ludwig, der das Gymnasium besuchte, Nachhilfe in Latein und Mathematik.

»Ein widerlicher Mensch, Meester«, sagte Franz Busko in der Werkstatt zu Paskoleit. »Er schleicht um die Meesterin herum wie'n Fuchs um de Gans.«

»Ellerkrug ist unsere Zukunft, Franz!«

»Und wenn Ewald zurückkommt?«

»Er kommt nicht wieder, Franz.« Paskoleit starrte auf seinen Arbeitsplatz. Es fiel ihm schwer, das zu sagen. »Ewald ist von Rußland gefressen worden. Damit müssen wir uns abfinden. Aber Heinrich Ellerkrug ist da ... was Besseres kann uns gar nicht passieren ...«

An einem Samstag morgen – Erna putzte gerade den Laden – sagte Ellerkrug, der an der Theke lehnte und schon vier Eimer schmutzigen Wassers ausgeschüttet und neues Wasser geholt hatte: »Erna, ich bin jetzt fünfundvierzig Jahre alt. Meine Frau starb in Königsberg 1944 bei einem Fliegerangriff. Ich habe keine Kinder. Aber ich habe ein sicheres Auskommen und werde bald Teilhaber der Kämper-Schuhfabrik. Ich möchte mit Ihnen einmal reden, Erna ...«

»Nein!« sagte Erna Kurowski. Sie blickte auf, verzweifelt schrubbte sie die Dielen vor der Theke. »Bitte nicht. Ich warte auf Ewald ... einmal kommt er zurück.«

»Und wenn nicht? Wollen Sie Ihr junges, herrliches Leben verwarten? Erna ... wir sind keine dummen Kinder mehr. Wir kennen das Leben und sind durch die Hölle gegangen. Jetzt haben wir das Recht auf ein Stückchen Himmel. Erna ...«

Er zog sie vom Boden hoch, legte die Arme um sie und küßte sie. Sie wehrte sich nicht, sie machte sich nur steif.

Und sie spürte tief in sich: Mein Gott, ich habe auf diesen Kuß gewartet. Bitte verzeih mir, mein Gott ...

Dann drückte sie sich von Ellerkrug ab und schüttelte den Kopf. »Nein!« sagte sie leise. »Nein, Heinrich ... es ... es ist noch zu früh. Laß mir Zeit ... noch ein Jahr. Nur ein Jahr ...«

11

Am nächsten Tag fuhr Heinrich Ellerkrug zurück nach Pirmasens. Erna begleitete ihn allein zur Bahn ... Paskoleit entschuldigte sich mit dem Berg Arbeit, den Franz Busko in den zehn Tagen seiner Abwesenheit gesammelt hatte, und außerdem klingelte jetzt ununterbrochen die Ladentür, denn es hatte sich in Leverkusen schnell herumgesprochen, daß hier ein neuer Schuhmacher war, aus Ostpreußen, der könne Sohlen unter alte Latschen nageln, daß sie wie neu aussähen. Und außer Eßbarem nehme er sogar Geld an, der Idiot.

»Also nichts –« sagte Paskoleit, als Erna Kurowski nach einer Stunde wieder vom Bahnhof zurückkam. »Du bist'n Dussel, Erna!«

»Ich liebe Ewald, Julius. Und er ist nicht tot!«

»Man kann ihn für tot erklären lassen.«

»Nie, Julius, nie! Plötzlich ist er dann da ... und ich heiße Ellerkrug und kann mich aufhängen!«

»Wenn er noch lebte, hätte er bis jetzt ein Zeichen gegeben.« Paskoleit wischte sich über die verschwitzte Stirn. Neben ihm lag ein Berg von Schuhreparaturen. »Ich weiß, ich weiß ... dein Gefühl. Aber man muß real denken, Erna. Heinrich ist da, das zählt. Er liebt dich. Er hat's mir gesagt. Bei ihm ist's eingeschlagen wie 'n Blitz. Bumm, – da saß es! An der Tür schon, als er dich sah. Die oder keine, hat er gedacht. Und was machst du? Du spielst die Madonna.

Erna ... eine ganze Schuhfabrik, die Kämper-Schuhe, Luxusschuhe, mit Verbindungen zu Italien ... das wird mal die ganz große Mode, sagt Heinrich, die Italiener werden stilangebend ... Designer nennen sie das ... die werden einmal die Schuhmode revolutionieren, und wir könnten mittendrin sein und brauchten nur die Schürzen aufzuhalten wie bei den Sterntalern ... das Gold regnet von allein vom Himmel. Und Ideen hat der Heinrich. Eine Ladenkette will er gründen ... ›Westschuh‹ in ganz Deutschland, wie Tengelmann und Kaisers Kaffeegeschäft, der modebewußte Herr, die moderne Dame trägt ›Westschuh‹, solche Sprüche will er kloppen ... und das haut hin, sag ich dir, das hat Zukunft – und du schickst ihn weg, machst Winke-winke an der Bahn und bist stur wie'n Panzer.«

»Dann hast du das alles eingefädelt?« fragte Erna. »Schäm' dich, Julius. Ich habe drei Kinder.«

»Aber die haben keenen Vater mehr, Gottverdammich! Heinrich hat die Kinder gern, und die Kinder haben sich schon in den paar Tagen an Heinrich gewöhnt. Das ist kein Hindernis. Nee ... du kommst nicht davon los, daß Ewald irgendwo in Rußland liegt. Das ist et.«

»Ja, das ist es. Ich will noch ein Jahr warten, habe ich Ellerkrug gesagt.«

»Das erste vernünftige Wort. Ein Jahr ist schnell weggeblasen.« Paskoleit nahm seinen Schusterhammer wieder zur Hand. Im Laden bediente Franz die Kundschaft und war froh, jetzt nicht in der Werkstatt zu sein. »Ich sag dir: Der Heinrich läßt nicht locker!«

Eine Woche später traf die erste Sendung ›Kämper-Schuhe‹ ein ... Paskoleit hatte durch Ellerkrugs umfangreiche Verbindungen eine Sonderzuteilung erhalten. Als sie im Schaufenster standen – für 1947 im Dezember geradezu sensationelle Kreationen in Leder, Stoff und Gummi – drängten sich die Leute vor den beiden Schaufenstern der ›Westschuh‹, gab Paskoleit dem Reporter der englisch lizenzierten Lokalzeitung ein Interview über den Wandel der Schuhmode von der Zweckmäßigkeit zur Schönheit und verkaufte – natürlich nur gegen Bezugsschein – zum normalen Preis diese Traumgebilde.

Für genau 348 Familien wurde Weihnachten 1947 ein besonderes Fest.

Nicht dagegen für Paskoleit. Vier Tage nach Ausstellung der Kämper-Kollektion und der geradezu sagenhaften Nachricht, daß Paskoleit die Schuhe zum normalen Preis verkaufte, erschienen bei ihm zwei düster blickende Herren. Sie stellten sich als Hübner und Runzenmann vor, womit Paskoleit nichts anfangen konnte, aber er wurde munter, als sie sagten: »Wir sind Kollegen von Ihnen. Wir haben auf der Rheinstraße und dem Herwarthweg ein Schuhgeschäft.«

»Aha!« antwortete Paskoleit. »Was kann ich Ihnen verkaufen, liebe Kollegen?«

»Sie haben einen blöden Humor!« sagte Runzenmann scharf. »Was soll das? Schuhe zum normalen Preis? *Solche* Schuhe? Sind Sie verrückt?«

»Wieso? Die Leute haben Bezugsscheine ... ihnen stehen also Schuhe zu.«

»Sind Sie wirklich so blöd?« Hübner lehnte an der Theke. »Jetzt rennen uns die Leute die Bude ein und wollen auch solche Schuhe! Nicht die Holzkläpperchen, sondern Modellschuhe! Was die ›Westschuh‹ kann, müssen Sie auch können, sagen sie.«

»Und Sie können's nicht?« fragte Paskoleit.

»Natürlich haben wir gute Schuhe!« schnaufte Runzenmann.

»Na also.«

»Aber die heben wir auf. Verstehen Sie? Die horten wir, um ganz deutlich zu werden. Bis zu dem Tag, wo die Mark wieder was wert ist! Dann hauen wir die Ware in die Fenster und brauchen nur die Hand hinzuhalten. Das ist Kapitalpflege, verstehen Sie?! Und da kommen Sie und verkaufen solche Schuhe jetzt und zum normalen Preis auf Bezugsschein!«

»Weil es das Recht der Leute ist!«

»Er ist wirklich so blöd«, sagte Runzenmann bitter zu Hübner.

»Heißt das, daß Sie mich überreden wollen, meine guten Schuhe auch zu horten und aus dem Verkehr zu ziehen?« fragte Paskoleit gefährlich ruhig.

»Das heißt, daß wir uns unser Geschäft und vor allem unser Ansehen durch einen Zigeuner wie Sie nicht kaputtmachen lassen!« schrie Runzenmann. »Das mag Ostpreußenstil sein . . . hier aber sind wir im Rheinland! Mit Methoden jüdischer Viehhändler kommen Sie hier nicht weit, mein Lieber! Da stoppen wir.«

Paskoleit antwortete nicht. Aber er beugte sich über die Theke, holte aus und setzte Runzenmann die Faust mitten auf die Nase. Runzenmann fiel in Hübners Arme, starrte Paskoleit entgeistert an und schüttelte sich wie ein nasser Hund.

»Das war ein Fehler«, sagte er leise. »Sie verdammter Pimmock! Ihnen ist doch klar, daß Sie ab morgen alle aus unserer Zunft gegen sich haben! Mit'n Handkarren werden Sie noch wegziehen, so, wie Ihr Gesindel aus'n Osten gekommen seid . . .«

»Noch ein Wort« – sagte Paskoleit ruhig und stemmte die dicken Fäuste auf die Theke – »und Sie brauchen einen Wiederherstellungschirurgen . . .«

»Also Kampf!« Hübner schob Runzenmann, der weiter schreien wollte, zur Ladentür. »Den sollen Sie haben, Paskoleit! Bis Sie's begreifen: Wir sind stärker als Sie!«

Aus der Werkstatt kam Franz Busko, nachdem die Ladentür zugeknallt war. Sein langes Pferdegesicht zuckte. In der Hand hielt er eine lange Schusterahle. »Ich hab' alles mitjehört, Meester«, sagte er keuchend vor Erregung. »Det is nun'n Jrund, det zu tun.«

»Was?«

»Ich trete in de Partei ein!«

»Franz, du in einer Partei? In welcher denn?«

»Ich kann's mir aussuchen. Se waren schon alle bei mir. Am besten jefällt mir die ›Liberale Fortschrittspartei‹. Kurz jenannt: LFP. Da sind de Unternehmer drin! Und det sind wir ja!«

Paskoleit betrachtete seinen Gesellen. Etwas Rührendes, Väterliches lag in seinem Blick. »Das ist gut gemeint von dir, Franz«, sagte er langsam. »Aber überleg mal: Was willst du in der Politik? Du hast doch keene Ahnung. Und mit deiner Lunge ...«

»Seit der Krieg vorbei is, Meester, bin ick auf die Lunge wieder fit! Det Uniformklima lag nur drückend uff mir.«

»Zur Politik braucht man etwas Hirn, Franz.«

»Es hat schon jrößere Idioten als mir jejeben, die wurden jroße Tiere in der Politik. Aba det is et ja nich: In der Partei kann ick Freunde sammeln. Freunde für uns, Meester, Freunde gegen diese Runzenmanns und Hübners. Det is wichtig ... Morjen meld ich mir an ...«

Von diesem Tag an verkaufte Paskoleit mit besonderer Freundlichkeit die schönen Kämper-Schuhe an Bezugsscheininhaber und erhielt sogar vier Tage vor Weihnachten 1947, als die Not der Deutschen so groß war, daß ein amerikanischer Reporter in der ›New York Times‹ schrieb: »Selbst einem Dichter würden die Worte fehlen, das zu schildern, was in Germany geschieht ...«, eine Sonderzuteilung von fünfzig Paar Schuhen. Ellerkrug lieferte per Expreß.

Nicht nur in Leverkusen, bis nach Köln und Düsseldorf sprach man von Julius Paskoleit. Runzenmann – so erfuhr man – hatten dagegen empörte Schuhkäufer Prügel angedroht.

»Ich habe Angst –« sagte Erna Kurowski einen Tag vor Heiligabend. »Sie werden das nicht einfach hinnehmen. Sie nennen es Provokation. Sie werden irgend etwas machen.«

»Sollen sie kommen!« sagte Paskoleit verbissen. »Ich beuge mich keinem Terror, schon gar nicht dem Terror dieser

Lumpen, die den kleinen Mann betrügen und horten und horten und horten ...« Er blickte auf die leeren Schuhregale, – die ›Westschuh‹ war ausverkauft. »Nach Weihnachten geht's erst richtig los! Ellerkrug hat mit Italien verhandelt – die Jungs aus dem Süden wollen einen Waggon voll Schuhe liefern. Weiß der Teufel, was Heinrich ihnen dafür geboten hat ... Von der Sendung bekommen wir vierhundert Paar! Beim Wirtschaftsamt laufen schon die Anträge. Das macht alles Heinrich ...«

»Du lügst schneller, als du Zwecken in die Sohle schlägst«, sagte Erna leise. »Und wenn du Heinrich mit Gold behängst ... ich werde nicht weich. Das mit dem Wirtschaftsamt ist allein deine Sache.«

»Und von Franz.« Paskoleit lachte gemütlich. »Die Kerle von der ›Liberalen Fortschritts-Partei‹ haben ihn sofort in den Vorstand gewählt. Jetzt braucht er nur gegen geschlossene Türen zu blasen und zisch, – stehen sie offen! Unser Franz! Der lungenkranke Lulatsch! Im Januar will er seine erste Parteirede halten!«

»Himmel nochmal, kann er das denn?!«

»Ja. Keine Angst, Erna.« Paskoleit holte eine Pfeife aus der Tasche und steckte sie an. Er wirkte ungeheuer sicher und stark. »Ich werde ihm die Rede schreiben, – er braucht sie nur abzulesen. Und das kann er. Ich fürchte, Franz macht noch mal Karriere in der Politik. Fließend ablesen können ist nämlich ein Geheimnis erfolgreicher Politiker ...«

Doch bevor Franz Busko seine Jungfernrede halten konnte, geschah etwas Furchtbares: Inge, jetzt sechs Jahre alt, kam am 10. Januar 1948 mittags nicht aus dem Kindergarten der ›Seligen Schwestern vom Blutenden Herzen‹ zurück. Erna Kurowski wartete bis zwei Uhr, lief dann zum Kindergarten, hörte von Schwester Sophia, daß Inge pünktlich mit ihrer Butterbrottrommel den Kindergarten verlassen habe. Da das Haus der ›Seligen Schwestern‹ nur drei Straßen weiter lag als Paskoleits Geschäft und Inge zur Selbständigkeit erzogen werden sollte, brachte sie keiner zum Kindergarten hin oder holte sie ab. Über ein halbes Jahr war das gutgegangen ... bis jetzt, den 10. Januar 1948.

Ratlos, verzweifelt rannte Erna zum Geschäft zurück. Paskoleit, der seit fünf Tagen endlich einen Telefonanschluß besaß (Parteimann Franz Busko hatte der Postdirektion einen diskreten Wink gegeben), rief sofort die Polizeistation an, das Krankenhaus, die Unfallwagenstation. Überall die gleiche Auskunft: Uns liegt nichts vor. Ein sechsjähriges blondes Mädchen ist nicht eingeliefert worden.

»Man hat sie entführt ...« stammelte Erna. »Ich habe es geahnt ... ich habe so ein dummes Gefühl gehabt ... Man hat Inge entführt. Wir sind zu schnell und zu deutlich nach oben gekommen. O mein Gott!« Sie schrie auf, hell und durchdringend, warf die Arme empor und fiel dann in Ohnmacht.

Mit einem schweren Schock wurde Erna ins Krankenhaus eingeliefert. Paskoleit aber rief in Pirmasens an.

»Heinrich –« sagte er mit belegter Stimme. »Heinrich, komm sofort! Erna braucht dich jetzt! Man hat Inge entführt.«

Und Ellerkrug schrie ins Telefon: »Ich fahre sofort! Wenn die Entführer wegen Lösegeld anrufen ... sag jede Summe zu. Jede Summe, hörst du?! Ich bürge dafür ...«

Langsam, mit schwerer Hand legte Paskoleit auf. Ewald, dachte er, wenn du wirklich noch lebst ... jetzt kannst du nichts mehr machen. Ob Gott uns verdammt oder beschützt ... Heinrich hilft, daß wir Inge wiederbekommen, und das wird Erna Heinrich nie vergessen. Aber du lebst nicht mehr, Ewald, und damit sind alle Probleme eigentlich vorbei.

Paskoleit stand auf. Er legte plötzlich die Hand aufs Herz und verhielt den Schritt. Da drinnen in der Brust stach es. Nicht schmerzhaft, nur so leicht, ein Kribbeln wie beim Elektrisieren, aber doch wie kleine spitze Nadeln.

Er atmete ein paarmal kräftig durch, sein breiter Brustkorb wölbte sich, das komische Gefühl verschwand, und Paskoleit vergaß es.

Ellerkrug mußte ohne Pause gefahren sein ... er traf schon am nächsten Morgen in Leverkusen ein.

Die Polizei war gerade gegangen, nachdem sie die üblichen Fragen gestellt hatte nach Aussehen von Inge, was sie anhatte, besondere Kennzeichen, ob Paskoleit einen Verdacht habe ... alles Fragen, die im luftleeren Raum zerflatterten. Ein Straßenbahnschaffner hatte Inge zuletzt gesehen: Sie stand vor dem Spielwarengeschäft der Gebr. Wattzke und hatte eine Stoffpuppe betrachtet. Das Geschäft der Gebr. Wattzke lag in der Nebenstraße, fast in Sichtweite von Paskoleits Schuhladen.

Um zwölf Uhr mittags klingelte das Telefon. Paskoleit hob ab und hörte eine deutlich verstellte Stimme.

»Morgen dreiundzwanzig Uhr mit 100 000 Reichsmark. Platz kommt noch.« Bevor Paskoleit antworten oder fragen konnte, legte der Mann auf.

»100 000!« sagte Paskoleit bleich zu Ellerkrug. »Erna hatte recht. Wir sind jetzt so weit oben, daß es sich lohnt zuzuschlagen! Heinrich, es gibt nichts Gemeineres als den Menschen! Da ist Deutschland nun zerbrochen wie'n alter Blumentopf, – aber der verdammte Schimmel ist wieder da und wächst und gedeiht. Es gibt nichts, was die menschlichen Schmarotzer ausrottet, nicht mal so ein Krieg.«

Paskoleit und Ellerkrug warteten sieben Tage auf eine neue Nachricht der Entführer. Jeden Tag besuchten sie Erna im Krankenhaus, und wenn sie ihnen stumm entgegenblickte, schüttelte Paskoleit schon an der Tür den Kopf und sagte auch nichts. »Sie kommt wieder«, sagte Ellerkrug und hielt stundenlang Ernas kleine, bleiche, kalte Hände fest. »Mit dem Kind können sie nichts anfangen ... es geht ihnen nur um die 100 000 Mark. Und die stehen bereit. Auch die Polizei wird nichts erfahren ... bis wir Inge wiederhaben.«

Das Warten zerrte an Paskoleits Nerven, auch wenn er nach außen den Starken spielte. Ein paarmal hatte er dieses Stechen am Herzen wieder gehabt, aber wenn er kräftig Luft holte, war's auch immer wieder vorbei. Er war auf die Folter der Zeit gespannt, saß immer in Nähe des Telefons und schlief neben dem Apparat.

Aktiv dagegen wurde Franz Busko. Seine erste Parteirede wurde ein großer Erfolg. Was Paskoleit ihm aufgeschrieben hatte, las er mit Pathos ab, und dann – an einer geeigneten Stelle – unterbrach er das Konzept und hielt in bester ostpreußischer Breite eine Donnerrede gegen das Verbrechertum. Er forderte die Todesstrafe für Entführer – wie in Amerika – und erntete rauschenden Beifall. Dann setzte er Paskoleits wohldurchdachtes Manuskript fort und wurde am Ende vom gesamten Parteivorstand beglückwünscht. Es gab keinen Zweifel: Franz Busko war der geborene Politiker. Nur eine kleine Schönheitskorrektur war nötig: Er mußte den richtigen Gebrauch von ›mir‹ und ›mich‹ lernen. Aber daran ist noch nie eine große politische Karriere gescheitert!

Endlich, am achten Tage nach Inges Verschwinden, rief der Erpresser wieder an. Ganz kurz, um keine Möglichkeit zu geben, seinen Standort zu bestimmen:

»100 000, heute um dreiundzwanzig Uhr Autobahn Köln–Frankfurt, Rastplatz Königsforst. Einfahrt ohne Licht, Geld aus dem Fenster werfen. Inge steht an Ausfahrt des Rastplatzes an einen Baum gebunden. Ende.«

»So ein Sauhund«, stammelte Paskoleit. »So ein Schwein. An einen Baum gebunden ... ein Kind ... Das darf man Erna gar nicht sagen ...«

»Um Himmels willen, nein!« Ellerkrug wischte sich über die Augen. »Wir bringen ihr morgen früh Inge ins Krankenhaus. Los, fangen wir an zu zählen. Hunderttausend Mark sind 'ne Menge Papier ...«

Um halb elf Uhr abends bogen Ellerkrug und Paskoleit mit Ellerkrugs Mercedes auf die Autobahn nach Köln–Frankfurt ein. Hinter ihnen lag in einem Koffer das Geld. Es war eine dunkle, kalte Nacht. Der Himmel hing schwer über dem Land.

Hinter Köln begann es zu schneien.

Ellerkrug fuhr langsam und vorsichtig, aber auch er wurde sichtlich nervöser, je näher sie dem Königsforst kamen.

Genau um dreiundzwanzig Uhr erreichten sie den Rastplatz und schwenkten von der Autobahn ab.

12

Sie waren die einzigen, die in den Rastplatz eingebogen waren; Ellerkrug und Paskoleit starrten durch das Autofenster auf die unversehrte Schneedecke. Dicke Flocken schwebten vor den Scheinwerfern, die Stille war so groß, daß das Tuckern des Motors wie fortwährende Explosionen klang. Von der Autobahn hörte man gar nichts ... die wenigen Wagen, die von den Wirtschaftsämtern mit Benzingutscheinen versorgt wurden, konnte man zählen und gehörten zu den ganz großen Ausnahmen, und wer bei diesem Wetter unterwegs war, fuhr so vorsichtig, als rolle sein Wagen nicht auf Gummireifen, sondern auf Eiern.

»Nichts« – sagte Paskoleit gepreßt. »Keine andere Reifenspur. Man hat uns in die Irre geführt.« Er verkrampfte die Finger ineinander, daß sie knackten. »Heinrich, ich habe Angst. Wenn Inge von diesen Saulumpen umgebracht worden ist, können wir Erna auch begraben.«

Ellerkrug antwortete nicht. Er schaltete die Scheinwerfer aus und wartete. Die Dunkelheit, das lautlose Schneien, die unter der Schneelast tief heruntergebogenen Fichtenzweige, das Gefühl, völlig wehrlos zu sein, und die 100 000 Reichsmark in der Aktentasche, diese sich endlos dehnenden Minuten, in denen sich vielleicht das Schicksal eines kleinen Kindes entschied, waren so niederdrückend, daß Paskoleit und Ellerkrug pfeifend atmeten. Ihr Herz hämmerte unerträglich ... und wieder spürte Paskoleit dieses stechende Gefühl links unten in der Brust, das er bisher immer durch tiefes Atemholen verscheucht hatte.

»Ich warte noch zehn Minuten, dann steige ich aus«, sagte Paskoleit heiser.

»Bei dem Wetter können sich die Entführer verspätet haben.«

»Mir ist es überhaupt rätselhaft, wie sie von uns das Geld nehmen wollen! An den Wagen herantreten? Mein Lieber, ich packe zu und drehe ihnen den Hals rum . . .«

»Sie werden bewaffnet sein, Julius. Mach keinen Quatsch! Überall liegen Waffen genug herum . . . so viel kann keine Polizei und keine Besatzungsmacht kontrollieren. Westlich von Pirmasens steht einsam eine völlig intakte Flak im Wald und rostet vor sich hin. Bisher hat sie noch keiner abgeholt. Ich war ein paarmal bei ihr und habe ein paar Griffe gekloppt. Hatte mal 'ne Flakausbildung . . .«

Paskoleit öffnete die Tür. Kälte und Nässe strömten sofort in das Auto.

»An einen Baum binden!« schnaufte er. »Selbst wenn sie das Geld holen, – soll Inge hinterher erfrieren! Verdammt, – ich steige aus und suche! Halt mich bloß nicht fest, Heinrich!«

»Du kannst damit alles in Frage stellen, Julius! Wenn sie uns beobachten . . .«

»Am Arsch können sie mich lecken!« brüllte Paskoleit und sprang aus dem Auto. »Ich halte es in diesem Blechkasten nicht mehr aus!«

Er ließ sich fast aus dem Auto fallen, sprang sofort auf, klopfte den Schnee von seinen Hosen und dem umgearbeiteten Militärmantel, und er tat es besonders laut, damit man es hören konnte. Aber der Schnee, die dicke weiße Wand um ihn herum sog jeden Laut sofort auf.

Paskoleit ging ein paar Schritte tiefer in den Rastplatz hinein. Wie ein Bär stand er im Schnee, breitbeinig, stämmig, bereit zum Kampf . . . daß er eine Beinprothese trug, sah man jetzt nicht. Er strotzte von Kraft.

»Ist hier jemand?« brüllte er. Jetzt fehlt uns Opa, dachte er völlig unsinnig. Der ›Brüll-Jochen‹. Wenn er rufen würde,

würde der Schnee von den Zweigen fallen. »Hallo!« schrie er wieder. »Wir sind da! Verdammt, melden Sie sich. Sie sehen doch, daß wir keine Polizei mitgebracht haben! Wo ist das Kind?!«

Ellerkrug kam nun auch aus dem Wagen. Er hatte die Aktentasche mit den 100 000 Reichsmark unter die linke Achsel geklemmt. Die rechte Hand stak in der Manteltasche, und plötzlich wußte Paskoleit, daß Ellerkrug dort schußbereit eine Pistole umklammerte.

»Du bist ein Schlitzohr –« sagte er leise, als Ellerkrug nahe bei ihm stand. »Die ganze Zeit haste den Knaller bei dir ...«

»100 000 Mark sind 'ne Menge Geld.« Ellerkrug lächelte schwach. »Ich habe mit zwei gerechnet ... du einer, ich einer ... aber jetzt ist wirklich gar keiner da!«

»Das Geld ist hier!« brüllte Paskoleit wieder in die Stille hinein. »Wenn Sie mich nicht erkennen können ... ich bin Julius Paskoleit. Ich lege jetzt die Mappe hier in den Schnee und gehe wieder zum Wagen. Sie können sie holen ... aber wehe, wenn das Kind nicht auf dem gleichen Fleck steht, wenn ich wiederkomme ...«

Ellerkrug packte Paskoleit am Ärmel des Mantels. »Halt's Maul!« zischte er. »Da war was! Irgendein Laut ...«

»Mein Herz trommelt ...«

»Blödsinn! Da ... da wieder ...«

Sie hielten den Atem an. Und plötzlich hörten es beide ... durch den Schnee, der jetzt dicht wie ein Vorhang war, durch diese wattige Dunkelheit drang eine klägliche Stimme:

»Onkel Julius ... Onkel Julius ...«

»Inge!« brüllte Paskoleit. Er warf die Arme hoch, und Ellerkrug zog den Kopf zwischen die Schultern ... er hatte noch nie einen Menschen so brüllen gehört. »Inge! Wo bist du?! Ruf weiter ... ruf immer weiter ... ich komme ... ich komme ...« Paskoleit fuhr herum, über sein vom Schnee bedecktes, rot gefrorenes Gesicht liefen die Tränen. »Heinrich, gib mir die Pistole ... schnell ...«

»Ich gehe natürlich mit!« schrie Ellerkrug. »Für was hältst du mich denn?!«

Sie liefen der kleinen Stimme nach, die unentwegt »Onkel Julius! Onkel Julius!« rief. Sie brachen in den Wald ein, warfen sich gegen die tiefhängenden Zweige, verfingen sich in verfilzten Büschen, rissen sich an Dornen die Mäntel auf und erreichten endlich eine kleine Lichtung, nachdem Paskoleit noch einmal geschrien hatte: »Inge! Ruf weiter! Ruf weiter!«

Inge war tatsächlich an einen Baum gebunden, aber wie groß der Schuft auch gewesen war, er hatte das Kind nicht einfach seinem Schicksal überlassen. Damit es nicht fror, hatte er Inge in eine dicke, alte Militärdecke gewickelt und dann erst an den Baum gebunden. Über den Kopf trug Inge ein mehrfach gefaltetes Handtuch, mit einer Kordel festgebunden wie ein Helm.

»Wir haben sie!« schrie Paskoleit. »Wir haben sie!« Er stolperte durch den Schnee, fiel vor Inge auf die Knie und nahm das kleine, frostrote Gesicht vorsichtig zwischen seine breiten Hände. »Bist du verletzt?« stammelte er. »Tut dir etwas weh, Inge? Mein Gott, mein Gott ...«

»Losbinden wäre besser als dämlich quatschen!« sagte Ellerkrug und schnitt mit einem Taschenmesser die dünnen Stricke durch. »Inge ist da ... alles andere können wir zu Hause nachsehen! Los, zurück zum Wagen ...«

Auf der Rückfahrt nach Leverkusen lag Inge in Paskoleits Schoß, kaute an einer Schokolade, die Ellerkrug auch mitgebracht hatte – der Kerl denkt wirklich an alles, stellte Paskoleit mit tiefer Zufriedenheit fest –, und berichtete von zwei Männern, die sie kurz vor dem Geschäft in einen alten Wagen gezogen hatten. »Dein Onkel schickt uns!« hatten sie gesagt. »Komm mit!« Und da Onkel Julius die wichtigste Person in der Familie war, hatte Inge keinen Augenblick gezögert mitzukommen.

»Erkennst du sie wieder?« fragte Paskoleit knirschend.

»Nein, Onkel. Sie trugen so dunkle Brillen, weißt du?«

»Und später?«

»Ich weiß es nicht mehr. Da war ein großes Zimmer, ziemlich vornehm, vornehmer als wir, Onkel. Und dann haben mich die beiden Männer in den Wald gebracht. Ich habe viel geweint, Onkel...

»Die Militärdecke«, sagte Paskoleit und hieb die Fäuste gegeneinander. »Damit kriegen wir sie, Heinrich.«

»Das ist eine alte britische Militärdecke, und die ist mit Sicherheit auch noch geklaut. Mich haut etwas ganz anderes um... wir haben noch die 100 000 Mark!«

»Himmel, ja!«

»Es ging den Kerlen überhaupt nicht um das Geld.«

»Ja, aber um was denn?«

»Wenn wir das wüßten! Julius, ich wette jede Summe: Da kommt noch etwas hinterher! Da will dir jemand ans Leder, ohne selbst tief in die Scheiße zu rutschen! Guck dir deine Besucher in den nächsten Tagen gut an...«

Inge schlief sofort ein, als sie wieder in ihrem Bett lag. Ihre Brüder Ludwig und Peter hielten Wache! Paskoleit, Ellerkrug und Franz Busko, die große Hoffnung seiner Partei, besprachen noch einmal diesen rätselhaften Fall von Kindesraub. »Eines ist klar« – sagte Busko – »was die auch später für Gesetze machen: Ich plädiere für ein Sondergesetz, für Kindesentführung, wie es die Amerikaner haben, so'n deutsches Lindbergh-Gesetz.«

»Woher weißte denn das?« fragte Paskoleit verblüfft. »Jungchen, bisher haste doch nur Zwecken in de Sohlen gekloppt!«

»Ich bin dabei, einschlägige Literatur zu lesen«, sagte Busko stolz. Dann schwieg er, um die Wirkung seiner Worte nicht zu zerstören. Einschlägige Literatur... das war hervorragend gesagt. Paskoleit starrte ihn lange an.

»Franz« – sagte er dann gedehnt – »keener weeß, was wird. Aber wennste mal Minister wirst – in Deutschland ist alles möglich, warum sollen Schuster keine Politik machen –, dann vergeß nich, daß du hier auf'n Schemel gesessen hast.«

»Nie, Meester.« Busko lehnte sich zurück. »Morjen soll ick wirtschaftspolitischer Sprecher der Partei werden.«

»Es geht aufwärts!« Ellerkrug hob sein Glas. Man trank Habra – unverkürzt ausgedrückt: Hausbrand. Korn, im tiefen Keller heimlich gebrannt. Franz Busko kannte einen Parteigenossen, der machte damit das Geschäft seines Lebens. »Man merkt's. Sie werden auch die Belange der deutschen Schuhindustrie berücksichtigen, Herr Minister?«

Beleidigt zog sich Busko in Moltkesche Schweigsamkeit zurück.

Um ein Uhr nachts waren alle drei betrunken.

Am nächsten Morgen brachten sie alle zusammen Inge zum Krankenhaus. Vor der Tür des Krankenzimmers sagte Paskoleit leise, aber deutlich »Halt!«, und die um Ellerkrug gewachsene Familie Kurowski stand fast stramm.

»Inge geht allein hinein ... wir warten draußen ...« sagte Paskoleit. »Alles wird sich finden.«

Er klopfte an die Tür, stieß sie einen Spalt auf und ließ Inge ins Zimmer schlüpfen. Als er sie wieder zuzog, hörten sie draußen, wie Inge sagte:

»Mami, da bin ich ...« Dann folgte ein heller Aufschrei, bei dem Paskoleit glücklich lächelte und Ellerkrug blaß wurde. Busko putzte sich krachend die Nase.

»So« – sagte Paskoleit und gab Ellerkrug einen Stoß in den Rücken – »jetzt du hinein!«

»Warum denn ich?« Ellerkrug stemmte sich gegen Paskoleits drängenden Arm.

»Weil du Rindvieh für 100 000 Mark Inge zurückgekauft hast.«

»Aber das stimmt doch gar nicht.«

»Hast du die 100 000 bei dir gehabt?«

»Ja. Aber die wollte keiner ...«

»Kommt es darauf an, du Trottel?! Es hätte möglich sein können, daß sie jemand angenommen hätte. Dann wären sie jetzt weg! Also hast du 100 000 Mark für Inge bezahlt.

Ist das Logik? Glotz mich nicht so an ... geh rein! Erna weiß von der Lösegeldsumme, Inge ist da ... alles andere ist uninteressant. Himmel noch mal, geh schon.«

Er riß die Tür auf, stieß Ellerkrug hinein und ließ dann die Tür so weit zuschwingen, daß sie weit genug offen blieb, um alles zu verstehen.

»Heinrich ...« hörte er Erna sagen. Eine so glückliche Stimme kann nur eine Mutter haben, dachte Paskoleit gerührt. »Das vergesse ich Ihnen nie! Nie!«

Aufatmend zog Paskoleit die Tür ganz leise ins Schloß. Wenn der Heinrich jetzt bloß keinen Blödsinn macht, dachte er. Und zu den Jungen sagte er: »Peter, wie gefällt dir Onkel Heinrich?«

»Gut, Onkel Julius.«

»Und dir, Ludwig?«

»Klasse, Onkel.«

»Es wird sich vieles ändern«, sagte Paskoleit verträumt. »Vieles! Eure Mutter hat das Glück verdient ...«

Als nach zehn Minuten die übrige Familie Kurowski ins Krankenzimmer kam, saß Ellerkrug auf Ernas Bett und hielt ihre Hände.

Ende Januar erschienen im Laden wieder die Herren Hübner und Runzenmann von der Konkurrenz. Ellerkrug hatte neue Schuhe geschickt, Franz Busko hatte mit dem wichtigsten Mann im Wirtschaftsamt Duzbrüderschaft getrunken, was sich natürlich auf die Zuteilung der Einkaufsscheine auswirkte ... das Geschäft ›Westschuh‹ rollte. Die Namen Kurowski und Paskoleit bekamen in Leverkusen einen fast missionarischen Klang.

Es war wie ein Granateinschlag bei Paskoleit, als er Hübner und Runzenmann durch die Tür kommen sah. Und schon beim ersten Satz, wußte er, daß es ein Volltreffer war.

Runzenmann sagte: »Mein lieber Paskoleit, es geht ja weiter bei Ihnen. Sie verderben systematisch die Kunschaft. Sie haben nicht nur einen sozialistischen Tick. Sie sind auch noch gefährlich ehrlich!«

»Und beten kann ich auch –« antwortete Paskoleit und senkte den Kopf wie ein angreifender Stier. »Jeden Morgen und jeden Abend bete ich: Lieber Gott, mach es wahr, daß ich die beiden Saukerle zwischen meine Hände bekomme, die die kleine Inge Kurowski entführt haben. Dann, lieber Gott, mach für eine Minute beide Augen zu. Länger dauert's nicht.« Paskoleit holte tief Atem. »Das bete ich, immerzu. Einmal wird auch Gott weich und erfüllt mir die Bitte. Verstehen wir uns, liebe Kollegen?«

Hübner und Runzenmann sahen sich groß an, drehten sich um und verließen ohne weitere Worte das Geschäft. Sie hatten nicht nur eine Schlacht, sie hatten einen Krieg gegen Paskoleit verloren. »So ein Pimmock!« sagte Hübner.

»Ein ostpreußischer Landstreicher!« Runzenmann schlug den Mantelkragen hoch. Auch in Leverkusen ist ein Januar naß und kalt. »Aber warten wir ab. Alles munkelt von einer Währungsreform. Das neue Geld soll schon gedruckt sein ... dann sind wir am Zug ...«

Am 20. Juni 1948 war es soweit ... die alte Reichsmark verlor ihren Wert, die neue Deutsche Mark wurde eingeführt. Am Tage Null – dem 20. Juni – für jeden deutschen Bürger DM 40,–. Wer bisher auf einem Berg von Geld gesessen hatte, erwachte auf einem wertlosen Blechhaufen. Aber wie immer im Leben traf diese Neuordnung der deutschen Wirtschaft, das Ende des Hungers und der Beginn einer neuen Zeit des Aufbaues in erster Linie die Falschen. Die Armen wurden zunächst noch ärmer, die Reichen aber über Nacht noch reicher. Es war, als sei an diesem Junitage nicht nur neues Geld verteilt worden, sondern als habe Gott über Deutschland eine konzentrierte Düngung ausgeleert. Jede Wiese, jede Blume, jeder Zweig braucht seine Zeit, um zu blühen ... im Deutschland des Jahres 1948 vollzog sich das Wunder, daß leere Schaufenster über Nacht sich so prall mit Waren füllten, daß das Volk, zunächst betroffen von soviel Kaufmöglichkeiten, tief Atem holen mußte. Wo vorher immer nur zu hören war: »Lieber Mann, was nutzt uns Ihr

Bezugsschein ... wir haben keinen Krümel Ware zum Verkaufen ...«, da leuchteten jetzt Schilder: »Soeben eingetroffen! Die neueste Mode, direkt aus Paris!« Und aus Stahlhelmen machte man auch keine Kochtöpfe mehr ... es gab sie wieder aus gutem Aluminium und Stahl, lastwagenweise ...

Hübner und Runzenmann warfen alles in ihre Schaufenster, was sie gehortet hatten ... und verloren wieder eine Schlacht.

Die ›Westschuh‹ wurde von Käufern belagert. Hier standen in den beiden Schaufenstern keine altmodischen Dinger, sondern die besten und entzückendsten Modelle aus Italien. Schuhe zum Träumen ... zu normalen Preisen.

Heinrich Ellerkrug hatte Wort gehalten: Es regnete Geld und Erfolg über die Familie Kurowski.

»Und sie heiratet ihn noch immer nicht!« klagte Paskoleit.

»Laß mir Zeit ... das alte Lied! Als ob jetzt der Ewald noch wiederkäme! Ich bewundere den Heinrich ... er hat eine Geduld wie ein Schaf.«

Und Franz Busko, dem Paskoleit sein Leid klagte, sagte: »Ich werde mich sofort nach den endgültigen Sitzungen des Parlamentarischen Rates um die Kriegsgefangenenfrage kümmern. Meister, ich brauche eine tolle Rede vor dem Verband deutscher Unternehmer.«

Paskoleit nickte. Franz Busko war der Senkrechtstarter von Adamsverdruß geworden ... er gehörte jetzt zur Führungsspitze seiner Partei. Auf seinem Schusterschemel saß er seit dem 1. Mai nicht mehr.

Am 24. Oktober 1948 bekam Paskoleit einen neuen Wagen, einen Mercedes. Mittelgrau. Am 25. Oktober machte die Familie Kurowski den ersten Ausflug ins herbstlich bunte Siebengebirge am Rhein und erstieg den Drachenfels.

Am 29. Oktober fuhr Paskoleit allein nach Pirmasens zu Ellerkrug. Auf der Landstraße zwischen Kaiserslautern und Pirmasens, in der Nähe von Waldfischbach, spürte er wieder den Stich in der linken Brustseite, diesesmal tief und nachhaltig, er wurde schwindelig, die Welt drehte sich vor ihm im Kreise, die Straße war plötzlich oben und der Himmel unter ihm, ich fliege doch nicht, dachte er, wollte bremsen, trat ins Leere und bekam keine Luft mehr.

Mit voller Wucht raste Paskoleit von der Straße weg in ein hügeliges Buschgelände.

13

Es dauerte zwei Stunden, bis einem jungen Mann, der auf einem Motorrad die Straße herunterknatterte, der zwischen den Büschen parkende Wagen auffiel. Die Reifenabdrücke führten geradewegs und ohne Bremsspuren in das Hügelgelände, und was mindestens sechzig Autofahrer, die diese Stelle passiert hatten, nicht bemerkten, sah der junge Mann sofort: Hier hatte niemand einen Wagen abseits der Straße geparkt, sondern der Mercedes war ausgebrochen und erst durch einen Baumstamm zum Halten gebracht worden.

Der Motorradfahrer hielt an, stieg ab und rannte zu dem etwas schräg liegenden Wagen. Noch bevor er die Tür an der Fahrerseite aufriß, wußte er, daß der so friedlich hinter dem Steuer schlafende Mann nicht mehr lebte.

Als ruhe er sich aus – und Ruhe hatte Paskoleit wirklich nötig gehabt –, saß Julius Paskoleit in seinem schönen, neuen Wagen, die Hände noch um das Lenkrad gekrallt, den Kopf zur Seite, die Augen geschlossen. Ein friedlicher Ausdruck lag über seinem Gesicht, eine völlige Entspannung ... es war das erstemal, daß er wirklich ohne Pläne für morgen oder übermorgen ausruhte, und dazu war die ewige Ruhe nötig.

Der junge Mann schwang sich wieder auf sein Motorrad, raste zum nächsten Haus, rief die Polizei an und kehrte zu dem Auto im Buschgelände zurück. Dort wartete er, bis ein

Streifenwagen, der Notarztwagen und kurz darauf ein Leichenwagen eintrafen und Paskoleit einkreisten.

Wie damals in Ostpreußen, als ihn der Bulle anfiel und zuviel Zeit verging, bis er ins Krankenhaus eingeliefert wurde, was ihm sein Bein kostete, so war auch diesesmal Paskoleit zu spät entdeckt worden. Die Männer des Leichenwagens hoben ihn vom Sitz, legten ihn in einen engen Zinksarg und schoben ihn in den schwarzen Transporter. Der Notarzt fertigte einen provisorischen Bericht aus, in dem stand: »Todesursache unklar. Wahrscheinlich Herzversagen. Keine Anzeichen von äußerer Gewaltanwendung.«

Aber der Zusatz ›unklar‹ genügte, Paskoleits Leiche zu beschlagnahmen und nach Kaiserslautern in die gerichtsmedizinische Abteilung zu bringen. Von dort rief man in Leverkusen an. Franz Busko war am Telefon, er bereitete seinen Auszug aus der Familie Kurowski vor, hatte eine schöne Wohnung bekommen in einem Neubau und kandidierte für den Posten des Landrates. Er hatte einen vorzüglichen Kontakt zu den englischen Besatzungsbehörden, trank mit den Kontrolloffizieren schottischen Whisky und Gin und galt – da er nie Soldat und Parteigenosse gewesen war – als einer der seltenen Deutschen, mit denen man einen neuen Staat aufbauen konnte. Er fand überall offene Türen, sagte seine von Paskoleit einstudierten liberalen und christlichen Parolen auf und wurde so etwas wie der ›neue Geist‹ nach der finsteren braunen Schreckensherrschaft.

Busko verstand erst gar nicht, was der Beamte der Staatsanwaltschaft in Kaiserslautern sagte. »Herr Paskoleit?« fragte er zurück und stierte wie leergeblasen gegen die tapezierte Wand. Streublümchen auf rosa Grund ... Erna mochte dieses Muster besonders gern, es erinnerte an die Küche in Adamsverdruß. Er schüttelte den Kopf und atmete tief durch. »Was ist mit Herrn Paskoleit? Tot? Sie sind wohl verrückt?! Unser Meester ist tot? Det jibt et doch jarnich.« Er fiel wieder in seinen alten Tonfall ... das Entsetzen ließ die in den letzten Monaten eingedrillte hochdeutsche Sprache vergessen.

»Sie machen keene Witze, wa? Von der Staatsanwaltschaft sind Se? Kaiserslautern? Mann, ick bin der zukünftige Landrat und Parteisekretär der ... Ja, ick vastehe! Tot im Auto! Unser Meester? Danke ...«

Er legte auf, setzte sich auf den Stuhl vor das Telefon und brauchte eine Zeit, bis er fähig war, klar zu denken. Zum erstenmal spürte er das Gefühl völliger Verlassenheit und eines nicht mehr zu unterdrückenden Schmerzes. Als sein Vater starb, an einer Lungenentzündung, war er zehn Jahre und hatte geheult. Als die Mutter starb, an einer Lungenembolie, war er siebzehn und hatte es mannhaft ertragen. Aber das hier schlug ihn nieder. Für Busko war Paskoleit einfach alles gewesen, Vater, Mutter, Meister, die Heimat, die Vergangenheit, die Gegenwart, die Zukunft, es war ihm undenkbar geworden, ein Leben ohne Paskoleit zu führen ... und da fährt der Meister weg nach Pirmasens zu seinem Freund Ellerkrug und stirbt allein, von allen verlassen, neben der Landstraße.

Für Franz Busko war die Welt auseinandergerissen. Sie konnte zwar wieder geflickt werden, aber die Risse blieben für immer sichtbar. Es war von da an nur eine gekittete Welt.

Erna Kurowski und die Kinder begriffen den Tod Paskoleits ebensowenig wie Busko. Sie fuhren alle schon eine Stunde später mit dem Zug nach Pirmasens, nachdem sie an die Ladentür ein Schild gehängt hatten: Vorübergehend geschlossen.

Hübner von der Konkurrenz entdeckte das Schild als erster und rief sofort Runzenmann an. »Alles Käse!« schrie Runzenmann vor Freude. »Sie sind pleite! Es mußte so kommen, ich hab' es geahnt. Dieser Paskoleit mit seinem Ehrlichkeitstick! Ich wette ... nächste Woche erfahren wir vom Verband, daß er einen rauschenden Konkurs gebaut hat. Er wird froh sein, wenn wir ihm seinen Laden abkaufen!«

»Daran habe ich auch gedacht und sofort angerufen!« Hübner lachte fett. »Geht keiner an den Apparat.«

»Sag ich's nicht? Faul bis in die letzte Wurzel. Abwarten, Hübner ... in einer Woche ist Paskoleit so reif, daß er jedes Angebot akzeptiert.«

In Pirmasens holte Heinrich Ellerkrug die Familie Kurowski vom Bahnhof ab und fuhr sie sofort nach Kaiserslautern in das gerichtsmedizinische Institut. Franz Busko, lang, dürr, in seinem schwarzen Anzug noch trauriger aussehend als ein Don Quichotte, hatte einen Koffer bei sich, ein uraltes Ding mit verrosteten Schlössern. Als er Ellerkrugs fragenden Blick sah, sagte er:

»Da is die Lederschürze vom Meester drin. Wenn ick mal sterbe, hat er jesagt, bindste mir die um, Franz, verstanden? Ick will in meener Schürze bejraben werden. Ick war'n Schuster und als Schuster will ick vor meenen Herrgott treten.« Busko standen die Tränen in den Augen, er wischte sie mit dem Handrücken weg, aber das Zittern seiner Lippen konnte er nicht wegwischen. »Ich erfüll ihm den letzten Wunsch, det is doch klar ...«

»Du mußt jetzt ganz tapfer und stark sein, Erna«, sagte Ellerkrug zu Erna Kurowski, als sie nach Kaiserslautern fuhren. »Jetzt hast du alles allein zu tragen ... drei Kinder, die Werkstatt, das Geschäft und den Franz. Und der Ewald ist nun seit vier Jahren vermißt; wer in Gefangenschaft ist, hat längst geschrieben ... Erna ...«

Sie nickte und legte Ellerkrug die Hand auf den Arm. Eine kleine, aber harte, an Arbeit gewöhnte Hand. »Ich weiß, was du sagen willst, Heinrich«, sagte sie. »Es wird Zeit, daß wir uns das mit uns beiden überlegen.«

»Ich bin immer für dich da, Erna. Immer. Das weißt du. Jeden Tag ... du brauchst nur Ja zu sagen. Denk vor allem an die drei Kinder.«

»Und wenn Ewald doch noch wiederkommt?«

»Nach menschlichem Ermessen, Erna, ist das ausgeschlossen.«

»Aber wie klein ist dieses menschliche Ermessen, Heinrich ... Bleib weiter unser Freund.«

»Und das Geschäft?«

»Ich schaffe das schon.«

»Die Werkstatt.«

»Ich werde einen Gesellen einstellen.«

»Die Kinder wachsen heran. Ludwig macht in zwei Jahren das Einjährige. Er wird weiter auf dem Gymnasium bleiben, er ist ein begabter Junge. Er wird studieren wollen. Was aus Peter und Inge wird, kann man noch nicht überblicken. Erna ... das alles allein zu machen, ist unmöglich! Auch er wollte alles allein machen ... nun liegt er da. Ich weiß, es ist jetzt der ungünstigste und dümmste Augenblick ... aber, Erna ... ich hab' dich lieb, das sollst du wissen.«

»Ich weiß es, Heinrich.« Sie drückte seinen Arm und nickte ihm zu. In ihren Augen stand Dankbarkeit, aber es waren die Augen eines ratlosen, ausgesetzten Tieres. »Laß es mich versuchen. Wenn ich es nicht schaffe ... ich rufe dich. Bestimmt. Du kennst unseren Spruch ...«

»Ja.« Ellerkrug starrte auf das unter ihm wegfliegende Band der Straße. »Paskoleits verdammtes ›Wir lassen uns nicht unterkriegen‹. Es hat ihn untergekriegt. Erna, überleg es dir.«

In Kaiserslautern, im Keller des Institutes für Gerichtsmedizin, durften Erna Kurowski, Franz Busko und Heinrich Ellerkrug zum letztenmal Julius Paskoleit sehen. Man hatte ihn bereits obduziert, aber das sah man von außen nicht. Er trug wieder seinen Anzug, und der verdeckte die breiten Sezierschnitte, die vom Halsansatz bis zum Schambein führten. Von Paskoleit lag nur noch seine Hülle da, innen war er leer wie ein durchlöcherter Eimer. Aber die Ärzte hatten sich dadurch ein Bild seines Sterbens gemacht, und die Staatsanwaltschaft hatte die Leiche bereits zur Beerdigung freigegeben. Die ›Todesursache unklar‹ war geklärt.

Stumm, sich an der Hand haltend standen Ellerkrug und Erna Kurowski vor dem bleichen Körper. Es war Paskoleit, und doch war es nicht Paskoleit ... der Tod hatte ihn verändert. Zeit seines Lebens hatte er kein so glattes, entspanntes, geradezu seliges Gesicht gehabt, und wer immer behauptet hatte, Paskoleit sei kein schöner Mann gewesen, sondern so knorrig wie die im Sturm gebogenen Bäume von Masuren, der mußte jetzt Abbitte leisten vor dem Toten. Hier lag ein Mann, der das Leben bezwungen hatte und jetzt, in der ewigen Ruhe, das Recht hatte, majestätisch zu sein.

Franz Busko überstand diesen Anblick nicht. Er mußte sich am Sargrand festhalten, heulte laut, sagte immer wieder schluchzend: »Nee, Meester, nee ... warum haste det jetan? Ick hatte de Schwindsucht, und du jehst weg! Meester, ich bejreife det nich ...« Und dann packte er den alten Koffer aus Adamsverdruß aus, holte die dreckige, fleckige, geflickte, lederne Schusterschürze heraus, band sie Julius Paskoleit um und war dann nicht mehr fähig, aufrecht zu stehen.

Er fiel auf einen Schemel, schlug die Hände vors Gesicht und weinte wie ein Kind.

Erna Kurowski sah den Beamten, der sie in den Keller geführt hatte, bittend an. »Die Kinder ...« sagte sie stokkend. »Sie haben so an ihrem Onkel gehangen. Dürfen sie ihn nicht noch einmal sehen?«

»Ich würde es nicht tun.« Der Beamte blickte unschlüssig zu Ellerkrug.

»Sie haben auf dem Treck die Leichen rechts und links an der Straße liegen sehen«, sagte Ellerkrug. »Sie haben miterlebt, wie ihre Oma im Schnee verscharrt wurde. Sie haben gesehen, wie man Säuglinge, steif gefroren wie Bretter, aus den Wagen warf. Das ist eine Generation, die vor keinem Toten zittert oder umfällt.«

»Wenn Sie wollen ...« Der Beamte hob die Schultern. »Ich kann Sie nicht daran hindern.«

Erna Kurowski holte die Kinder, die in einem kahlen Vorraum warteten, herein. Hintereinander gingen sie an dem Sarg vorbei und sahen Onkel Paskoleit an. Zuerst Ludwig, der Älteste, er war seinem Vater Ewald am ähnlichsten. Er blieb vor dem Toten stehen, legte seine Hand auf die gefalteten Hände von Onkel Julius und sagte laut: »Ich passe auf Mama auf, Onkel. Das verspreche ich dir.« Dann ging er hinüber zu dem heulenden Busko, legte ihm den Arm um die zuckende Schulter und blieb dort stehen.

Peter und die kleine Inge sahen den Toten mit weiten Augen an. Daß Onkel Julius tot war, begriffen sie, sie hatten den Tod in nächster Nähe miterlebt, hundertfachen Tod, aber es ist etwas anderes, jemand Unbekanntes sterben zu sehen, als plötzlich vor dem bleichen Körper zu stehen, der für sie eigentlich unsterblich gewesen war.

»Wir werden immer bei Mama bleiben«, sagte auch Peter. Sein Kindergesicht bekam plötzlich etwas erstaunlich Erwachsenes. »Hab keine Angst, Onkel Julius.«

Und die kleine Inge sagte: »Auf Wiedersehen, Onkel Julius. Wenn du Oma und Opa siehst, grüß sie schön ...«

Es war der Moment, wo auch der starke Heinrich Ellerkrug zu weinen begann und Erna Kurowski sich schutzsuchend an ihn lehnte.

Alles kann überwunden werden, auch der Tod eines Julius Paskoleit.

Tröstend war, daß er nicht gelitten hatte. Der Arzt hatte es Erna erklärt: »Um es verständlich auszudrücken« – sagte er – »sein Tod war völlig schmerzfrei. Eine wichtige Ader zu seinem Herzen platzte, und wie man ein Licht ausdreht, so kam der Tod. Es war ein Sekundentod. Er hat nichts gespürt, außer vielleicht ein leichtes Unwohlsein.«

Nach dem Begräbnis in Leverkusen, bei dem auch die

Konkurrenten Hübner und Runzenmann erschienen und sogar einen Kranz opferten, machte Erna Kurowski ihren Schuhladen wieder auf, und Franz Busko gelang es durch seine Partei, zwei Schuhmachergesellen zum Eintritt in die Werkstatt zu bewegen.

Das Geschäft lief weiter. Runzenmann, der nach einer Schonfrist von 14 Tagen aufkreuzte und Erna ein Angebot zum Kauf machte, mußte sich sagen lassen, daß die Fa. ›Westschuh‹ jetzt zu 45 % einer Schuhfabrik in Pirmasens gehöre und statt einzugehen sogar expandieren wolle. Runzenmann brauchte gar nicht nach dem Namen der Fabrik zu fragen... verstört lief er zu seinem Kollegen Hübner und sagte: »Wir sollten uns in Freundschaft mit den Kurowskis arrangieren... Kampf hat keinen Sinn mehr. Hinter denen stehen Kapital und Partei. Aus, mein Lieber.«

Jede Woche einmal war jetzt Ellerkrug in Leverkusen und sah nach, ob Erna sich nicht überarbeitete. Franz Busko war ausgezogen, bewohnte seine Neubauetage, hielt Wahlreden – die ihm jetzt Ellerkrug schrieb –, besprach das fernere Schicksal Deutschlands mit Kurt Schumacher und Konrad Adenauer, Dr. Maier und Theodor Heuss, war viel auf Reisen und pflegte seine Verbindungen zu den Briten. Er lernte sogar in Abendkursen Englisch, und als er nach zwanzig Stunden ein paar vollständige Sätze sprechen konnte, ging er zum Friedhof, stellte sich an Paskoleits Grab und sagte: »Jetzt paß mal uff, Meester, det hättste nie jeglaubt: I have a coat... Na, da biste platt!«

So ging ein ganzes Jahr vorbei. Erna Kurowski wurde immer unsicherer... über das Rote Kreuz erfuhr sie, daß Ewald Kurowski als tot anzusehen sei, man mache ihr den Vorschlag, schon wegen des Geschäftes, Kurowski für tot erklären zu lassen. Ellerkrug las den Brief und sagte nichts dazu, aber Erna verstand ihn auch so. Sie begann, realistisch zu denken, und sie sprach darüber mit ihrem Mann, der immer bei ihr war... als großes, gerahmtes Bild neben dem Bett auf dem Nachttisch. Der Unteroffizier Kurowski, die letzte Aufnahme im letzten Urlaub ... ein fröhlicher, kräftiger Mann mit wasserblauen, verliebten Augen.

»Ich werde Heinrich heiraten, Ewald –« sagte sie im November 1949. Über dem Geschäft waren zwei Etagen des zerbombten Hauses aufgebaut worden, die erste Etage bewohnten nun die Kurowskis, in der zweiten lebte ein Studienrat von Ludwigs Gymnasium, was sich als sehr fördernd auf die Zensuren auswirkte. Einen Teil des Geldes zum Ausbau hatte Ellerkrug gegeben ... zinsloses Darlehen. Das Leben schritt weiter, und es wurde schöner und liebenswerter, erfolgreich und anspruchsvoller. Busko war Landrat geworden ... wenn es jemals wieder eine selbständige deutsche Regierung geben würde, war ihm ein Platz im Parlament oder in einem Ministerium sicher, das hatte die Partei ihm versprochen. Als ›Mann der ersten Stunde‹ hatte er schon so etwas wie einen Mythos ... aber die Reden schrieb ihm immer noch Heinrich Ellerkrug.

»Die Kinder brauchen einen Vater, Ewald –« sagte Erna zu dem Bild. »Ludwig wird flegelig, Peter hat Schwierigkeiten in Latein und Mathematik, und Inge wird einmal ein hübsches Mädchen, auf das man verdammt aufpassen muß. Und dazu der Laden, die Werkstatt, nächstes Jahr will Heinrich zwei Filialen gründen ... es wird zuviel, Ewald. Laß mich Heinrich heiraten ... er hat wirklich geduldig gewartet.«

Es war der 15. November 1949, ein grauer, nebeliger, feuchter Herbsttag, als sich Erna ein neues Kleid anzog, das Ellerkrug ihr geschenkt hatte und das er ›Cocktail-Kleid‹ nannte. Es hatte Goldfäden, war ziemlich tief ausgeschnitten, ließ die Ansätze von Ernas schönen, runden Brüsten sehen und verwandelte sie in eine selbst ihr fremde Schönheit. Ellerkrug wollte sie um halb acht Uhr abholen, mit ihr nach Köln ins Theater fahren – das Schauspielhaus spielte jetzt notdürftig auf der Bühne der Universitätsaula – und dann in einem guten Lokal am Rhein mit ihr feudal essen gehen. Sie freute sich auf diesen Abend, und sie wußte, daß an diesem 15. November zwischen ihr und Ellerkrug die Entscheidung fiel.

Sie war bereit, ja zu sagen.

Kurz nach 19 Uhr klingelte es an der Wohnungstür.

Erna band einen Schal um die neue Frisur, zog das Cocktailkleid gerade und öffnete. »Du bist pünktlich, Heinrich!« wollte sie sagen, aber jeder Laut blieb ihr in der Kehle stecken.

Draußen im Hausflur stand ein fremder Mann. Nach vorn gebückt, elend, auf einen Stock gestützt, ein alter Wehrmachtsmantel umschlodderte ihn, dicke, schmutzige Stiefel, von denen der Regen tropfte, schienen den ganzen Körper zu tragen. Auf dem kahlgeschorenen Kopf saß verloren, fast lächerlich eine Schirmmütze, viel zu klein, durchnäßt, das Wasser lief aus ihr über das bleiche Gesicht und durch die Stoppeln eines graumelierten Bartes.

»Guten Abend ...« sagte der Mann. Er nahm seine Mütze ab wie ein Bettler. Auch die Stoppeln auf seinem Schädel waren grau. »Da bin ich wieder, Erna ...«

»Ewald ...« stammelte Erna Kurowski. Und dann lauter, wie ein Aufschrei: »Ewald!!«

Sie breitete die Arme aus, fiel nach vorn und stürzte in den nassen, weiten, alten, dreckigen Soldatenmantel.

Aus ihren Zimmern rannten die Kinder, als erster Ludwig, eine Eisenstange in der Hand. Sprachlos, verwirrt starrten sie auf den fremden Mann, den ihre Mutter umarmte und dessen vom Wetter zernarbtes Gesicht sie küßte.

14

Ewald Kurowski stand in der Diele der schönen, neuen Wohnung, blickte sich um und hatte Mühe, zu glauben, daß er zurückgekehrt war, daß er von jetzt ab sagen konnte: Ich bin zu Hause.

Die Tür war hinter ihm zugefallen, Erna hatte ihm den weiten, dreckigen Mantel abgenommen, die nasse Mütze lag auf dem Fußboden, aber noch immer lief von seinen klobigen Stiefeln das Wasser herunter, und wie er jetzt in seiner verblichenen Uniformhose und der gesteppten russischen Jacke dastand, gezeichnet von fünf Jahren Straflager und zermürbender Holzfällerei im Urwald von Nowo Kalinsky, südlich des Lenabogens bei Jakutsk, wie er nun seine Frau wiedersah und seine drei Kinder, in einer Wohnung, wie sie früher in Ostpreußen nur die großen Herren gehabt hatten, und darunter war ein piekfeiner Schuhladen mit zwei großen Schaufenstern, und darin waren Schuhe aus Italien und Frankreich, und ›Westschuh‹ stand breit über dem Geschäft, und an der Tür: Besitzer Ewald Kurowski ... und die Erna hatte ein Kleid an, wie früher die Schauspielerinnen im Film, mit Gold durchwirkt und so tief über der Brust ausgeschnitten, daß man fast alles sah, und eine Goldkette trug sie mit einem großen blauen Stein, den hatte er ihr nie gekauft, aber er hieß Aquamarin, das wußte er, wie er das alles sah, der arme, dreckige, ausgelaugte Plenny Ewald Kurowski, den man von heute auf morgen begnadigt hatte, nachdem man ihn erst zum Tode und dann zu lebenslanger Zwangsarbeit verurteilt hatte, schlich in ihn so etwas wie Angst vor diesem neuen Leben, in das er hineingeplatzt war wie eine Granate in ein Kinderheim.

Erna lehnte an der Wand und weinte. Die Kinder waren in den Türen ihrer Zimmer stehengeblieben und starrten ihn stumm an.

Jedes Kind hat sein eigenes Zimmer, dachte Ewald Kurowski. Das gab es früher nur bei den Herrschaften. Hat sich die Welt so verändert? Sind die Kurowskis Herrschaften geworden? Wo ist Julius? Leben Opa und Oma noch? Und was macht der Franz Busko? Man hätte doch vorher anrufen sollen ... diese Überraschung war falsch. Alle haben mich gewarnt, alle Kameraden: Ewald, fünf Jahre sind eine verflucht lange Zeit. Fünf Jahre Schweigen ... weißt du, was dann draußen alles passiert ist? Die haben dich für tot erklärt, und wenn du plötzlich vor der Tür stehst, heißt sie nicht mehr Erna Kurowski, sondern Erna Meier oder Schmitz oder Häberlein oder sonstwie. Mach das bloß nicht, komm nicht plötzlich ... das ist eine andere Welt geworden, bestimmt, und du kommst ja aus'n Grab! Melde dich ganz vorsichtig an ...

Er hatte es nicht getan. Er hatte sich vom Roten Kreuz im Sammellager die Adresse geben lassen. Leverkusen, Rheinland, Nordstraße 34. Und dann war er losgefahren, bis unter die Haare voll von Sehnsucht und Freude. Ja, und nun stand er hier, im piekfeinen Flur, und die Erna weinte an der Wand und hatte ein Kleid an wie eine Nutte. Die neue Welt ... »Es ... es ist schön, euch alle wiederzusehen«, sagte Ewald Kurowski hilflos. Im Wald von Nowo Kalinsky hatte es nichts gegeben, was ihn aus der Fassung bringen konnte, und selbst der gefürchtete Leutnant Boris Alexandrowitsch Lukassow hatte sich an dem Unteroffizier Kurowski die Zähne ausgebissen, siebenmal warf man den deutschen Plenny ins Todeskommando – der Arbeit im Sumpf – und siebenmal kam er wieder, zwar immer ein bißchen krummer, aber ungebrochen. Doch jetzt stand er herum und wußte nicht, wie es weitergehen sollte. Er hatte fünf Jahre lang von dieser Rückkehr geträumt ... nun war sie schlimmer als die Arbeit am Fließband im Sägewerk ›Stolz der Revolution‹.

Erna stieß sich von der Wand ab und trocknete die Tränen. Die Kinder verharrten reglos in den Türen.

»Das ist euer Vater ...« sagte Erna. »Ludwig, Peter, Inge ... euer Vater! Er ist wieder da! Er lebt! Euer Vater ...«

Ludwig, der Älteste, war der erste, der sich aus seiner Erstarrung löste. Er kam zu Ewald Kurowski, gab ihm die Hand und machte eine kleine Verbeugung.

»Guten Abend ...« sagte er. Es klang wie ein Stöhnen.

Über Kurowskis Gesicht zuckte es. Peter kam heran, zögernd, vorsichtig, wie ein Hund, dem ein Unbekannter eine Wurst hinhält.

»Guten Abend, Papa ...« sagte er leise.

Die kleine Inge, für ihre sieben Jahre ziemlich groß, mit langen blonden Haaren und den blauen Augen des Vaters. Sie kannte ihren Vater überhaupt nicht, nur von Bildern, und darauf sah er ganz anders aus als jetzt. Onkel Julius Paskoleit war ihr viel näher als dieser Mann da, und sogar Onkel Ellerkrug gehörte in ihr Leben ... und nun stand da ein völlig Fremder, in einem schrecklichen Anzug, und das sollte ihr Vater sein.

Sie starrte Kurowski an, sagte: »Guten Abend ...«, drehte sich um und lief in ihr Zimmer zurück.

Kurowski senkte den Kopf. Ich hätte tot bleiben sollen, dachte er. Hier ist die Welt in Ordnung, und nun breche ich ein und zerstöre wieder alles. Habe ich ein Recht dazu? Aber ist es denn auch meine Schuld? Habe ich den Krieg gewollt, bin ich freiwillig nach Rußland gegangen? Habe ich mich nach Sibirien gemeldet? Während sie hier immer mehr der Sonne entgegenwuchsen, hat man uns fünf Jahre unseres Lebens gestohlen. Was kann ich dafür ...?

»Komm rein, Ewald ...« sagte Erna leise und faßte ihn am Ärmel der russischen Steppjacke. Fofaika hieß sie, und sie hatte Kurowski in drei sibirischen Wintern das Leben gerettet. »Nimm ein Bad, zieh dich um ... ich mache sofort etwas zu essen ...«

»Ich habe nichts als das, was ich anhabe«, sagte Kurowski. »Sie wollten mir im Lager einen Anzug geben, aber das hätte bis morgen gedauert. Das war mir zu lange ... ich wollte nach Hause.«

»Wir kaufen dir morgen fünf Anzüge, Ewald ...« Und

plötzlich drehte sie sich um, schlug Ludwig und Peter mit beiden Händen ins Gesicht und schrie: »Was steht ihr hier herum und glotzt? Euer Vater ist da! Ludwig, laß heißes Wasser in die Wanne! Peter, hol vier Flaschen Bier und eine Flasche Bärenfang ... los, los ... euer Vater ist aus Rußland zurück ...«

»Bärenfang ...« sagte Kurowski leise. »Erna, den gibt es noch?«

»Ja. O Ewald, Ewald ... ich bin so glücklich.« Sie umarmte ihn, hing an seinem Hals, und es war ihr gleichgültig, daß die Kinder betreten herumstanden und ihre Mutter nicht mehr begriffen. Erst als Erna dem großen, schlaksigen Ludwig noch eine Ohrfeige gab, löste sich die Spannung, und die Jungen rannten davon.

»Sie müssen sich daran gewöhnen –« sagte Kurowski leise. »Schlag sie nicht, Erna. Da kommt ein fremder Mann, und der soll plötzlich ihr Vater sein. Wer kann das begreifen? Sie brauchen Zeit. Ich werde auch Zeit brauchen, um mich zurechtzufinden. Fünf Jahre sibririscher Urwald ... da wird man ein Wolf, Erna.« Er ließ sich in das große Wohnzimmer führen und setzte sich vorsichtig auf die äußerste Kante der breiten, mit englischem Leinen bezogenen Sessel. »Wie in einem Schloß ...« sagte er fast schüchtern. »Ihr habt es zu was gebracht.«

»Es gehört alles dir, Ewald.«

»Dir, Erna. Ich habe bloß Holz gefällt ... Wo ist Julius?«

»Tot. Herzschlag.«

»Oma und Opa?«

»Oma von Tieffliegern erschossen, auf der Flucht in den Westen. Opa im Gefängnis von Lübeck gestorben.«

»Franz?«

»Ist Landrat und 1. Parteisekretär.«

»Erna, die Welt steht kopf.« Kurowski stützte den Kopf in beide Hände. »Wenn du wüßtest, wie wir uns das alles ausgemalt haben, die Rückkehr ... zurück aus Sibirien ... Ich kann noch gar nicht begreifen, daß ich hier bin.« Er griff nach Erna, zog sie auf seinen Schoß und blickte in ihren Ausschnitt.

»Und wie du aussiehst. So vornehm. Schön bist du geworden, Erna. Viel schöner als früher. Etwas voller. Steht dir gut. Hast du immer solche Kleider an?«

»Nein.« Sie streichelte seinen Kopf und zitterte, als seine rauhe Hand sich auf ihre Brüste legte. »Ich wollte heute nach Köln fahren. Ins Theater.«

»Nach Köln. Ins Theater. Und da komme ich und störe dich . . .«

»Wenn du weiterredest, Ewald, heule ich los!« Sie preßte sich an ihn und spürte, daß es kein größeres Glück mehr auf dieser Welt gab, als ihn zu fühlen. »Jetzt bist du wieder da . . . und morgen kaufen wir Hemden, Anzüge, Schuhe . . . mein Gott, wie dumm, wir haben sie ja im Laden . . . und dann stellst du dich hinter die Theke, und alles ist so, als wäre es nie anders gewesen. Wir alle haben ja nur auf dich gewartet, Ewald . . .«

Es klopfte. Ludwig kam ins Zimmer. »Das Bad ist fertig«, sagte er. Ihm folgte Peter mit einem Korb. Seine Augen glänzten. Er hatte im Lebensmittelgeschäft erzählt: »Mein Vater ist wieder da. Aus Rußland!« und man hatte ihm eine Flasche Doppelkorn umsonst gegeben.

»Das Bier, Papa . . .« rief er an der Tür. »Die haben dir eine Flasche Korn geschenkt!«

Kurowski lächelte zaghaft. Meine Söhne, dachte er. Wie groß, wie schön, wie gesund. Herrgott, ich danke dir. Nur das Mädchen fehlt. Meine Inge. Mein Urlaubskind. Für sie ist es besonders schwer, für sie bin ich ein Wilder.

Erna führte ihn zum Bad. Schon durch die Tür duftete es ihm entgegen. Fichtennadeln. Dann stand er vor der Wanne, allein, nackt, bewunderte die dunkelblauen Kacheln und die verchromten Armaturen, die geblümten Frotteehandtücher und den eingebauten Spiegelschrank über den Waschbecken.

Ein Schloß, dachte er wieder. Während ich Holz in Sibirien fällte, haben sie sich ein Schloß gebaut. So wohnte nicht einmal der Baron v. Hellow auf Schloß Elchhagen. Erna, gehöre ich überhaupt noch hierher . . .?

Er setzte sich in das heiße, duftende Wasser, spülte alles von sich, streckte sich und blieb über eine halbe Stunde in der Wanne. Er hörte nicht, wie es schellte, wie jemand in die Wohnung kam, wie Kinderstimmen aufgeregt in der Diele durcheinandersprachen.

Als das Wasser kalt wurde, stieg er aus der Wanne, trocknete sich ab und schlang eines der großen Handtücher um sich wie einen Wickelrock. So, mit nacktem Oberkörper, tappte er aus dem Badezimmer und kam wieder ins Wohnzimmer.

Erna stand am Fenster, mit dem Rücken zur Tür. In dem Sessel, in dem Kurowski vor einer halben Stunde noch gesessen hatte, saß nun ein fremder, eleganter Mann in einem schwarzen Anzug, blütenweißem Hemd und hellgrauer Fliege, erhob sich sofort und räusperte sich. Und noch bevor jemand ein Wort sagte, wußte Kurowski: Das ist er! Der Mann, mit dem Erna ins Theater wollte. Der Mann, der bis heute an meiner Stelle war. Der Mann, den ich jetzt aus Ernas Leben wieder vertreiben muß.

Ein bitterer Geschmack kam in ihm hoch. Ein Mann in Ernas Leben. Aber wer kann sie verurteilen? Ich war ja tot! Ich war ein Wolf in Sibirien.

»Ellerkrug –« sagte der Mann. »Ich freue mich für Erna, daß Sie zurückgekommen sind. Sie hat auf Sie mit einer Inbrunst gewartet, die unerklärbar ist. Und sie hat recht behalten: Sie sind nun da!«

»Danke.« Kurowski sah an sich herunter. Ein elender Kerl in einem nassen Badetuch. »Sie wollten mit Erna ins Theater?«

»Ja. Und ich bin jetzt nur geblieben, um Sie zu begrüßen. Ich war ein Freund von Julius Paskoleit, ich habe . . .« Ellerkrug winkte ab. Er spürte, wie er heiser wurde. Der Schock saß zu tief, er brauchte Zeit, wie Kurowski Zeit brauchte.

»Wir sollten uns in den nächsten Tagen zusammensetzen. Nicht jetzt, nicht morgen, vielleicht in drei, vier Wochen ... Viel Glück ...«

Ellerkrug verbeugte sich und verließ schnell das Zimmer. Erst, als die Tür hinter ihm zuklappte, drehte sich Erna am Fenster um. Kurowski stand, in sein Badetuch gewickelt, mitten im Zimmer, mit hängenden Armen und traurigen Augen.

»Nein ...« sagte sie leise. Und dann lauter, immer lauter: »Nein! Nein! Es ist nicht, wie du denkst! Nichts ist. Nichts, Ewald! Nichts. Ich liebe nur dich, ich habe nur dich geliebt, ich habe auf dich gewartet ... Ewald, es gibt nichts außer dir ...«

Sie fiel ihm in die Arme, und zum erstenmal, nach fünf Jahren und drei Monaten, küßten sie sich wieder wie Mann und Frau, und alle Liebe floß ineinander und war das Wunderbarste, was Gott je dem Menschen mitgegeben hatte.

Am frühen Morgen öffnete sich leise die Schlafzimmertür, und eine Gestalt huschte hinein. Kurowski und Erna lagen nebeneinander, umgeben von der Wärme des Glücks. Die Gestalt blieb vor Kurowskis Bett stehen, hob dann die Steppdecke und schlüpfte an Kurowskis Seite.

»Darf ich, Papa?« fragte eine Stimme.

Ludwig. Kurowski nickte. Ein Kloß steckte ihm plötzlich im Hals.

Wieder ein Hereinhuschen. Eine kleinere Gestalt. Ein Sprung an die andere Seite.

»Guten Morgen. Papi ...«

Peter.

Kurowski hielt den Atem an. Mein Gott, dachte er, mein lieber Gott, steh mir bei ... ich habe noch ein Kind ... Noch einmal ein Klappen der Tür. Ein weißer, länglicher Schatten. Das Aufleuchten von blonden Haaren in der Morgendämmerung. Ein weicher, warmer Körper, der sich oben auf Kurowski legte.

»Bin ich dir zu schwer, Papi?«

»Nein, Spätzchen, nein«, sagte Kurowski, und er merkte gar nicht, daß er plötzlich weinte. Er breitete die Arme aus und zog seine Kinder an sich, und das Glück durchrann ihn wie Feuer und ließ fast sein Herz platzen. »Meine Familie –« sagte er schluchzend. »Meine herrliche Familie ... Nur euretwegen habe ich Sibirien überlebt ...«

Sie blieben bis mittags im Bett, und der Landrat Franz Busko stand unten im Laden und verkaufte Schuhe ...

Ewald und Erna Kurowski fuhren für vier Wochen zur Erholung in den Schwarzwald, das Geschäft verwaltete Busko, der einen Freund als Verkäufer einstellte, und in der letzten Woche war auch Heinrich Ellerkrug da und brachte die Geschäftsbücher in Ordnung. So war alles geregelt, als Kurowski zurückkam, sichtlich erholt, denn: »Der Schnee im Schwarzwald ist anders als der Schnee bei Nowo Kalinsky«, sagte er, und sich nun daran gewöhnen mußte, Inhaber eines Schuhgeschäfts und Partner von Ellerkrug zu sein.

Erna ließ die beiden Männer allein ... was sie sich zu sagen hatten, war unter vier Augen besser zu besprechen. Es dauerte vier Stunden, bis Kurowski mit Heinrich Ellerkrug oben in der Wohnung erschien und rief: »Erna! Jetzt kann der Braten marschieren! Heinrich und ich haben einen Bärenhunger.«

Da wußte Erna, daß das Leben der Kurowskis so weiterging, wie es Opa Jochen und Julius Paskoleit immer gewollt hatten. Und eigentlich war das Leben bisher ja auch nichts anderes gewesen als eine Vorbereitung für die Rückkehr Kurowskis, für diesen großen Tag, an dem nach Krieg, Elend und Tod, Vertreibung aus der Heimat, Hunger und Sichdurchboxen durch eine Zeit, in der das Verrückteste normal war, die Familie wieder vollzählig zusammen war, um in die Hände zu spucken und zu sagen: »Hier sind wir! So stark ist kein Sturm, daß er uns umbläst!«

Kurz vor Weihnachten erschien Franz Busko mit seinem Dienstmercedes und einem Geschenk. Busko trug einen

Maßanzug, einen schwarzen Hut, den man Homburg nannte, und schwarze Handschuhe aus glattem Leder. Kurowski staunte, holte eine Flasche Bärenfang aus dem Büfettschrank und schüttete Franz ein Glas ein.

»So feierlich, Franz?« sagte er. »Was ist los?«

»Ich habe ein Weihnachtsgeschenk für Sie, Meister.« Wenn Busko in der Familie war, legte er den Landrat ab. Innerhalb der Kurowskis war er noch immer der Geselle, auch wenn er sich jetzt politisch freigeschwommen hatte und seine Reden selbst schrieb. Das war einfach, denn er hatte einen Trick entdeckt: Aus den vergangenen Reden, die Paskoleit und Ellerkrug geschrieben hatten, setzte er einfach einige Sätze zusammen und erhielt so eine neue Rede, die anders klang, den gleichen Inhalt hatte und immer die richtige Richtung angab. Keiner merkte das, im Gegenteil, man lobte seine Ausdruckskraft. Es waren Konzentrate von Gedanken ... Busko begann, die politische Bühne mit einer Art Urbegabung zu erobern: Er sagte immer das gleiche, aber stets anders. Mit diesem Trick wird seit Jahrhunderten regiert.

»Pack aus!« sagte Kurowski.

»Hier.« Busko öffnete ein Kuvert und schob ein dünnes Büchlein über den Tisch. »Im Auftrage meiner Partei. Die Mitgliedschaft mit der Nummer 305. Das ist eine unwahrscheinliche Ehre, Meister.«

»Und du bist verrückt, Franz.« Kurowski schob das Parteibuch zurück. »Ich kannte einen, der hatte die Nummer 7 in einer Partei, und dadurch ging die halbe Welt zu Bruch. Und ich habe auch einmal ein Parteibuch besessen, das genügt mir. Wenn Deutsche anfangen, Politik zu machen, sitzen sie früher oder später in der eigenen Scheiße! Auch du, Franz! Warum haste keine Pulle mitgebracht, – das wäre besser gewesen.«

Man sprach nicht mehr darüber, bis eines Tages Runzenmann zum Angriff blies und Ludwig Kurowski in der Schule »Du Nazischwein« gerufen wurde. Es war zwei Tage nach

Eröffnung der beiden Filialen der ›Westschuh‹. Die Konkurrenz formierte sich zum Angriff, die Schonzeit war vorbei. Den Kampf, der seit Paskoleits Tod ruhte, nahm Kurowski wieder auf.

»Der ist kein Paskoleit!« sagte Runzenmann großspurig. »Wenn ich tief einatme, hängt er mir quer unter der Nase.«

Sie alle vergaßen, daß fünf Jahre sibirischer Urwald einen Menschen entweder zerbrachen oder so hart wie vereiste Stämme machten.

15

Zwei Wochen vor Ostern 1950 stieß Runzenmann, der wie Kurowski noch zwei Filialen seines Schuhgeschäftes gegründet hatte – und das in Leverkusen und im benachbarten Opladen, wo die Menschen froh waren, wieder ein halbwegs dichtes Dach über dem Kopf zu haben –, einen Wutschrei aus. In den Tageszeitungen waren halbseitige Anzeigen erschienen, in denen die ›Westschuh‹ die Gründung einer Schuhgroßhandels- und Vertriebs-Gesellschaft vorstellte und den staunenden Leuten erzählte, daß in allen Läden der ›Westschuh‹ durch günstigen Großeinkauf in Italien und Frankreich und durch Ausschaltung des Zwischenhandels die schönsten Schuhmodelle billiger seien als anderswo.

Dann wurden Preise genannt und Schuhe abgebildet, die jetzt, im Jahre 1950, wie Märchen anmuteten.

»Da muß etwas geschehen!« schrie Runzenmann am Telefon seinen Intimfreund Hübner an. »Das können wir nicht hinnehmen! Ich habe mich schon beim Verband erkundigt ... nichts ist zu machen! Der kann Schuhe so billig verkaufen wie er will. Alte Masche. Markenschuhe sind preisgebunden, aber der Kerl importiert ja aus dem Ausland! Da kalkuliert er so knapp, daß er gerade die Butter aufs Brot bekommt, aber dann macht's doch die Masse! Das sind Kampfpreise! Wenn er den Kampf will, – er soll ihn haben! Gegen diesen Kurowski war ja der Paskoleit geradezu ein Gentleman! Kaum ist der Kerl aus der sowjetischen Gefangenschaft zurück, tritt er alle anständigen Kaufleute in den Hintern! Aber ich trete zurück! Was wollen Sie unternehmen, Hübner?«

Hübner, vorsichtiger, als Schriftführer des westdeutschen Schuheinzelhandelsverbandes sowieso zur Zurückhaltung verpflichtet und vor allem kein Choleriker wie Runzenmann, antwortete ausweichend.

»Wir überlegen noch –« sagte er gedehnt.

»Ihr überlegt, bis ihr krepiert seid! Sollen wir uns von diesem Ostpreußen, diesem Pimmock, dauernd in die Fresse schlagen lassen?« Runzenmann schäumte vor Wut. Er zerriß die Zeitung – Hübner hörte es durchs Telefon – und warf sie gegen die Wand. »Ich habe fünf Läden zu verlieren.«

»Wir sollten uns zu einer Einkaufsgenossenschaft zusammenschließen«, sagte Hübner.

»Genossenschaft. Wenn ich das Wort schon höre! Sind wir in Rußland?! Und dann – wie lange dauert das, bis wir so viele Kollegen unter einem Hut haben, daß sich das lohnt?« Runzenmann bellte wie ein Kettenhund. »Nein, Hübner, ich habe etwas Besseres! Ich habe einen Neffen bei der Stadtverwaltung. Der beschafft mir Auszüge aus den Personalakten von Kurowski. Und ich will Pimpelchen heißen, wenn wir da nicht einen Fleck finden! Und den blasen wir auf zu einem ganzen Sumpf –«

Runzenmann hatte recht – der eifrige Neffe in der Leverkusener Stadtverwaltung fand tatsächlich einen Schönheitsfleck: Kurowski war von 1935 bis 1945 Mitglied der Deutschen Arbeitsfront gewesen und 1938 sogar Kreishandwerksmeister des Kreises Ortelsburg.

»Hurra!« schrie Runzenmann, als er den Auszug aus den Personalakten in der Hand hielt. »Hurra! Aus Kurowski machen wir einen Supernazi! Bis er das abgewaschen hat, ist er pleite. Den drehen wir jetzt durch die Mangel ...«

Es gab damals eine von den alliierten Besatzungstruppen eingeführte nützliche, aber später oft mißbrauchte Einrichtung: die Entnazifizierung. Vor sogenannten ›Spruchkammern‹ mußten sich alle, die irgendwie unter Hitler ein Amt innegehabt hatten, in der Partei gewesen waren oder anderen Naziorganisationen – und von denen gab es eine ganze Menge, denn im Dritten Reich gab es außer den Säuglingen nichts, was nicht organisiert war – angehört hatten, verantworten, die Verurteilten wurden dann eingestuft in Mitläufer (straffrei) und Gruppe IV–I, wobei I die unmittelbaren Kriegsverbrecher waren, den normalen Gerichten überstellt wurden und alles Vermögen zu Gunsten des Staates eingezogen wurde. Bei Kurowski – so hoffte Runzenmann – könne man bis Gruppe III kommen. Das genügte, um die ›Westschuh‹ in den Abgrund zu stürzen. Wenn man Berühmtheiten wie Sauerbruch und Furtwängler, Gustav Gründgens und Werner Kraus, Emil Jannings und Krupp vor die Spruchkammern brachte, war der Fall Kurowski ein kleiner Fisch, um den sich keiner kümmern würde, wenn er verfaulte.

Eine Woche nach Ostern lag die Vorladung auf dem Tisch. Ewald Kurowski las das amtliche Schreiben langsam durch, sagte laut: »Erna, in Deutschland wird langsam wieder alles normal, denn die Deutschen fangen wieder an zu spinnen. Hier steht, ich soll ein Nazi gewesen sein!« und rief Franz Busko und Heinrich Ellerkrug an.

Busko kam sofort mit dem Ehrenparteibuch Nummer 305. »Det is der beste Schutz, Meester«, sagte er. »Als altes Mitglied unserer Partei is alle Anklage Käse. Det würgen wir ab!«

Und Ellerkrug sagte: »Ewald, geh hin. Laß dich entnazifizieren. Dann ist für alle Zeiten Ruhe! Weißt du, wohin wir steuern? Was aus Deutschland wird? Im Augenblick geht's uns gut, es geht aufwärts, – aber bleibt es so? Was ist in fünf Jahren? Zehn Jahren? Wir haben den Krieg verloren, wie noch nie ein Volk einen Krieg verloren hat. Da gibt es keine Prognosen für die Zukunft. Aber eines ist immer gut, was auch kommt: eine reine Weste. Amtlich gewaschen. Laß es über dich ergehen.«

»Ich hatte immer eine reine Weste!« sagte Kurowski bitter. »Kreishandwerksmeister. Das ist doch keine politische Stellung. Und Arbeitsfront. Da waren wir doch alle drin! Und wer rechnet mir die Jahre in Rußland an? Sibirien, das Holzfällerkommando, das Sägewerk in der Taiga?«

»Der liebe Gott, Ewald.«

»Der verkauft keine Schuhe!« Kurowski faltete die Vorladung säuberlich zusammen und steckte sie in die Brieftasche. »Ich werde denen von der Spruchkammer mal erzählen, wie man bei 50 Grad Frost hundert Jahre alte Birken fällen kann.«

Es wurde alles ganz anders, als Kurowski es erwartet hatte.

Die Spruchkammer, aus Laienrichtern und erwiesenen Antinazis zusammengesetzt, unabhängig, neutral, objektiv, aber auch nur geradeaus sehend und nicht nach links oder rechts und schon gar nicht nach rückwärts, vor allem aber mit drei Stammtischfreunden von Runzenmann bestückt, ließ Kurowski gar nicht zu Wort kommen. Was in Sibirien gewesen war, interessierte gar nicht ... aber was 1938 Kurowski bewogen hatte, Kreishandwerksmeister von Ortelsburg zu werden, das war wichtig und verwerflich. Holzfäller in der Taiga, das war eine Kriegsauswirkung, aber Handwerksmeister unter Hitler und Arbeitsfront, das war freiwillig.

Nach einer Sitzung von einer halben Stunde verließ Ewald Kurowski das Sitzungszimmer als Nazi Gruppe III. Er war nicht niedergeschlagen oder bis zum Zerplatzen wütend, sondern nur traurig. Busko, Ellerkrug und Erna, die als Zuhörer in der öffentlichen Verhandlung hinten an der Wand gesessen hatten, stürzten auf den Flur hinaus und nahmen Kurowski in ihre Mitte.

»Meester, zum letzten Mal – das Parteibuch unserer Partei!« sagte Busko. Er war blaß geworden. Gruppe III – das bedeutete Berufsverbot, bis man sich darüber im klaren war, ob Kurowski ein guter Demokrat und Deutscher geworden war.

»Leck mich am Arsch mit deiner Partei!« knurrte Kurowski, stellte sich ans Fenster und blickte hinaus auf die Stadt. Überall standen noch die Ruinen der Häuser, aber überall wuchsen auch die Baugerüste in den Himmel. Aus den Trümmern wuchs eine neue Zeit. »So etwas ist in diesem Deutschland möglich?« sagte er leise.

»Nur in Deutschland!« Ellerkrugs Stimme war heiser vor Verbitterung. »Wir machen immer alles 200prozentig. Die Diktatur, die Demokratie. Der Deutsche ist sich selbst immer der beste Feind. Es bedarf eigentlich gar keiner Kriege – der Deutsche vernichtet sich immer selbst. Die Umwelt braucht nur Geduld zu haben und zu warten. Wenn das so weitergeht, Ewald, beißen wir uns in 20 oder 30 Jahren wieder selbst in den Arsch.«

»Jetzt kommt es erst auf morgen an, Heinrich.« Kurowski drehte sich um. Die Richter der Spruchkammer verließen das Sitzungszimmer. Als sie an Kurowski vorbeigingen, starrten sie bewußt geradeaus. »Ich gehe in die Berufung.«

»Und ick übanehme die Jeschäfte, Meester!« rief Busko. »Ick habe drei Schuhmacher in der Partei, – die helfen mir gern!«

»Sie können die Läden gar nicht schließen!« sagte auch Ellerkrug. »Schließlich bin ich ja Mitinhaber.«

»Aber ich lasse mich nicht einfach kaltstellen!« Kurowski faßte Erna unter. Sie kämpfte mit den Tränen, aber sie war so tapfer, nicht zu weinen.

»Komm, Mutter –« sagte er. »So was kann mich nicht mehr erschüttern. Da krempele ich bloß die Ärmel hoch ...«

Aber mit dem Hochkrempeln war's allein nicht getan ... die Berufungsverhandlung fand erst im September statt, und bis dahin konnte Kurowski spazierengehen. Er tat es gründlich ... er fuhr nach Köln und Düsseldorf, Krefeld und Solingen, Wuppertal-Elberfeld und Remscheid. Überall wuchsen neue Städte aus den Ruinenbergen, es war wie zu den Goldgräberzeiten in Amerika, die Menschen strömten vom Land in die Ballungszentren, wie man es amtlich so schön nannte, die Neubauten schoben sich über die alten Randgebiete hinaus.

»Die Zeit des Barfußlaufens ist seit einigen Jahrhunderten vorbei«, sagte Ende August Kurowski zu Ellerkrug, der aus Pirmasens herübergekommen war. Er fuhr jetzt – wie Kurowski – einen weißen Mercedes und baute sich ein Landhaus. »Schuhe, Kleidung und Essen ... das gehört zusammen. Heinrich ... wir werden alles Geld zusammenkratzen, Bankkredite aufnehmen und in sieben anderen Städten Geschäfte aufbauen! Ich habe mich umgesehen, – mit unseren italienischen Schuhen sind wir unschlagbar.«

»Und noch etwas –« sagte Ellerkrug stolz. »Es ist mir gelungen, mit der Schuhfabrik Fabbrizi in Pisa ein Abkommen zu unterzeichnen: Wir bekommen von Fabbrizi die Modelle und Leisten, das Leder und die Lacke und bauen das ganze in Pirmasens zusammen. Lizenzherstellung. In zwei Jahren tut uns kein Zahn mehr weh ...«

Es war für Runzenmann fast ein tödlicher Schlag, als er erfuhr, daß die ›Westschuh‹ in sieben Städten neue Geschäfte baute. »Jetzt ist es raus«, sagte Hübner kleinlaut. »Hinter allem steht Ellerkrug. Noch weiß die Branche nicht, was sich da abspielt, aber es müssen tolle Dinge sein.«

»Dann los gegen Ellerkrug!« brüllte Runzenmann.

»Sinnlos. Heinrich Ellerkrug ist eine integre Person.«

»Kein Mensch ist ohne Staubkorn auf der Weste.«

»Aber bei Ellerkrug ist es mikroskopisch klein, – man sieht nichts. Mein lieber Runzenmann, – mit den sieben neuen Läden verfügt die ›Westschuh‹ über eine Ladenkette von elf Geschäften. Es kommen noch mehr dazu, verlassen Sie sich drauf. Kurowski wird in unserer Branche das, was Kaisers und Tengelmann bei den Lebensmitteln ist. Ich habe deshalb beschlossen, mit Kurowski zusammenzuarbeiten ...«

»Was haben Sie?« schrie Runzenmann. »Sie Verräter!«

»Es geht um meine Existenz, Runzenmann. Ich werde mich Kurowski anschließen. Mit mir hat Kurowski dann fünfzehn Geschäfte.«

Er legte auf, ehe Runzenmann einen Sack voll Beleidigungen über ihn ausschütten konnte.

Die Entnazifizierungswelle aber war nicht aufzuhalten. Kurowski war in die Mühle geraten, – nun mahlte sie. In der Schule prügelten sich Ludwig und Peter mit ihren Kameraden herum, die immer »Nazi! Nazi!« riefen, und die kleine Inge hatte plötzlich keine Freundinnen mehr und saß an ihrem Geburtstag, zu dem sie die halbe Klasse eingeladen hatte, allein und weinend an dem festlich gedeckten, von Kerzen erleuchteten Tisch. Es war Inges 8. Geburtstag.

»Heul nicht, Rehchen«, sagte Kurowski krampfhaft fröhlich. »Die 8 ist bei den Kurowskis keine Unglücks-, sondern eine Glückszahl. Wie lautet unser Spruch?«

»Wir lassen uns nicht unterkriegen ...« schluchzte Inge. »Aber wer soll jetzt die ganzen Kuchen essen, Papi?«

»In einer halben Stunde ist alles kahl, das verspreche ich dir!«

Kurowski ging zum Telefon und rief Franz Busko an. Seit einem Monat saß Busko hauptamtlich in der Parteileitung, fuhr herum, hielt Rede an Rede, die im Grunde alle gleich waren, aber immer Erfolg hatten, weil sie das sagten, was alle dachten, nämlich: Es muß alles besser werden! – und rechnete damit, als Abgeordneter in ein Parlament zu kommen, wenn es jemals wieder so etwas wie einen Reichstag oder ähnliches geben würde.

Busko hörte sich Kurowskis Vorschlag an, sagte: »Sofort, Meester!« und wurde tätig. Nach einer halben Stunde – wie versprochen – hielt ein großer Bus vor dem Haus Nordstraße 34. Vierzig Kinder aus dem Waisenhaus kletterten heraus, Feldblumen in den Händen, gratulierten der sprachlosen Inge und stürzten dann über Kuchen und Kakao her. Es wurde eine der schönsten Geburtstagsfeiern, die Inge bisher erlebt hatte. Die Kinder aus dem Waisenhaus, die auch einen Kinderchor bildeten, sangen ihr Repertoire herunter, auf der Straße blieben die Leute stehen, Reporter der Zeitungen und sogar ein schnell alarmierter Berichter des Westdeutschen Rundfunks aus Köln (Busko hatte an alles gedacht) sorgten für Popularität. Nicht für Kurowski, sondern für Franz Busko ... den Initiator von glücklichen Waisenhauskindern.

»Verdammt, er ist gar nicht so ein dämlicher Hund«, sagte Kurowski am nächsten Morgen anerkennend zu Erna, als er die Zeitungen durchblätterte. »Wenn ich mich erinnere, wie er in Adamsverdruß auf'n Schusterschemel saß und Zwicken reinkloppte. Der Busko wird uns noch alle überrunden ... wenn er mit seiner Partei bloß nicht auf die Schnauze fällt ...«

Die Berufung ging aus wie das Hornberger Schießen ... es kam nichts dabei heraus, Kurowski blieb eingestuft, und er schaffte es spielend, die Spruchkammerangehörigen so zu beleidigen, daß man ihm drei Beleidigungsklagen an den Hals hängte. Sie wurden als Sammelverfahren behandelt, und da es sich um politische Beleidigungen handelte, griff sogar der Staatsanwalt ein und erhob Anklage vor einer Strafkammer.

Kurowskis erbitterter Ausruf: »Vor politischen Idioten verantworte ich mich nicht ... ich gehe nach Hause! Ihr Urteil hänge ich auf den Lokus!« erfüllte mehrere Tatbestände.

Sieben Rechtsanwälte wurden beschäftigt, Busko konnte seine Partei nicht einschalten, das wäre jetzt völlig falsch gewesen, Ellerkrug blieb in Leverkusen und tröstete Erna, denn Kurowski entwickelte sich wie sein Schwager Paskoleit: Er schlug um sich, wo man ihn schief ansah. »Der ist fertig!« jubelte Runzenmann. »Der ist fertig! Und mit Ellerkrug arrangiere ich mich. Aber alles, was Kurowski oder Paskoleit heißt, knalle ich erst auf die Bretter.«

Die Verhandlung vor der III. Strafkammer fand an einem Freitag morgen im Februar 1951 in Köln statt. Die Familie

Kurowski mit Busko und Ellerkrug, den man jetzt dazuzählte, war vollständig erschienen, wieder als Zuschauer. Presse und Rundfunk waren da, dafür hatte Busko sorgen können ... es war immerhin ein Prozeß, in dem drei Entnazifizierungsrichter von dem Vorwurf politischer Idiotie gereinigt werden sollten.

Als sich alle Anwesenden beim Eintritt des Gerichtes erhoben, blieb Busko der Mund vor Staunen offen. »Das ist doch nicht möglich –« sagte er leise zu Erna, die neben ihm stand. »Meesterin, sehen Se sich mal den Vorsitzenden an. Erkennen Se den?«

»Nein«, flüsterte Erna zurück. Sie betrachtete den großen, schweren, würdevollen Herrn genauer. Er sah sehr verschlossen aus, sehr unnahbar, sehr gesetzlich. Er winkte hoheitsvoll, alles setzte sich, nur Franz Busko blieb stehen. Als ihn ein strafender Blick des Richters traf, beugte er sich zu Erna hinunter.

»Meesterin –« sagte er leise. »Erinnern Se sich ... der Treck, der junge Oberleutnant mit dem Ritterkreuz, der Oberfeldrichter, der ihn am Baum aufhängen ließ, der Kerl, der nachher auf dem Flüchtlingsschiff war ... Opa hat uns die Namen aufgeschrieben, und der Meester Julius hat den Zettel gehabt, wir alle, die Kinder, ick und Se ooch, Meesterin. Warten Sie ... ick hab' den Zettel noch in der Brieftasche, Opa hat jesagt: Vergeßt nie den Namen, und wenn ihr hundert Jahre alt werdet, – hier is er, Meesterin ...« Busko holte einen aus einem Heft gerissenen, vergilbten, zerknitterten Zettel aus der Brieftasche ... die kräftige Schrift von Opa Jochen, auf einer Kiste im Leiterwagen geschrieben, bei Schneesturm und Frost, vor sich die zugefrorene Ostsee, im Rücken die vordringenden russischen Regimenter. »Dr. Eberhard Bollow, det is er, Meesterin. Det da is der Oberfeldrichter Bollow. Und der will meinen Meister Kurowski verurteilen? Det ham wir gleich ...«

Busko verließ den Gerichtssaal. Er machte es bewußt laut, und Dr. Bollow brüllte auch prompt: »Ruhe! Was ist das für ein Benehmen? Ich eröffne die Verhandlung gegen ...« Die Tür klappte hinter Busko zu.

Zehn Minuten später – Kurowski wurde gerade zur Person befragt – wurde der Herr Landesgerichtsrat Dr. Bollow hinausgerufen.

Er kam nach fünf Minuten wieder, bleich, schwitzend, sehr zerknittert, und vertagte die Verhandlung wegen eines plötzlichen Unwohlseins des Gerichts. Dann drehte er sich um und verließ schnell das Zimmer. Es sah wie eine Flucht aus.

Acht Tage später wurde das Verfahren eingestellt. Wegen Geringfügigkeit, wie es hieß. »Was nun?« fragte Kurowski. »Wie geht's weiter, Franz?«

»Wie immer, Meester.« Busko grinste übers ganze Gesicht. »Die Spruchkammer hat sich geirrt. Sie werden zum Mitläufer eingestuft.«

»Das stimmt.« Kurowski nickte bitter. »Ich bin bis nach Sibirien mitgelaufen. Es ist zum Kotzen, daß wir es schon wieder nötig haben, mit Tricks zu unserem Recht zu kommen! Die Menschen lernen doch an gar nichts ... selbst 55 Millionen Tote waren nicht genug, um ihre Gehirne durchzublasen. Ein Hund, der irgendwohin pißt, wo er nicht darf, bekommt Schläge und meidet diese Ecke ... aber der Mensch macht immer wieder dasselbe! Das soll einer begreifen!«

»Warum darüber nachdenken, Meester«, sagte Busko mit echter politischer Begabung. »Det Leben geht weiter –«

Es ging weiter. Fünf erfolgreiche Jahre lang.

Ewald Kurowski schrieb in sein Tagebuch – »Ich schreibe es für die späteren Generationen«, sagte er, »obwohl ich weiß, daß das später keiner mehr lesen will« – unter anderem:

›Wenn man sagen kann, Gott hat einen gesegnet, so sind wir von ihm gesegnet. Jetzt, am 12. Juli 1955, habe ich neunzehn Schuhgeschäfte, einen Großhandel mit einer Lagerhalle von 3000 qm, 144 Verkäufer, Angestellte, Buchhalter, Lagerarbeiter, Fahrer, 10 Lastwagen, ein Landhaus in Everkotten, zwei Autos und ein Bankkonto, von dem man sagen kann: Kurowski ist so etwas wie ein Millionär. Ich bin nicht stolz darauf, sondern nur dankbar... dankbar meinem Schwager Julius Paskoleit, der den festen Grundstein zu allem legte, dankbar meinem Freund Ellerkrug, dankbar meinen guten Kindern, dankbar Franz Busko, der tatsächlich im Bundestag sitzt und in Bonn Reden hält, und vor allem dankbar meiner Frau Erna... der besten, tapfersten, herrlichsten Frau dieser Erde...«

Am 14. Juli fuhr Ewald Kurowski nach Bad Neuenahr zur Kur.

Der Arzt hatte ihn gründlich untersucht, nicht nur Herz und Lunge abgehorcht, Blutdruck gemessen und dann gesagt: »Sie müssen sich ausruhen!«, sondern man zapfte Kurowski eine Menge Blut ab, schickte es in ein Labor und erhielt nach drei Tagen die Werte zurück.

»Jetzt haben wir den Salat –« sagte der Hausarzt laut. Anders war mit Kurowski nicht zu reden. Er hatte schon Julius Paskoleit behandelt und die gleichen Predigten gehalten, die nun Kurowski anhören sollte. Genutzt hatten sie wenig, was Paskoleits Tod auf der Straße bewiesen hatte. Aber dieser Tod war eine immerwährende Warnung für Erna. Sie war es auch, die ihren Mann zum Arzt getrieben hatte, wie eine Dompteuse, die einen dressierten, aber störrischen Bären hinter sich herzieht. Vieles deutete darauf hin, daß Kurowski seine unverwüstliche Gesundheit angeschlagen hatte... er war dicker geworden, kurzatmiger, hatte rote Flecken auf den Backen und bekam ab und zu akute Gichtanfälle. Dann schwoll das Gelenk der großen Zehe um das Doppelte an, er konnte nicht mehr laufen, schluckte gläserweise Tabletten, bis Ludwig, der älteste Sohn, sagte: »Mach man so weiter, Vater. Damit ruinierst du deine Leber!«

»Was für'n Salat?« knurrte Kurowski jetzt. »Ich bin gesund.«

»Das sagen Sie noch, wenn man Ihren Sargdeckel zuschraubt, was?«

»Die Gefangenschaft bleibt nicht in den Kleidern hängen –«

»Die Gefangenschaft ist längst vorbei und schon Geschichte! Daß Ihre Generation immer noch mit Krieg und Sibirien kokettiert! Da drinnen läuft das Uhrwerk falsch!« Der Hausarzt tippte auf Kurowskis Bauch.

»Waren Sie in Sibirien?« fragte Kurowski stur.

»Ja. Sogar Lagerarzt. Wieviel haben Sie zugenommen?«

»Vielleicht dreißig Pfund.«

»Und das nennen Sie normal, was?«

»Ich hatte allerlei nachzuholen, Doktor.«

»Und nun ist der Blutfettstoffwechsel im Eimer. Sie haben 190 Blutzucker, eine massive Hypotonie und einen so hohen Harnsäurespiegel, daß die Gicht sich in den Gelenken breitmacht. Wie lange wollen Sie noch leben?«

»Ich will hundert Jahre werden.« Kurowski lachte schief.

»So wie es jetzt steht, werden Sie keine fünfzig! Ist das deutlich genug?«

»Ja, nur glaube ich's Ihnen nicht.« Kurowski zog sein Hemd wieder an. Diese Ärzte, dachte er. Immer klingeln sie Alarm, wie die Feuerwehr, aber das gehört anscheinend zu ihrem Beruf. Ich fühle mich wohl, ich habe mich noch nie so wohl gefühlt. Und was heißt hier Zucker? Dann lassen wir eben die Schokolade weg und die abendlichen Plätzchen beim Fernsehen. Das genügt.

»Ihr Schwager Paskoleit hat es auch nicht geglaubt –« sagte der Arzt grob. »Dann hing er am Baum!«

»Aha!« Kurowski grinste breit. »Meine Frau hat Sie aufgestachelt, Doktor. Denk an Julius ... das höre ich täglich ein paarmal! Eine alte Platte.«

»Und woran denken Sie?«

»An meine neunzehn Geschäfte –«

»Gut.« Der Arzt lehnte sich in seinem Schreibtischsessel zurück. »Machen Sie, was Sie wollen! Ich kann Sie nicht narkotisieren, – aber wenn es nach mir ginge, sausten Sie schon morgen nach Bad Neuenahr in eine Klinik, wenn's sein muß, mit Gewalt.«

»Das möchte ich sehen!« sagte Kurowski und verließ das Sprechzimmer.

Man sah es! Keiner in der Familie wußte, wie es Erna fertiggebracht hatte... schon zwei Tage später machte sich Kurowski auf nach Bad Neuenahr. Sohn Ludwig fuhr ihn hin, im Fond saß Franz Busko als zusätzliche Bewachung.

»Der kriegt es fertig und springt während der Fahrt raus!« hatte Erna gesagt. »Franz, laß ihn nicht aus den Augen, bis er in der Klinik ist.«

Als Kurowski wegfuhr, stand seine Familie auf der Straße und winkte.

Erna, blond und von einer rührenden Mütterlichkeit; Sohn Peter, mittelgroß, untersetzt wie sein Onkel Paskoleit, noch etwas schlaksig und mit 15 Jahren mit sich und seiner ganzen Umwelt unzufrieden, und Inge, mit 13 Jahren blond wie ihre Mutter, körperlich fast schon erwachsen, hübsch und schon daran gewöhnt, daß nicht nur die Jungen ihr nachpfiffen, sondern auch ältere Männer sie ansprachen und einluden.

Und dann Ludwig, der Älteste, der Fahrer, Medizinstudent in Köln, vorher Abitur mit ›sehr gut‹, ruhig, ausgeglichen, schon eine Persönlichkeit. »Er schlägt aus der Art –« hatte Kurowski einmal gelacht. »Ruhe und Intelligenz, das hat's zusammen bei uns noch nie gegeben...«

Kurowski winkte zurück, lehnte sich dann zurück und sagte laut zu Ludwig und Franz Busko: »Das ist ja alles ein Blödsinn! Ich bin gesund!«

In Bad Neuenahr bezog Kurowski ein schönes Zimmer mit einem Balkon zum Privatpark des Sanatoriums ›Rhenania‹. Erna hatte ihm verschwiegen, was es täglich kostete... Kurowski hätte es sonst nie bewohnt. So aber fand er alles leidlich schön, begrüßte die Ärzte, erfuhr, daß er erst am nächsten Tag untersucht werden würde, und setzte sich auf den Balkon. Es war ein herrlicher Sommertag, im Park saßen unter Sonnenschirmen und in Liegestühlen die anderen Gäste des Sanatoriums, und unter ihnen auch eine schlanke, geradezu aufreizend gut gebaute Frau mit pechschwarzen, glänzenden Haaren.

Kurowski beugte sich über das Balkongitter, betrachtete die noch unbekannte Schöne eingehend und sagte dann aus tiefer Brust: »Donnerwetter . . .!«

16

Eine gute Gelegenheit zur Kontaktaufnahme ist immer ein lauer Abend mit einer untergehenden Sonne. Nichts macht eine Frau romantischer und unbewußt zärtlicher als der Anblick des Abendrotes. Warum, das wäre eine Frage für Psychologen, – vielleicht weil das Rot die Farbe der Leidenschaft ist und der heraufglutende Abend schon ans Bett erinnert.

Kurowski sagte sich: »Alter Junge, du hast ein unverschämtes Glück«, als er nach dem Abendessen (es gab einen schrecklichen Gemüsesaft, einen Klecks Magerquark mit Schnittlauch und fünf Scheiben rohe Gurken, was Kurowski mit düsterer Miene hinunterschlang und dann intensiv an ein riesiges paniertes Schnitzel mit in Butter gedünsteten Pilzen darüber dachte) die fremde, schöne Frau an der Balustrade der Terrasse stehen sah. Sie blickte in den Park, der im Widerschein des Abendrotes wie mit Gold überhaucht war.

Kurowski blieb hinter ihr stehen, vergewisserte sich, daß niemand ihnen nachgekommen war, schnupperte das verdammt aufreizende Parfüm, das aus ihren Kleidern strömte, und sagte unvermittelt:

»Wenn das einer malen würde, wär's glatter Kitsch!«

Die schöne Frau zuckte zusammen, die Stimme hinter ihr kam so plötzlich, aber sie drehte sich nicht um. Ein Ostpreuße, dachte sie. Unverkennbar, diese breite Aussprache. So sprechen sie in Masuren. Onkel Hubert sprach genauso. Ich war gerade da, als die Wildgänse zurückkamen. Wer kann so etwas vergessen?

Sie hob etwas die Schultern an. Merkwürdig, woran man sich alles erinnert, dachte sie. Wie die Bilder blitzschnell auftauchen ... nur weil eine ostpreußische Stimme aufklingt.

»Ich habe so etwas gemalt –« sagte sie. Ihre Stimme paßte zu ihr. Melodisch, etwas angedunkelt, Klänge in Samt gehüllt. »Der Dargainen-See im Abendlicht. Es wurde sogar in Berlin ausgestellt, aber ich habe es nicht verkauft.«

Kurowski steckte den Finger ins Ohr und bohrte. Er konnte das, denn die schöne Frau drehte ihm noch immer den Rücken zu.

»Sagten Sie eben ›Dargainen-See‹?« fragte er. »Oder war's ein Hörfehler?«

»Nein, es stimmt. Sie kennen ihn?«

»Wie soll ich den nicht kennen! Ich bin aus Adamsverdruß, – aber das kennen Sie nicht.«

»Nein.« Sie drehte sich um. Kurowski, bisher mutig wie nie, verschlug es den Atem. Erna war eine hübsche Frau ... damals als junges Mädchen, heute als Mutter fast erwachsener Kinder. Aber das hier war einfach schön ... einen anderen Ausdruck kannte Kurowski nicht dafür. Das war vollendet! Das war, um in seiner Branche zu bleiben, ein handgemachter Schuh aus weichem Juchtenleder.

»Adamsverdruß ist ein sehr schöner Name. Die Ostpreußen mit ihren merkwürdigen lustigen Ortsnamen.« Sie lachte dunkel, und Kurowski bekam eine Gänsehaut. »Mövenort ... Ringelau ...«

»Swainen und Spullen ...« sagte Kurowski atemlos.

»Kniepitten und Mehlsack ...«

»Nautzwinkel und Groß-Puppen!« rief Kurowski. »Süßenberg und Klotainen! Klackendorf und Sackstein ...«

»Ein einmaliges Land!« Die schöne Frau lachte, lehnte sich gegen die Balustrade und bog sich nach hinten. Ihre Brüste waren voll und fest, Kurowski hatte Gelegenheit, das durch den dünnen Stoff der Abendbluse festzustellen. Ihm wurde schwül unter den angegrauten Haaren und merkwürdig leicht ums Herz. »Da darf Adamsverdruß nicht fehlen, das stimmt.«

»Es war ein schönes Dorf.« Kurowski verbeugte sich. »Sie gestatten: Ewald Kurowski.«

»Marion Hellbaum.« Sie musterte ihn und schob dabei die Unterlippe etwas vor. Es sah kokett aus, und Kurowski machte sich daran, ihr Alter zu schätzen. Mindestens 30, dachte er, höchstens 40. Bei so einer herrlichen Frau kann man das nie sagen.

»Kurowski?« sagte sie plötzlich. »Von den Aluminiumwerken?«

»Nicht direkt, wenn wir auch Aluminium als Gelenkstützen in den Schuhen verarbeiten. Kurowski von der ›Westschuh‹. Leverkusen. Aber muß das sein?«

»Nein.«

»Ich bin hierhergekommen, um mich zu erholen. Der Arzt meinte, es sei nötig. Ich habe ihm den Gefallen getan, – wenn man Ärzten widerspricht, werden sie gleich unangenehm und reden von Särgen! Aber was ich heute abend als Essen bekommen habe, sieht nicht so aus, als wenn ich mich dabei erhole.«

»Das war noch fürstlich! Morgen früh gibt's eine Tasse Brühe, die nach Kräutern duftet. Aus!«

»Meine Güte! Und das halten Sie aus?«

»Schon seit elf Tagen.«

»Und kratzen nicht vor Hunger die Tapeten von den Wänden?«

»Sehe ich so aus?«

Das war eine Frage, zu der Kurowski allerhand zu sagen hatte. Aber gerade in solchen Situationen fehlen einem die Worte, man ist ja kein geborener Playboy, hat zeit seines

Lebens nur Schuhe besohlt und Schuhe verkauft und hat sich aus dem Dreck emporgekrabbelt. Wie soll man da Worte finden, die eine solch schöne Frau beschreiben.

»Wenn ich nach elf Tagen so aussehe wie Sie« – sagte Kurowski – »natürlich auf männlich umgesetzt –, pilgere ich nach Rom und stelle mich dem Papst als Wunder vor.«

Marion Hellbaum lachte wieder, tief, aus geheimnisvollen Abgründen, vor denen die schöne Barriere ihrer Brüste lag. Kurowski war stolz. Er schien etwas Gutes gesagt zu haben ... die Bekanntschaft war geschlossen. Die nächste Frage war nur natürlich:

»Wie lange bleiben Sie noch in Bad Neuenahr?«

»Noch zwei Wochen. Und Sie, Herr Kurowski?«

»Drei Wochen! Bei dem angedrohten Essen sind das drei Jahre! Aber eins weiß ich jetzt schon ganz sicher: Zwei Wochen halte ich durch, und wenn ich nur Gras essen müßte!«

»Danke –« sagte Marion Hellbaum und legte ihre Hand auf Kurowskis Unterarm. Es durchzuckte ihn wie elektrische Schläge.

»Wofür?« fragte er.

»Das war ein schönes Kompliment ...«

Kurowski war verblüfft, dann wich die Verblüffung einer Verwirrtheit. So geht das also, dachte er. Das war mein erstes Kompliment. Damals, bei Erna, hatte er nur gesagt: »Marjellchen, du jefällst mir« –, und die Sache war klar. Seitdem hatte er keine andere Frau mehr angeguckt. Erna war seine ganze runde Welt geworden. Ein Leben ohne Erna war undenkbar geworden. Aber jetzt plötzlich gab es auch etwas anderes, mit dem Kurowski zum erstenmal konfrontiert wurde: das Abenteuer mit einer Frau. Es war ein neues, den ganzen Körper wie Feuer durchrinnendes Gefühl. Kurowski gab sich keine Mühe, dagegen anzukämpfen, – es war von Beginn an ein sinnloser Kampf.

An diesem Abend gingen sie durch den Park spazieren. Kurowski erzählte von Adamsverdruß und Leverkusen, seiner Ladenkette und aus dem Krieg. Er erzählte von allem ...

nur nicht von Erna und den Kindern. Und auch Marion Hellbaum fragte nicht: »Sie sind verheiratet? Sie haben auch Kinder?« Man übersah auf beiden Seiten dieses Thema, und Kurowski fand, daß man auf dieser Basis zwei Wochen Urlaub, selbst mit der magersten Magerverpflegung, durchstehen könnte.

Zurück auf seinem Zimmer – Marion wohnte unter ihm, schräg links, Zimmer 18 – wanderte Kurowski unruhig hin und her, trat auf den Balkon, schöpfte tief Luft, schielte nach links (Marion hatte auch noch das Licht an), ging zurück ins Zimmer, trank Wasser aus dem Wasserhahn (Bier war verboten), setzte sich dann an den Tisch und schrieb eine Ansichtskarte an Erna und die Kinder.

»Der erste Tag ist vorüber. Wenn Ihr wüßtet, was ich hier zu essen bekomme, würdet Ihr alle weinen. Aber ich halte durch! Wie sagt Kurowski: ›Wir lassen uns nicht unterkriegen!‹ Auch hier nicht. An alle einen Kuß. Euer Vater.« Er las die Karte noch einmal durch und blieb an seinem Wahlspruch hängen.

»Ich glaube, der geht zum erstenmal schief –« sagte er ahnungsvoll. »Meine Ahnen kannten keine Marion Hellbaum –«

Nach vier Tagen duzten sie sich, am fünften küßten sie sich ... es hatte länger gedauert, als Kurowski zuerst angenommen hatte. Aber als er Marion zum erstenmal an sich zog und küßte, wußte er, daß verdammte Probleme damit aufgerissen wurden. Der erste Schritt zu einem Betrug an Erna war gegangen, – was jetzt folgen mußte, konnte er noch abbremsen, aber er wollte es nicht. Er versuchte, sich heimlich vor sich zu rechtfertigen, zählte die im Krieg verlorenen Jahre auf, die Gefangenschaft ... aber das alles war kein Grund, Erna jetzt zu vergessen, und wenn's auch nur für noch neun Tage war. Blieb es bei diesen neun Tagen? Marion Hellbaum wohnte in Wesel. Von Leverkusen nach Wesel war keine Entfernung, die schnurrte der Mercedes in kurzer Zeit weg, und wenn das auch nach Bad Neuenahr mit Marion weiterging, und es würde weitergehen, das wußte Kurowski schon heute, denn eine solche Frau gibt man nicht wieder her, dann kam über die Familie Kurowski eine böse Zeit.

An diesem Abend, nach dem Essen, machte sich Kurowski bereit, zu Marion aus Zimmer 18 zu gehen. Er badete und rasierte sich noch einmal, besprühte sich mit einem Herrenparfüm, das er gestern gekauft hatte, betrachtete sich im Spiegel und fand, daß er eigentlich so übel gar nicht aussah, etwas dicklich (aber das wollte man ja hier wegradieren), helle, klare Augen und ein gutmütiges Gesicht. Das war eine Täuschung, denn auch Opa Jochen hatte ein gutmütiges Gesicht gehabt, wie überhaupt die ganzen Kurowskis, aber wenn sie losbrüllten, begann das schalste Bier im Glas wieder zu schäumen.

An diesem Abend rief Franz Busko an. »Na, wie geht's denn, Meester?«

»Gut –« knurrte Kurowski. Er war einsilbig geworden. Verdammt, es ist gar nicht so leicht, Erna zu betrügen, dachte er. Ich werde mir einen antrinken. Aber woher nehmen? Von Gemüsesaft ist noch keiner blau geworden.

»Wie ist das Essen?«

»Das sollte man euch im Bundestag als Pflichtessen vorsetzen!«

»Und sonst?«

»Was sonst?« bellte Kurowski.

»Sie wissen schon, Meester ... Sonst ...«

»Ich will mich erholen und abnehmen!« brüllte Kurowski. »Und überhaupt – warum hat mir nie einer gesagt, daß ein Kuraufenthalt für mich so nötig ist?!«

Das war eine Bemerkung, die ein grober Fehler war. Busko, an parlamentarischen Spitzfindigkeiten trainiert, hörte heraus, was sich da in Bad Neuenahr tat. Er rief sofort Heinrich Ellerkrug an und sagte:

»Heinrich, auch wennste schon im Bett liegen solltest, –

fahr mal nach Neuenahr. Der Meester ist auf der Balz. Ja, was ich dir sage! Ich habe so was geahnt! Nee, nicht mehr heute ... morgen jenügt. Und nimm die Meesterin mit ... aber ohne die Kinder. Ick hätte auch in Neuenahr bleiben sollen. Imma die Weiber ...«

Ellerkrug warf den Hörer zurück. Busko hatte gut reden ... seit er im Bundestag saß, hatte er ein Verhältnis mit einer Sekretärin und kaufte – er war ja auch noch Direktor der ›Westschuh‹ – Pelze und Schmuck. Er hatte für sie ein Appartement in Godesberg gemietet und plante, seinen Urlaub im Winter in Davos zu verbringen.

In dieser Nacht schlief Ellerkrug nicht wieder ein. Er mußte an Erna denken und an ihre unzerbrechliche Treue zu Ewald.

Auch Kurowski schlief nicht ein. Er lag in Zimmer 18 neben Marion auf dem Bett, hatte seine rechte Hand auf ihren herrlichen, nackten Leib gelegt, starrte an die Decke und dachte: Es war schön ... aber, Kurowski, du bist ein Schwein ...

Ellerkrug kam sich verdammt elend vor, als er in Leverkusen unverhofft eintraf und Erna den Vorschlag machte, Ewald in Bad Neuenahr zu besuchen. Ganz überraschend. Das heißt, – so überraschend sollte es wieder auch nicht sein, es sollte zu keiner Tragödie kommen, und Busko hatte es übernommen, Kurowski vorher telefonisch zu warnen. Wie allerdings Kurowski darauf reagieren würde, wußte niemand. Wenn ein Mann durch seinen zweiten Frühling wandelt, hört er kein Sturmblasen mehr und spürt keinen Regen. Er riecht nur Blüten. Bei Kurowski mußten es ganze Blumenfelder sein ... dafür war er ein Kurowski!

»Solche Überraschungen mag er gar nicht«, sagte Erna. Sie sah dabei Ellerkrug nicht an, und er hatte den Eindruck, daß sie irgend etwas ahnte. Bisher hatte Kurowski zwei Karten geschrieben mit geradezu dummen Sätzen. Hier scheint die Sonne, mir geht's gut, ich habe drei Pfund abgenommen, wie geht es euch? Schreibt solche Karten ein Mann, der zum erstenmal in seinem Leben auf Kur gefahren ist?

»Eben deshalb fahren wir hin!« sagte Ellerkrug gepreßt.

»Er wird sich ärgern, Heinrich.«

»Wer ärgert sich, wenn seine Frau ihn besuchen kommt?«

»Ohne die Kinder?«

»Ohne. Nur du!«

Erna sah ihn lange an. Sie schwiegen beide, und es war auch nicht nötig, jetzt noch etwas zu sagen. Ellerkrug kaute an der Unterlippe. Er war noch immer in Erna verliebt, und wie sie so dasaß, in einem modernen Sommerkleid, die blonden Haare in weiche Lockenwellen gelegt, gütig, mütterlich, ein Stück ostpreußischer Himmel, ein Stück masurische Seen, ein Stück Kiefernwald, von allem das schönste Stück, brachte sie Ellerkrug in Versuchung, nach Neuenahr zu fahren, allein, und Kurowski ins Gesicht zu schlagen.

»Ich bleibe hier –« sagte Erna endlich. »Ewald soll in seiner Kur nicht gestört werden.«

»Vielleicht gehört es zu seiner Kur, Erna, daß du jetzt zu ihm fährst«, sagte Ellerkrug finster.

»Wie heißt sie?« fragte sie plötzlich.

»Keine Ahnung.« Er war überrumpelt worden. Er sprang auf und stellte sich ans Fenster. Der weite Garten des Landhauses blühte in hundert Farben. »Wann fahren wir?«

»Soll ich ihm nachlaufen?«

»Du hast jahrelang auf ihn gewartet.«

»Da war er vermißt. Jetzt ist er da ... das ist etwas anderes. Und ich bin älter geworden ... einundvierzig ...«

»Ist das ein Alter für eine Frau? Er ist einundfünfzig ... Verdammt, ja, das ist für einen Mann eine Klippe, die er überspringen muß ... dieses Jungseinwollen, ohne mehr jung zu sein. Dabei mußt du ihm helfen, Erna.«

»Sie ist bestimmt hübscher als ich, eleganter, gebildeter, vornehmer.«

»Aber du bist Erna Kurowski! Ohne dich und Paskoleit wäre Ewald jetzt eine Null! Dir verdankt er alles!«

»So etwas sollte man einem Mann nie sagen –«

»Natürlich nicht. Aber man sollte ihm zeigen, daß man da ist! Los, wir fahren sofort nach Neuenahr.«

In Köln holten sie Ludwig, den Ältesten, ab.

»Ich hab' heute nachmittag Anatomie-Repetitorium!« schrie Ludwig. »So'n Blödsinn, Paps in Neuenahr zu überraschen!«

»Die Knochen bleiben immer die gleichen!« schrie Ellerkrug zurück. »Aber wenn deine Mutter dich bittet mitzukommen, dann ist das wichtiger! Steig ein. Wie kann so was Dämliches nur Arzt werden!«

Franz Busko saß unterdessen in Bonn am Telefon und ließ Kurowski in Neuenahr suchen. Er war mit Marion im Café, aß Diätkuchen und trank ungesüßten Tee, besuchte dann das Kurkonzert im Kurpark und war rundum glücklich. Seine nächtliche Reue war verflogen, als der Morgen gekommen war und Marion ihn wieder zärtlich auf sich zog. Daß er so etwas von einem Wunder an Weib besaß – dieses Triumphgefühl war stärker als jeder Gedanke an seine Familie. So muß ein Hirsch empfinden, der das größte und schönste Rudel beherrscht.

Im Sanatorium stürzte man sofort auf Kurowski zu und berichtete ihm, daß pausenlos nach ihm aus dem Bundestag gefragt wurde. Auch jetzt.

Kurowski ließ sich verbinden, hörte Franz Busko sagen: »Meester, wo war'n Se bloß? Alarm! Die Meesterin kommt, sie muß schon vor der Tür stehen ...« und hängte ein, ehe Kurowski losbrüllen konnte. Bei den Kurowskis muß man schnell sein, um ihnen zu entgehen.

»Ein Freund von mir –« sagte Kurowski, als er vom Telefon zurückkam, zu Marion. »MdB Busko. Irgendeine Lederexportsache. Liebling, wir müssen unser Programm umwerfen. Ich werde stramm auf meinem Zimmer arbeiten müssen. Du mußt heute allein ins Konzert gehen. Nicht maulen, Liebling ... ich mach's wieder gut.«

Er drückte Marion die Hand und rannte zum Fahrstuhl.

In seinem Zimmer zog er sich um, duschte sich heiß Marions Parfüm von der Haut, vernichtete aus seinen Anzugtaschen alles, was verräterisch war ... zwei Kinokarten, zwei Konzertkarten, zwei Kutschfahrten nach Münstereifel, zwei Dampferfahrten auf dem Rhein, immer zwei, zwei, zwei, es ist erstaunlich, was man zu zweit in so wenigen Tagen alles erleben kann ... und war dann gerüstet für Ernas Empfang. Da es eine totale Überraschung sein sollte, mußte er das nun auch spielen. Er zog die Schuhe aus, legte sich auf den Balkon und wartete.

Es war mitten im Abendrot – Kurowski sah darin eine heimliche Ohrfeige des Schicksals –, als es an der Tür klopfte.

»Herein!« rief er. »Stellen Sie den verfluchten Saft auf den Tisch, Fräulein! Ohne ihn hätte ich nichts zu träumen!« Das wirkte, dachte er. Das wird Erna zeigen, wie stur ich hier die Kur mache. Er wartete ab, und als sich nichts rührte, drehte er sich um.

Im Zimmer stand Marion. Sie war gerade dabei, sich aufs Bett zu legen, und sie sah wie ein Bild aus einem Märchen aus.

»Was machst du denn hier?« stotterte Kurowski. »Ich denke, du bist im Konzert?«

»Und ich denke, du arbeitest?«

»Das tue ich auch. Ich denke. Ich warte auf Anrufe aus Bonn ...«

»Ich habe Männer gern, die denken.« Marion räkelte sich auf dem Bett. »Ich sehe Männern gern zu, wenn sie denken. Vielleicht brauchst du meine Hilfe, Liebling. Jeder Mann hat seine Muse, denn jeder Beruf ist irgendwie poetisch ...«

Kurowski hatte wenig Sinn für Poesie in dieser Lage. Er sprang auf und wußte doch nicht, was er tun sollte. Die Katastrophe, die er befürchtet hatte, war schneller über ihn gekommen, als er gedacht hatte. Sie wäre zu vermeiden gewesen, aber Kurowski hatte in solchen Dingen keine Erfahrung ... es war sein erster Seitensprung, und schon rutschte er aus.

Noch bevor er etwas sagen konnte, klopfte es wieder.

Bleib draußen, hätte er schreien können. Erna, um Himmels willen, bleib draußen! Ich flehe dich an ... laß uns später über alles vernünftig reden. Nur bleib jetzt draußen ...

Aber er sagte nichts. Wie nach einer Lähmung ging er zur Tür, Schritt nach Schritt, als habe er gerade wieder laufen gelernt, und als er die Klinke umklammerte, fragte Marion vom Bett:

»Es kommt noch jemand, Liebling? Warte ... ich verschwinde sofort ... Das habe ich nicht gewußt.«

Von außen wurde die Klinke heruntergedrückt. Kurowski hielt sie fest, aber der da auf der Gegenseite drückte, hatte große Kräfte, man konnte die Klinke nicht mehr hochhalten, die Tür schwang auf, und Kurowski starrte in das Gesicht seines ältesten Sohnes. Hinter ihm, aber noch im langen Flur, stand Erna. Traurig, blond, mit weiten blauen Augen.

»Bleib einen Moment da, Mutter –« sagte Ludwig. Er drängte Kurowski zurück ins Zimmer, schloß hinter sich die Tür, sah Marion an, die noch immer auf dem Bett lag und ihn sehr interessiert musterte, wandte sich dann um und holte tief Luft. Aber er ist ein Kurowski, dachte Kurowski. Jetzt kommt er heraus. So irrsinnig das jetzt war, – es erfüllte ihn mit Stolz.

»Mein Junge –« sagte er zaghaft.

Ludwig schwieg. Aber nach dem tiefen Atemholen hob er die Hand und schlug sie seinem Vater mitten ins Gesicht.

Kurowski rührte sich nicht. Was jeder erwartet hatte, auch Ludwig selbst, in demselben Augenblick, als er zuschlug, geschah nicht: Kurowski schlug nicht zurück. Mit hängenden Armen stand er im Zimmer, starrte seinen Sohn mehr entgeistert als in jäher Wut an und zuckte zusammen, als Ludwig, vor Erregung am ganzen Körper bebend, sagte:

»Warum bist du nicht in Rußland geblieben –«

Es war das Furchtbarste, was man Kurowski antun konnte. Seit dem Tage, an dem ein sowjetischer Stoßtrupp ihn überrollt hatte und er mit über dem Kopf gefalteten Händen abgeführt wurde und dann Tausende von Kilometern weit in der sibirischen Taiga auf den einen Tag gewartet hatte, wo der Lagerkommandant sagen würde: »Nr. 295197, du kannst die Sachen packen. Du kommst nach Hause. Man hat dich begnadigt, weiß der Teufel, warum, aber es ist so. Morgen früh zur Abschlußuntersuchung vor der Genossin Ärztin!«, in dieser ganzen langen, schrecklichen Zeit hatte er nur eine Sehnsucht gehabt: Erna und meine Kinder. Und wenn ich auf Händen und Füßen von der Taiga nach Deutschland kriechen müßte ... ich ginge auf die Knie und würde rutschen ...

Und jetzt sagte sein ältester Sohn, sein Stolz, der zukünftige Arzt, der Junge, der von allen Erna am ähnlichsten ist: Warum bist du nicht in Rußland geblieben ...

Kurowski drehte sich wortlos weg, ging hinaus auf den Balkon und weinte.

Ludwig, in einem echten Kurowski-Zorn, riß die Zimmertür wieder auf und prallte gegen seine Mutter, die dicht dahinter stand. Er drehte sie um, schob sie in den Flur zurück und legte dann den Arm um ihre Schulter.

»Laß uns gehen, Mutter«, sagte er heiser. »Hier hast du keine Worte mehr zu machen. Was zu sagen war, habe ich gesagt – und getan. Komm, Mutter. Ich erzähle es dir unten. Wir werden noch viel darüber zu reden haben ...«

Am Fahrstuhl begegnete ihnen Heinrich Ellerkrug. Er war zurückgeblieben, bewußt, ahnungsvoll. Das ist Familiensache, dachte er. Ich gehöre zwar auch indirekt dazu, aber was sich hier vollzieht, müssen sie ganz unter sich ausmachen. Diese Meinung aber änderte er, als er Ludwig mit hochrotem Kopf heranstampfen sah – jetzt geht er genau wie Paskoleit, dachte Ellerkrug verblüfft – und das Gesicht von Erna sich langsam, ganz langsam in Tränen aufzulösen begann.

»Was ... was ist los?« fragte Ellerkrug. »Kann ich helfen?«

»Geh in sein Zimmer!«

Ludwig drückte seine Mutter an sich, stieß die Tür des Lifts auf und verschwand in der Kabine. Ellerkrug wartete, bis sie nach unten wegglitt, machte dann auf dem Absatz eine Kehrtwendung und rannte den Gang entlang.

Ohne anzuklopfen riß er die Tür auf und stürzte ins Zimmer, als Marion Hellbaum gerade sagte:

»Das läßt du dir gefallen, Liebling? Daraus würde ich jetzt die Konsequenzen ziehen ...«

»Das wird er auch!« brüllte Ellerkrug sofort los. Er umfaßte mit einem Blick die Situation. Diese schöne Frau – verdammt, hat der Ewald einen Geschmack, aber nur zur falschen Zeit! – noch immer auf dem Bett, hingelegt und drapiert wie für einen Werbeprospekt »Hier hört das Altern auf«, und an der Balkontür Kurowski, mit geröteten Augen und von erbarmungswürdiger Hilflosigkeit.

»Noch einer, der Ohrfeigen verteilt?« sagte Marion mit einem impertinenten Klang in der Stimme. Sie sprang vom Bett und baute sich zwischen Ellerkrug und Kurowski auf. »Wieviel kommen noch? Wie groß ist die Verwandtschaft? Auch Onkel und Tante und Opa?«

»Das wünschen Sie sich nicht!« Ellerkrug winkte Kurowski zu. »Wenn hier Opa Jochen oder Paskoleit ständen, hätten Sie ein ostpreußisches Unwetter mit Baumentwurzeln und Dächerabdecken erlebt. Ewald, können wir nicht allein miteinander sprechen?«

»Ich lasse Ewi nicht mehr allein ...« fauchte Marion Hellbaum dazwischen.

»Wer ist Ewi? Du, Ewald? Mein Gott!« Ellerkrug lachte dröhnend. Er wußte: Nichts tötet mehr als die Lächerlichkeit. »Ewi! Zum Brüllen! Das könnte ein Dackel sein. Ewi, komm, komm ... mach schön, gib Pfötchen ... Ewi, laß das Beißen sein ...«

»Du blöder Hund!« schrie Kurowski. Ellerkrugs Auftreten gab ihm viel von seiner Haltung wieder.

»Ich? Heiße ich Ewi?«

»Sie sind ein widerlicher Mensch!« Marion Hellbaum warf sich zu Kurowski herum. Es war fast eine sportliche Leistung, so blitzschnell geschah das. »Wirf ihn hinaus, Liebling. Es ist dein Zimmer, und du bist hier Hausherr. Oder soll ich Alarm klingeln?«

»Das ist ein Vorschlag. Ewi, mach Alarm! Damit das ganze Sanatorium sieht, daß Gewichtsabnahme nicht allein von Diät kommt ...«

Er ließ sich in einen der Sessel fallen, schlug die Beine übereinander und lächelte die vor Zorn bebende Marion freundlich an.

»Sehen Sie, gnädige Frau«, sagte Ellerkrug formvollendet, »Ewald ist ein totguter Kerl. Er hat noch nie seine Frau betrogen, und wenn ich ihn mir so betrachte – Ewald, halt die Klappe! – und Sie in seinem Zimmer sehe, dann möchte ich daran glauben, daß Ewald das Opfer eines Abenteuers ist, das man in Fachkreisen ›Kurschatten‹ nennt. Er kennt so etwas nicht ... mit mir hätten Sie fröhlichere Stunden gehabt, gnädige Frau!«

»Ich hasse Sie!« sagte Marion Hellbaum steif. »Sie sind ein Mann, der eine Frau von jeglichem Gedanken an einen Mann heilen kann.«

»Das wäre ein Verlust für uns alle!« Ellerkrug verbeugte sich im Sitzen. »Um sich von meinem Anblick zu befreien, genügt es, wenn Sie hinausgehen ...«

»Mit Flegeln streite ich mich nicht.« Marion Hellbaum

ging zum Spiegel, ordnete ihre herrlichen schwarzen Haare und beobachtete durch den Spiegel Ellerkrug und Kurowski.

Als sich beide nicht rührten, fuhr sie wieder herum und blitzte Ellerkrug an. Ihre fast schwarzen Augen glänzten vor Zorn.

»Um es vorweg zu sagen: Ich bin finanziell unabhängig. Ewalds Ladenkette interessiert mich nicht. Es ist also eine Fehlannahme, wenn Sie in dieser Richtung denken.« Sie wandte sich zu Kurowski und lächelte ihm zu. Verdammt, durchfuhr es Ellerkrug, sie liebt ihn wirklich. Das habe ich nicht einkalkuliert. Die Sache wird kompliziert und brennendheiß.

»Behalt den Kopf, Liebling«, sagte sie und ging.

Ellerkrug wartete, bis die Tür ins Schloß fiel, dann sah er Kurowski an, schüttelte den Kopf und tippte sich an die Stirn.

»Du Riesenrindvieh!«

»Ist das alles, was du zu sagen hast?« knurrte Kurowski.

»Du Vollidiot!«

»Hier rumsitzen und dämlich reden, kann jeder.« Kurowski tappte durchs Zimmer. Er kam sich elend vor. Marions Parfüm lag noch im Raum, schwer und süß. »Was macht Erna?«

»Was sie noch machen wird, kann ich mir denken. Aber was du dann machst, ist mir nicht klar.«

»Es wird schon schiefgehen, Heinrich.«

»Nein, so einfach ist das nicht. Wenn du früher einen Absatz schief draufgenagelt hast, konnteste den wieder abreißen ...«

»Erna ist kein Absatz!«

»Eben! Erna ist die wundervollste Frau, die ich kenne ...«

»Das weiß ich. Warst ja auch Tag und Nacht hinter ihr her.«

»Und hat sie's getan? Nein! Sie hat auf dich gewartet. Und du gehst hin ...« Ellerkrug beugte sich vor. »Eine schöne Frau, diese schwarze Katze. Gebe ich zu. Aber so etwas fängt man anders an, nicht so blöd ... Und nicht gleich so seelentief! So ernst! Urlaubsflirt, halli hallo, und nachher großes Vergessen.«

»Halli hallo ... Heinrich, laß mich in Ruhe! Ich muß da von allein herauskommen.«

Ellerkrug horchte auf. Das war ein neuer Ton, ein völlig anderer Kurowski.

»So ernst?« fragte er betroffen.

»Ja. Leider. Diese Frau hat mich einfach verrückt gemacht. Ich weiß es, Heinrich, aber ich komme nicht davon los. Dazu braucht man Zeit.«

»Die hast du nicht. Eins ist sicher: Erna wartet nicht noch einmal wieder auf dich!«

»Und mein Sohn hat mich geschlagen. Mein großer Sohn ... Das überwinde ich nie.«

»Er hat es nur stellvertretend für seine Mutter getan.«

»Man schlägt einen Kurowski nicht. Nicht der eigene Sohn! Marion hat recht, – es müssen Konsequenzen gezogen werden ...«

»Wie du willst!« Ellerkrug erhob sich abrupt. »Feuer in alten Büschen soll man ausbrennen lassen! Was kann ich Erna sagen?«

»Nichts.«

»Nicht: Ich schäme mich, Erna ...«

»Nein!« Kurowski drehte sich um und ging zum Balkon. Er schien seine alte Kraft wiedererlangt zu haben. Aber es war nur eine Fassade, eine wahre Anstrengung. »Einen Mörder hört man an, er kann sich verteidigen ... aber einen Vater schlägt man einfach ins Gesicht, nur weil er ... Geh raus, Heinrich. Geh raus! Ich muß jetzt allein sein –«

Ellerkrug wollte noch etwas sagen, vermitteln, glätten, Kurowski das größte Rindvieh aller Zeiten nennen – auch kräftig in den Hintern treten konnte man ihn, damit er aufwachte aus seinen rosigen Träumen –, aber dann zuckte er doch nur mit den Schultern und ging schnell hinaus.

Kurowski stand hinter der Gardine am Treppenhausfenster, von dem man die Auffahrt sehen konnte, und starrte hinaus. Er sah Ludwig und Ellerkrug in den Wagen steigen, dann kam Erna, mit gesenktem Kopf, das blonde Haar glänzte in der Sonne, sie ging ein wenig staksig, als wolle sie nicht zum Wagen, sondern lieber hierbleiben, aber Ludwig hatte die Autotür aufgelassen, beugte sich jetzt heraus und rief ihr etwas zu. Sie nickte und stieg ein. Kurowski biß die Zähne aufeinander. Er hatte Erna noch nie so zerbrechlich gesehen, so müde, randvoll mit Resignation.

Er wartete, bis der Wagen sehr schnell aus dem Privatweg abbog auf die Straße und sich entfernte, als gliedere sich Ludwig – er saß am Steuer – in ein Autorennen ein.

Es hat's eilig wegzukommen, dachte Kurowski bitter. Mein großer Sohn, mein Stolz! Und was wird er seinen Geschwistern erzählen? Dem faulen Gymnasiasten Peter und der schönen, frühreifen Inge? Euer Vater liegt mit einer anderen Frau im Bett ... und sie würden den großen Bruder anstarren und es zunächst nicht begreifen. Unser Vater? Betrügt unsere Mutter? Plötzlich war die Welt der Kurowskis nicht mehr in Ordnung.

Er wandte sich ab, sah auf dem Flur Marion Hellbaum stehen, sie lächelte ihn strahlend an, hatte sich umgezogen, ein Cocktailkleid mit Goldfäden durchwirkt, ihr »Kasinokleid«, wie sie es nannte, sie war gekommen, um ihn abzuholen ... was soll ich tun, dachte Kurowski, mein Gott, was soll ich tun? Er drückte das Kinn an, zog den Kopf in die Schultern und ging wortlos an Marion vorbei in sein Zimmer.

Ihr erstaunt-entsetztes: »Aber Ewi ...!« hörte er noch, als er die Tür zufallen ließ.

Zehn Wochen blieb Ewald Kurowski verschwunden.

Nach seiner Kur war er mit unbekanntem Ziel abgereist. Marion Hellbaum hatte ihren Aufenthalt in Bad Neuenahr vorzeitig abgebrochen und hatte sich beleidigt auf ihren

Landsitz bei Wesel zurückgezogen. Sie hinterließ für Kurowski ein paar Zeilen.

»Du kannst immer kommen«, schrieb sie. »Aber nur, wenn Du eine endgültige Entscheidung getroffen hast. Du weißt, daß ich Dich liebe ...«

Kurowski hatte den Brief eingesteckt. An dem Vormittag, als Marion das Sanatorium verließ, wich er einem Abschied aus ... er machte eine Schiffsreise auf dem Rhein nach Bingen und betrank sich gründlich.

Der Betrieb der ›Westschuh‹ lief weiter, als säße Kurowski noch immer in seinem neuen Bürohaus in Leverkusen, ein breiter, starker Mann, ein ostpreußischer Dickschädel, den man in einen Sturm stellen konnte und der lauter zurückbrüllte, als der Wind ihn anpfiff.

Ellerkrug hatte die Leitung übernommen. Er war in Pirmasens entbehrlich, die Schuhfabriken liefen wie geschmiert, er hatte zwei gute Direktoren und sah es jetzt als seine Pflicht an, sich um Erna und die jüngeren Kinder zu kümmern.

Erna verließ das Landhaus nur noch selten. Sie saß meistens auf der Terrasse und blickte vor sich hin. Wenn sie ein Auto hörte, hob sich ruckartig ihr Kopf. Bremste der Wagen auf der Straße, fuhr sie hoch.

»Sie wartet und wartet ...« sagte Ellerkrug zu Ludwig, der samstags und sonntags von Köln herüberkam. »Es ist zum Heulen! Aber diesmal kommt er nicht wieder. Jetzt hält ihn nicht Sibirien fest, sondern eine Frau! Und daran sieht man, daß eine Frau gefährlicher sein kann als die furchtbarste Taiga. Hast du irgend etwas erfahren von deinem Vater?«

»Nein.« Ludwig schüttelte den Kopf. »Busko hat alles in Bewegung gesetzt, was man noch unter dem Mantel der Diskretion verantworten kann. Vater ist aus Neuenahr weg, hat dort angegeben, er fahre nach Hause, und seitdem ist er weg.«

»Er muß in Süddeutschland sein.« Ellerkrug legte eine

Kurznachricht der Bank vor. »Vorgestern ist ein Scheck über 2000,– DM vorgelegt worden, von der Deutschen Bank in Rottach-Egern. Nach Wesel ist er also nicht.«

»Was nicht ausschließt, daß dieses Weib mit ihm am Tegernsee ist.«

Ellerkrug ging im Garten von Kurowskis Landhaus hin und her. Auf der Terrasse saß wieder Erna unter dem Sonnenschirm, eine blasse, blonde Statue der Sehnsucht. Was Ellerkrug und Ludwig miteinander besprachen, konnte sie nicht hören.

»Ich weiß nicht« – sagte Ellerkrug – »aber meiner Meinung nach überbewertet ihr alle Ewalds Ausrutscher. Mehr ist es nicht, aber ihr spielt ihn hoch und treibt ihn zu Entscheidungen, die er nie gewollt hat.«

»Er soll sich der Gemeinheit, die er an Mutter begangen hat, bewußt sein«, sagte Ludwig, »dann ist viel gewonnen! Aber diese Mammutsturheit! Nur nicht zugeben! Nur nicht einmal den Kopf untern Arm nehmen. *Das* regt mich auf.«

»Wenn ihr wißt, wie Ewald ist, dann kommt ihm doch entgegen, verdammt noch mal!«

Ludwig Kurowski blieb stehen und blickte hinüber zu seiner Mutter. Seit Wochen sitzt sie nun da, dachte er. Man merkt nur an ihrem Atem, daß sie noch lebt. Ein Bild des Jammers. Vielleicht haben wir in Bad Neuenahr alle etwas zu heftig und leidenschaftlich reagiert, wir sind eben Kurowskis, wir schlagen drauf, wo man uns angreift, aber es ist nun geschehen, und wir müssen das Beste daraus machen. »Wir lassen uns nicht unterkriegen ...« Diesen Spruch brauchen wir jetzt mehr denn je ...

»Irgendwann wird Vater doch von sich hören lassen«, sagte Ludwig stockend. »Ich glaube nicht, daß er Peter und Inge so einfach aufgibt, wenn er schon Mutter nicht mehr mag. Von mir ganz zu schweigen. Ich bin für ihn gestorben. Aber die Kleinen ... Das ist meine ganze Hoffnung.«

»Meine auch ...« sagte Ellerkrug.

Es war eine schwache Hoffnung.

Es war ein Abend voll Regen und Herbststimmung. Der Wind riß die welken Blätter von den Zweigen, nasse Kälte kroch in die noch sommerlich offenen Häuser, ein scheußlicher Tag im September.

Ellerkrug verhandelte in Leverkusen mit italienischen Schuhfabrikanten und fuhr dann mit ihnen nach Köln in eine Striptease-Bar. Ludwig hockte in seinem Kölner Zimmer über medizinischen Vorlesungsnotizen, Peter hatte sich zur Geburtstagsfeier eines Schulfreundes abgesetzt, Inge übernachtete in Leverkusen bei einer Freundin ... Erna war allein in dem großen Haus. Sie lief ein paarmal durch alle Zimmer, die plötzliche Einsamkeit war erdrückend, sie kam sich wie in einem pompösen Grab vor, lebendig begraben. Ihr ganzes Leben war sie noch nie so völlig allein gewesen wie heute, immer war jemand um sie herum gewesen, sie hatte nie das Gefühl gehabt, nicht mehr gebraucht zu werden. Im Gegenteil – ohne Erna Kurowski und Julius Paskoleit wäre die Familie in der roten Flut ertrunken, die damals, 1945, über Ostpreußen spülte und alles vernichtete.

Aber jetzt brauchte sie niemand mehr. Der Betrieb lief wie von selbst, die Kinder wurden immer selbständiger, Franz Buskos: »Wat nu, Meesterin?« hatte sich auch gewandelt ... er hielt jetzt Parteireden auf Hochdeutsch und braute aus dem unerschöpflichen Schatz von Paskoleits und Ellerkrugs Rede-Entwürfen der vergangenen Jahre immer wieder neue, wie Posaunen schmetternde Ansprachen zusammen.

Ellerkrug ging im Geschäft völlig unter, er kam kaum noch zum Schlafen ... nur sie saß herum und fragte sich oft: Würde man mich überhaupt vermissen, wenn ich plötzlich nicht mehr da wäre?

Gegen 22 Uhr verdichtete sich der Herbststurm. Die Bäume seufzten im Garten, der Wind riß die Äste kahl. Erna Kurowski stand hinter den hohen Fenstertüren der Terrasse und starrte in die Nacht. Sie hatte die Gartenscheinwerfer angestellt ... hell beleuchteten sie die Buschgruppen und Blumenbeete und den kleinen runden Springbrunnen.

Erna Kurowski wollte sich schon wieder abwenden, als sie den Mann durch den Garten kommen sah. Den Hut tief im Gesicht, den Kragen des Wettermantels hochgeschlagen, die Hände in den Taschen, so stapfte er durch die Buschgruppen und stieg die Treppe zur Terrasse hinauf.

Sie schrie auf, aber es war kein Entsetzensschrei, sondern eine Mischung aus Erlösung und wild hervorbrechender Freude. Sie riß an dem Riegel der Tür, bekam sie nicht so schnell auf, wie sie wollte, irgend etwas klemmte ... da griff sie hinter sich, nahm einen Stuhl und schleuderte ihn in die große Scheibe. Der Wind trieb die Gardinen durch das Loch und riß sie fast von der Stange, und dann kletterte der von Nässe triefende Mann durch die Fenstertrümmer und stand im Zimmer. Er nahm seinen Hut, behielt ihn wie ein Bettler in den Händen, und es war eigentlich wie damals, als Ewald Kurowski plötzlich vor der Tür stand, in seinem alten Militärzeug, den Staub Sibiriens noch in den Falten. Er stand genauso elend da, genauso durchnäßt, genauso stumm, genauso heimgekehrt ...

»Komm rein, Ewald ...« sagte Erna mit brüchiger Stimme. »Mein Gott, wie siehst du aus! Ich habe gar keinen Wagen gehört.«

»Ich bin mit dem Taxi bis unten an den Abzweig gefahren und dann zu Fuß gekommen. Bist du allein?«

»Ja, Ewald.«

»Ich ... ich ...« Er sah sich um, in seinem Rücken pfiff der Wind durch die zertrümmerte Scheibe, der Regen wurde hineingepeitscht. »Der Teppich wird naß, Erna ...«

»Geh rauf und zieh dich um!« Das Sprechen fiel ihr schwer, ihr Herz klopfte wie bei einem jungen Mädchen, das sich verliebt hat. »Soll ich dir Tee mit Rum machen?«

»Das wäre schön, Erna.«

Kurowski sah sie an. Augen eines bettelnden Hundes. »Ich habe das Taxi für eine Stunde später wiederbestellt.«

»Frisch gebadet lasse ich dich nicht in dieses Wetter hinaus!«

»Danke, Erna.« Er lächelte verlegen. Was wäre ich ohne diese Frau, dachte er. Mein Gott, wohin wäre ich gekommen? Diese Wochen allein, in den Hotels, in den Bierstuben, jeden Abend betrunken, es war schrecklich. Ich habe gebüßt, Erna, glaube es mir ...

»Wo sind die Kinder?« fragte er.

»Bei Freunden.«

»Man hat dich ganz allein gelassen?« Er ging auf sie zu, legte zaghaft den Arm um sie und wagte nicht, sie an sich heranzuziehen. »Du sollst nie wieder allein sein, Erna ...« sagte er mit schwankender Stimme. »Nie mehr. Glaub es mir ...«

»Zieh dich um, Ewald ...« Über ihr Gesicht zuckte es. Gleich muß ich weinen, dachte sie, aber das will ich nicht. Er muß seinen Tee mit Rum haben, gegen Erkältungen ist er besonders anfällig. »Leg dich ins Bett«, sagte sie und weinte nun doch. »Es war immer für dich bereit ... Ich komme gleich nach, mit dem Tee ...«

Die Familie Kurowski brach nicht auseinander ... oder soll man sagen, *noch* nicht? Auch bei den Kurowskis wuchs eine neue Generation heran, und sie sah das Leben anders als die Kriegsgeneration.

Es fing damit an, daß eines Tages Peter, der zweite Sohn, mit engen Nietenhosen und schwarzer, glänzender Lederjacke von der Schule nach Hause kam und um den Hals das Ritterkreuz trug. Er kam ins Haus, grinste seine Mutter an, warf sich Kurowski gegenüber in einen Sessel und knallte die Stiefel auf den Couchtisch.

18

Eine Weile blieb es still im Zimmer. Erna war an der Tür stehengeblieben, sie verstand das alles nicht, sie kannte ihren Sohn nicht wieder, irgendwie war plötzlich eine Ordnung durchbrochen, auf der die Familie Kurowski ihr ganzes Leben aufgebaut hatte.

Über Ewalds Ausflug in fremde Liebesgärten war nicht mehr gesprochen worden. Es wäre auch grundfalsch gewesen. Er war zurückgekommen, hatte alle seine Plätze eingenommen, als kehre er von einer Reise zurück, auch Ludwig, der jetzt als cand. med. kaum noch nach Hause kam, sondern seine medizinischen Fächer durchpaukte mit dem Ehrgeiz, sein Examen mit ›sehr gut‹ zu absolvieren, hatte nur gesagt: »Es tut mir leid, Vater!«, und Kurowski hatte ebenso einfach geantwortet: »Schon gut, Junge. Irgendwann können wir das mal aufrechnen, das Leben ist noch lang und voller Geheimnisse . . .«, es war also alles wieder in den normalen Gleisen, kein Wagen hüpfte mehr neben den Schienen . . . da kam Peter mit seiner Lederuniform und demonstrierte das, was seine Generation Unabhängigkeit nannte.

»Das findest du schön?« fragte Kurowski endlich nach langem Schweigen. Seine Ruhe war gefährlich. Erna kannte das, nur Peter, sein Sohn, begriff es nicht. Er nickte deshalb und sagte laut:

»Ich hasse alles, was bürgerlich ist.«

»Auf einmal?«

»Immer schon –«

»Bis heute hast du vom bürgerlichen Tisch gefressen und getrunken, bist eingekleidet worden und hast große Haufen geschissen!« Kurowski beugte sich vor. »Das ist doch wohl die Sprache, die ihr versteht?«

»Wer Kinder zeugt, hat die Pflicht, sie zu ernähren«, sagte Peter.

»Und er hat die Pflicht, sie zu erziehen. Ich glaube, ich habe mich da einer Pflichtverletzung schuldig gemacht.«

Mit einem Ruck riß Kurowski das Ritterkreuz von Peters Hals, faßte es an dem schwarz-weiß-roten Band und schlug es ihm viermal ins Gesicht. »Es ist scharfkantig!« sagte er dabei. »Spürst du's? Schade, daß du nicht blutest. Denn dieses Ding da hat Blut gekostet, viel Blut! Unschuldiges Blut! Jeder, der den Krieg haßt, hat das Recht, es zu verfluchen ... aber es gehört nicht unter einen Kopf mit Scheiße statt Gehirn! Dazu ist es immer noch zu schade! Begriffen?!«

»Und wie!« Peter war aufgesprungen. Er wirkte in seiner schwarzen Lederkluft dürr und groß. »Sie haben recht –«

»Wer hat recht?«

»Meine Kameraden. Ich habe einen reaktionären Vater –«

»Peter!« rief Erna entsetzt von der Tür. »Du weißt nicht, was du sagst. Bist du verrückt geworden?«

»Halt dich da raus, Mutter. Bitte.« Peter zog den Kopf ein. Kurowski war aufgestanden, langsam, als mache es ihm Mühe, aus dem tiefen Sessel zu kommen. »Das verstehst du nicht. Das ist eine grundsätzliche Diskussion.«

»Nein« – sagte Kurowski – »deine Mutter versteht das nicht. Sie hat euch nur wochenlang durch die russischen Regimenter gefahren, über das vereiste Haff, in einem offenen Bauernwagen, unter Tieffliegerbeschuß, sie hat euch nur das Leben gerettet und in der schwersten Zeit geschuftet von Tag bis Nacht, um euch satt zu kriegen, sie hat nur ihr ganzes Leben lang für euch gelebt ... aber *das* versteht sie nicht ...«

»Mein Gott, wie lange sollen wir das noch hören?« Peter steckte die Hände in die Hosentaschen. »Scheißkrieg, Flucht aus Ostpreußen, Hungerzeit, Wirtschaftswunder, ihr Helden des Wiederaufbaus ... es ist zum Kotzen! Merkt ihr denn nicht, wie ihr euch selbst überlebt? Wie ihr euch lächerlich macht mit euren: Früher – früher – früher – *Heute* ist wichtig, und morgen ist wichtig, und da versagt ihr alle! Wer will denn noch wissen, daß du in Sibirien warst?! Wen interessiert es, daß du in der Taiga Holz geschnitten hast? Glaubst du, du imponierst unserer Generation damit, daß ihr euch Hemden aus Futtersäcken genäht habt? Ihr wart doch selber schuld! Ihr habt doch diesen Hitler gewählt! Ihr habt doch alle ›Führer befiehl – wir folgen dir!‹ gebrüllt, wie die Verrückten wart ihr alle ... und dann jammert ihr hundert Jahre lang, wenn ihr die Rechnung bezahlen müßt ...«

»Bist du fertig?« fragte Kurowski ruhig.

»Das war nur die erste Runde.«

»Und es war auch die letzte.«

»Meinst du?«

»Sicher.« Kurowski ging um den Tisch herum. Erna legte die Hände zusammen, als wolle sie beten.

»Laß ihn, Ewald –« sagte sie flehend. »Er weiß doch gar nicht, was er sagt. Er plappert doch bloß nach.«

»Irrtum. Ich weiß genau, was ich sage!« schrie Peter. »Und ich weiß auch im voraus, was dieser reiche Mann da, der mein Vater ist, sagen wird: Wir haben alles nur für euch getan! Für eine bessere Zeit! Wie mich das ankotzt! Ihr habt gearbeitet und gearbeitet und Geld geschaufelt und große Töne von euch gegeben ... aber wer hat sich um uns gekümmert? Wenn man eine Beatplatte spielte, hieß es sofort: Stell die Negermusik ab! Wenn man sich die Haare wachsen ließ, wurde man angeblafft: Du siehst aus wie ein Landstreicher. Wenn ich Freunde mitbrachte, wurde mit dämlichem Grinsen gefragt: Haben die sich auch gewaschen? Und über Politik zu sprechen, ist in diesem Haus ein Verbrechen, obwohl Franz Busko MdB ist und mit jeder Rede seine Wähler betrügt. Gibt es Verlogeneres als eure Welt?«

»Aber ihr lebt recht gut in ihr!« Kurowski warf das abgerissene Ritterkreuz auf den Boden. Als Peter sich schnell bückte, stellte er den Fuß darauf. »Zieh die dämlichen Klamotten aus, Peter.«

Peter zuckte hoch. »Nein!« sagte er verbissen.

Kurowski atmete tief ein. »Soll ich sie dir vom Leibe ziehen?«

»Versuch es, Vater.«

»Wie alt bist du ... hast du dir das mal überlegt?« fragte Kurowski heiser.

»Natürlich weiß ich das. Zwanzig!«

»Einmal in der Untertertia, einmal in der Obersekunda sitzengeblieben. Durch Faulheit!«

»Na und?« Peter atmete heftig. Man hatte seinen wunden Punkt getroffen. »Es genügt, wenn wir in Ludwig eine Intelligenzbestie haben, und wenn Inge wirklich Lehrerin wird, hast du zwei! Drei Genies sind zuviel für eine Familie.«

»Zwanzig Jahre ist nicht zu alt, um Hiebe zu bekommen!« sagte Kurowski. »Du gehst in dein Zimmer. In einer halben Stunde komme ich rauf. Dann bist du umgezogen, gewaschen, rasiert und siehst aus wie ein Kurowski! Verstehen wir uns?«

»Nur dem Sinn nach!« Peter drehte sich um und rannte hinaus. Mit angezogenem Kinn blickte ihm Kurowski nach.

»Du ... du willst ihn doch nicht schlagen ...« sagte Erna. Sie stand noch immer an der Tür, und sie war zur Seite gegangen, als Peter an ihr vorbeistürmte, aus Angst, er könne sie einfach umrennen. »Ich begreife das alles nicht ... er hat alles, was ein Junge haben kann, und ist unzufrieden.«

»Eben darum, Erna. Wir haben uns alles erkämpfen müssen ... ihnen fällt es in den Schoß. Sie werden mit der Freiheit nicht fertig, für die wir unsere Knochen hingehalten haben. Selbst das dürfen wir nicht mehr sagen, du hast es gehört.« Er sah auf seine Armbanduhr. »Noch zwanzig Minuten ... dann gehe ich hinauf. Und verdammt noch mal ... ich kann Jahre nachholen, wenn es drauf ankommt!«

»Tu es nicht, Ewald –« sagte Erna leise. »Bitte, tu es nicht. Wir sollten an etwas ganz anderes denken. Ich glaube, Peter ist krank.«

»Krank? Der? Der strotzt vor Frechheit! Frech und faul

... das war immer die beste Mischung, um auf Kosten anderer satt zu werden!«

»Hast du nicht gesehen, daß seine Hände zitterten?«

»Seine Dreckstiefel auf dem Tisch haben nicht gezittert.«

»Er ist blaß und hat einen merkwürdigen starren Blick ...«

»Dann hat er getrunken.« Kurowski steckte sich eine Zigarre an. »Irgendwie hat er recht. Wir haben vieles treiben lassen. Erst die Firma, immer die Firma. Und wir haben gedacht: Es läuft ja alles gut, es kann nichts passieren. Mit Ludwig haben wir Glück gehabt, und mit Inge scheint es auch gut zu gehen. Da muß es auch mit Peter gut gehen, haben wir gedacht. Warum soll er anders sein? Ja warum? Ich glaube, es war ein Irrtum, Erna.« Er blickte wieder auf seine Uhr. »Wir werden uns mehr um Peter kümmern müssen –«

Aber dazu war es schon zu spät.

Das Zimmer war leer, als Kurowski und Erna eine halbe Stunde später nachsahen, ob Peter sich beruhigt hatte. Er war, das zeigte eine offene Luke, über den Anbau der Garage geklettert, hatte sein Motorrad geholt, es bis zur Einmündung in die Chaussee geschoben und war dann abgefahren. Im Zimmer war ein merkwürdiger, süßlicher, schwerer Duft zurückgeblieben.

»Wie ein Gangster!« schrie Kurowski und kam von der Garage zurück. »Aber Flucht war noch nie eine Lösung!« Er war enttäuscht. Sein väterlicher Stolz hatte einen Bruch erlitten, und so groß sein Zorn war, so groß war auch seine Liebe und seine Sorge um einen Sohn, der äußerlich ein ganzer Kurowski war, der grob wie ein Kurowski sprach, der revoltierte, wie alle Kurowskis einmal revoltiert hatten, auch er, Ewald Kurowski, damals in Adamsverdruß, der nur aus Trotz Schuster geworden war, weil sein Vater ihn zwingen wollte, in Rastenburg das Gymnasium zu besuchen.

»Ich werde ihn kleinkriegen!« sagte Kurowski und setzte sich auf Peters zerwühltes Bett. »Erna, ich lasse mich nicht überrollen. Das hat man bei den Kurowskis nie geschafft ...«

Sie sahen sich an, und Kurowski wunderte sich, wie starr Erna plötzlich geworden war. Sie stand mitten im Zimmer, hatte die Nase erhoben und schnupperte. Dabei war es, als verkrampften sich in ihr alle Muskeln.

»Ewald ...« sagte sie mit schwankender Stimme. »Der Geruch ...«

»Was für'n Geruch?«

»Riechst du denn nichts?«

»So'n süßer amerikanischer Tabak – Virginia ...«

»Das ist etwas anderes, Ewald! O Gott, Ewald, ich habe Angst. Unser Peter ... unser Peter ...«

Kurowski begriff erst, was nicht heute, sondern schon vor Wochen in seinem Haus, mit seinem Sohn geschehen war, als er nach gründlicher Durchsuchung des Zimmers unter dem Bett einen Blechkasten fand.

Zwei Injektionsspritzen, ein Sortiment Nadeln, Alkoholtupfer, eine Staubinde, zwei Ampullen Scophedal, drei leere Ampullen Dilaudid.

»Das ist doch nicht möglich ...« stammelte Kurowski. Er saß vor dem aufgeklappten Kasten, und die schreckliche Wahrheit warf ihn einfach um. Er war nicht fähig aufzustehen ... er hielt den Blechkasten auf dem Schoß fest, starrte auf die Spritzen und Ampullen, sah seinen Sohn vor sich, groß, hager, in dieser widerlichen schwarzen Lederkleidung, die Haare lang, unrasiert, frech und mit hohlen Phrasen vollgestopft ... und das Geheimnis dieser Verwandlung war so einfach, lag in ein paar Tropfen Flüssigkeit, wurde mit einer Nadel ins Fleisch gepreßt: die langsame, aber sichere Zerstörung eines Menschen.

»Er muß sofort her, Erna –« sagte Kurowski heiser. »Erna, wir müssen unseren Jungen finden! Er geht uns vor die Hunde! Wir sitzen da unten und spielen die heile Welt, und über uns, drei Meter höher, macht sich unser Junge kaputt ... und wir sehen es nicht. Wir sind blind! Erna ...« Sein Kopf fiel auf den Blechkasten, die Schultern sanken nach vorn … zum erstenmal seit seiner Rückkehr aus Sibirien weinte er …

Und es war wieder Erna, die seinen Kopf umfaßte, ihn hochhob, ihn küßte, ihn an sich drückte und sagte: »Ewald, ich bin ja bei dir. Ewald, nun wein doch nicht. Auch das schaffen wir, wir haben noch alles geschafft … Ewald, wir lassen uns doch nicht unterkriegen –«

Mein Gott, was für eine herrliche Frau war diese Erna!

Am Abend riefen sie in Köln bei Ludwig an.

»Mein Junge«, sagte Kurowski mit schwerer Stimme. »Du bist doch nun bald fertiger Arzt. Hör mal zu … ich lese dir etwas vor: Scophedal … Dilaudid …«

»Was soll der Blödsinn?« sagte Ludwig in Köln. »Wo hast du das gelesen, Vater?«

»Ich habe das hier …«

»Das sind schwere Narkotika. Stehen unter dem Rauschgiftgesetz. Wer hat dir denn diese schweren Knochen verschrieben?«

»Ich habe sie gefunden, Junge.« Kurowski spürte wieder sein Herz. Es stach in der Brust, und das Blut rauschte in seinen Ohren. »Bei Peter gefunden, mein Junge. Unterm Bett. In einem Blechkasten. Mit zwei Spritzen und allem, was dazugehört …«

»Der hat doch wohl 'ne Meise!« schrie Ludwig. »So ein Spinner! Hol ihn mal ans Telefon, Vater …«

»Peter ist weg –« sagte Kurowski mit schwerer Zunge. »Heute weg. Einfach weggelaufen, mit seinem Motorrad. In schwarzer Lederkleidung. Mutter ist völlig am Ende, Ludwig …«

»Ich komme sofort, Vater. Peter und Rauschgift! Reg dich nicht auf, Vater, und sag es auch Mutter … das bekomme ich schon wieder hin …«

Eine Stunde später war Ludwig in Leverkusen. Er kam gerade zurecht, um Erna Kurowski eine Beruhigungsspritze zu geben. Ihre Kraft war gebrochen … sie schrie seit zwanzig Minuten …

Peter Kurowski tauchte nicht wieder auf.

Franz Busko, Heinrich Ellerkrug, Ludwig, Ewald und sogar Inge suchten alle Lokale ab, in denen man Freunde Peters vermutete, wo sie sich versammelten, wo sie tagten, wo sie ihre ›Burgen‹ hatten, wo sie ›ein Faß aufmachten‹. Man hatte Peter mehrmals gesehen, auf dem Motorrad, in einer Kneipe, bei einer LSD-Party, bei zwei ›Trips‹ am Rheinufer, aber dann verlor sich seine Spur. Wovon er lebte, wußte keiner. In dem Beatschuppen ›Holidays‹ trafen Busko und Ellerkrug auf einen Burschen, der Peter zuletzt vor vier Tagen gesehen hatte.

»Der hatte 'ne tolle Mieze auf'n Schlitten«, erzählte er. »Weißblond, so'n richtiger Superzahn! Die bot er an, für hundert Mark. Wir hab'n ausgelacht. Das bei uns! Einmal schaukeln – hundert Mark! Ich mache Industriewerbung, hat er gesagt. Großes Geld, Jungs. Wenn ich Rita in Duisburg bei den Managern verleihe, kann ich'n Monat gemütlich von leben! Ein Tag Arbeit, zwei Tage Ausruhen. Man muß nur die richtige Kundschaft haben. Wenn irgendeine Sitzung kritisch wird, wenn Verträge platzen ... Rita ist da! Und die Sache läuft! Ja, und dann ist er abgezischt mit seiner Mieze.« Der Bärtige grinste breit und verständig. »Wollten Sie auch mal mit der Rita, was ...?«

»Ein Zuhälter und Rauschgiftsüchtiger dazu ... das können wir Ewald nicht sagen«, meinte Ellerkrug später. »Das verkraftet er nicht. Franz, lassen wir Peter vorerst verschwunden sein ... es ist besser für alle ...«

Und so verschwand Peter Kurowski bis zum 17. September.

An diesem Tag brachte das Fernsehen in der Tagesschau einen Bericht über eine Studentendemonstration in Frankfurt.

An der Spitze des brüllenden und Steine schleudernden Haufens, die rechte Faust drohend erhoben, mit der linken sich unterhakend bei einem anderen schreienden Demonstranten marschierte Peter Kurowski durchs Bild. Eine Minute lang, als Beispiel der unzufriedenen Jugend. Millionen sahen, wie er von Polizisten niedergeschlagen und über die Straße weggeschleift wurde.

Auch Erna und Ewald Kurowski sahen es.

Sie saßen vor dem Fernsehapparat und schwiegen. Sie starrten auf ihren Sohn und sahen, wie er blutete, wie er gegen die Polizisten trat, wie er: »Ihr Bullen! Ihr Schweine! Ihr Kapitalistenknechte!« brüllte, wie man ihn über die Straße zog und in einen vergitterten Wagen warf.

»Unser Junge –« sagte Erna kläglich.

Dann kippte sie zur Seite auf die Couch und verlor die Besinnung.

In der Nacht noch raste Ewald Kurowski über die Autobahn nach Frankfurt.

19

Im Zimmer des Direktors des Untersuchungsgefängnisses traf Kurowski auf Franz Busko. Auch er hatte im Fernsehen Peter bei der blutigen Demonstration gesehen, und da seine Partei zu der Institution gehörte, gegen die eine progresssive Jugend jetzt mit Gewalt vorging, hatte er sich sofort mit einem Dienstwagen an den Tatort bringen lassen. Als MdB erhielt er auch sofort Zutritt und durfte Peter Kurowski in der Sprechzelle sehen. Von zwei bewaffneten Beamten, mit Handschellen gefesselt, wurde er vorgeführt ... er hatte nach seiner Festsetzung die Zelle bis auf alles, was unzerstörbar war, zu Kleinholz gemacht. Trotzig blieb er vor dem Stuhl und dem Tisch stehen, und die barsche Aufforderung: »Setzen!« überhörte er einfach.

»Was willst denn du hier?« fragte er Franz Busko in einem geradezu beleidigenden Ton.

»Ich bin gekommen, bevor dein Vater auftaucht. Ich nehme an, er ist auf dem Weg nach Frankfurt. Wieso machst du jetzt Revolution und verleihst keine Huren mehr?«

»Das eine ist Geschäft, das andere eine Ideologie. Warum kniest du jeden Sonntag in der Kommunionbank, damit deine Wähler das sehen, und hast in Godesberg ein Appartement für deine Sekretärin eingerichtet? Von unseren Steuern!«

»Ich bin Direktor der ›Westschuh‹«, sagte Busko steif. Er hatte sich freigeschwommen, wie Kurowski es nannte. Von dem ostpreußischen Schuhmachergesellen war nur noch der Name und im vertrauten Kreis die breite Sprache übriggeblieben ... sonst hatte sich Busko vollendet gehäutet, trug Maßanzüge, glänzte mit Schlagwörtern, die ihm Sitz und Stimme in einigen Bundestagsausschüssen einbrachten, und galt als der kommende große Mann seiner Partei. Er steht mitten im Volk, hieß es von ihm. So etwas brauchen wir. Theoretiker gibt's genug. Aber der Busko versteht die Wählerschaft, und die Wählerschaft versteht ihn ... wo gibt es so etwas Ideales sonst noch bei den Volksvertretern? Außerdem gehörte Busko keinem Interessenverband an – auch nicht der Vereinigung der Schuhmacher –, vertrat keine Lobby und war deshalb geradezu märchenhaft unabhängig und liberal. So etwas kann man mit dem Mikroskop suchen, – eine Lupe reicht schon nicht mehr!

»Hast du einen Wurm im Hirn?« fragte Busko direkt. »Ein Kurowski als Revolutionär! Mit einer Hure im Gepäck und einem Sack voll Rauschgift! Peter, schämst du dich nicht?«

»Nein! Schämt sich unser Staat, solch ein Scheißstaat zu sein? Ich habe eine Mieze, gebe ich zu ... aber der Staat besteht nur aus Hurerei. Der geht mit jedem ins politische Bett, wenn's nur Nutzen bringt! Ich will verhindern, daß 60 Millionen sich ankotzen, wenn sie in den Spiegel schauen!«

Man kam zu keiner Einigung. Peter beschimpfte Busko, Busko beschimpfte Peter, bis der Oberwachtmeister eingriff und fast jovial sagte:

»Herr Bundestagsabgeordneter, es hat doch keinen Zweck. Ich führe das Rindvieh zurück in seine Zelle. Mit diesen Typen kann man nicht diskutieren. Die lassen im Hirn eine Platte ablaufen, weiter nichts.«

»Ich habe ausgerechnet, daß in zwanzig Minuten dein Vater hier sein wird. Was dann passiert, kannste dir ja denken«, sagte Busko und stand auf. »Und Ludwig wird auch kommen.«

»Der Herr Dr. med. in spe kann mich am Arsch lecken!« schrie Peter wild.

»Kaum. Er wird sich doch nicht den Appetit verderben.« Busko hob resignierend die Schulter. »Wo willst du überhaupt hin, Peter?«

»Zur Weltrevolution!«

»Ein bißchen viel, findest du nicht auch?«

»Wir schaffen es. Die Zeit ist reif. Wenn Typen wie du das Volk regieren, ist der ganze Staat faul!«

»Und dann wird – wenn ihr regiert – in jede Mittagssuppe 1 Gramm LSD verrührt, damit die ganze Welt auch immer ganz schön verrückt bleibt, was? Peter, du bist krank. Ehrlich krank. Wie bist du überhaupt an das Sauzeug von Rauschgift gekommen?«

»Aus Angst –« antwortete Peter Kurowski ehrlich. Seine Stimme wurde plötzlich unsicher. »Aus Angst, Franz. Überall habe ich versagt ... in der Schule, zu Hause, bei den Mädchen, bei den Kameraden ... und dann habe ich mit Fixen angefangen, und auf einmal geht alles wie geschmiert. Das war's ...«

»Und in einem Jahr bist du ein Wrack!«

»Na und?« Peter warf den Kopf in den Nacken. »Es ist *mein* Wrack! Was geht euch das an, ihr frustrierte Bande ...«

Die beiden Wachtmeister zerrten Peter aus dem Sprechzimmer. Busko verließ nachdenklich den Raum und wartete im Büro des Direktors auf seinen Meister. Er hat Angst, dachte er. Das kenne ich. Auch ich hatte Angst, damals, in

Adamsverdruß, als sie mich zum Militär holen wollten. Aber ich war lungenkrank und wurde nicht gemustert. Was aber wäre gewesen, wenn sie mich doch genommen hätten? Vielleicht wäre ich zu den Russen übergelaufen, so große Angst hatte ich vor dem Tod. Aber das weiß Gott sei Dank keiner ... und es ist ja auch so lange vorbei ...

Nun war Ewald Kurowski da und fragte sofort: »Kann ich meinen Sohn sprechen?«

»Natürlich.« Der Gefängnisdirektor bot Zigarren an und ließ Kaffee kommen. Bei Angehörigen von normalen Ganoven war das nicht üblich, aber hier handelte es sich um einen politischen Täter, und da sind die Spielregeln anders.

»Lassen Sie sich aber vorher von dem Herrn Bundestagsabgeordneten berichten, was Sie erwartet.«

»Das weiß ich«, sagte Kurowski steif. »Aber mein Sohn weiß auch, was ihn erwartet.«

»Das wird ihn kaum kratzen.« Busko seufzte. Die Unzufriedenheit im Land wuchs, je sicherer und wohlhabender es wurde. Es war ein Rätsel. Der Ausspruch Kurowskis: Der Deutsche kann die Demokratie nicht vertragen! – schien erschreckende Wahrheit zu werden. Die Ordnung zerflatterte, – man verwechselte Freiheit mit Alleserlaubtsein. Kurowski – immer zu großen, wahren Sprüchen bereit – nannte es schlicht: typisch deutsch.

»Wenn Peter noch einen Funken Gefühl in sich hat, dreht er sich jetzt um«, sagte Kurowski.

»Sein Gefühl ist von der Spritze bestimmt, vergessen Sie das nicht«, warf der Gefängnisdirektor ein. »Seit zwei Stunden jammert er nach einem ›Schuß‹. Er bekommt hier natürlich keinen, und jetzt ist er in einer Stimmung, in der er alles vernichten könnte.«

»Ich möchte ihn sehen –« sagte Kurowski und stand auf.

»Bitte ...«

Zehn Minuten später führte man Peter wieder in die Besuchszelle. Jetzt begleitete ihn nur ein Beamter, und er war ungefesselt ... das Fehlen des Rauschgiftes hatte ihn von einer Stunde zur anderen zu einem elenden, zitternden, jammervollen, erschreckend gealterten Bündel gemacht. Mit hohlen, flackernden Augen sah er seinen Vater an... seine Lippen waren aufgesprungen und heiß, seine Kehle trocken, wie mit Sand eingerieben... ihm fehlte das herrliche Leben aus der Spritze... der gaukelhafte Tod, aber das sah er nicht ein.

»Hast du einen Spiegel in deiner Zelle?« fragte Kurowski ohne Begrüßung. Peter schüttelte den Kopf.

»Kaputtgeschlagen.«

»Schade! Du solltest dich ansehen!« Er griff in die Seitentasche, zog einen kleinen Kämmspiegel heraus und hielt ihn Peter vor das Gesicht. »Da, sieh dich an! Das ist aus dir geworden! Ist das noch Peter Kurowski?«

Peter starrte in den Spiegel und warf dann den Kopf zur Seite. Sein Gesicht zuckte wild. »Ihr Schweine!« stöhnte er. »Ihr reaktionären Säue! Ich sehe gut aus. Ich habe nie besser ausgesehen! Ich fühle mich wohl...«

»Natürlich. Es braucht seine Zeit, bis ein Kurowski etwas zugibt, was er falsch gemacht hat. Wir haben deine Show im Fernsehen miterlebt... eine miese Regie, ein noch mieserer Auftritt, dilettantisch bis auf die Knochen.«

»Mach's besser!« schrie Peter. »Ihr habt nur immer ›Heil‹ gebrüllt! ›Sieg heil‹! Wir *tun* etwas!«

»An der verkehrten Stelle, wie immer, wenn Deutsche etwas ganz Großes tun wollen. Du willst also weiterhin Straßenschlachten schlagen, dir Gift in den Körper spritzen, dich ruinieren...«

»Ich lebe mein Leben. In drei Monaten bin ich 21... da kannst du Arien auf'n Hobel blasen, da hört deine Verfügungsgewalt auf. Die elterliche Verfügungsgewalt... welch ein Scheißwort!«

»Ich habe gar nicht vor, irgend etwas gegen dich zu unternehmen«, sagte Kurowski mit eisiger Ruhe. »Vor ein paar Wochen, ja, da hat mich die plötzliche Erkenntnis, was für einen Sohn ich habe, umgehauen. Aber heute ... man gewöhnt sich an alles, auch an einen Sohn, der ein Idiot ist!«

Das war eine Lüge, aber wer erkannte das? Seit Wochen lief Kurowski verändert herum, war in sich gekrochen, stiller geworden, besuchte keine Vereinsabende mehr, mied den Kegelclub, die Reitergesellschaft, den exklusiven Golfclub, den Tennisverein Rot-Gold ... er saß immer nur zu Hause in seinem wunderbaren Landsitz, spazierte durch den parkähnlichen Garten und freute sich, wenn Ludwig aus Köln herüberkam und ihm von seinem Studium erzählte, oder Inge ihre Klassenarbeiten durchschnittlich mit ›gut‹ machte. Jeder sah, daß er unter Peters Weggang litt, aber keiner sprach ihn darauf an ... ein Kurowski braucht kein Mitleid, er beißt sich von selbst durch.

»Na also!« sagte Peter jetzt frech. »Was willst du dann hier? Mir den besten Rechtsanwalt ankündigen? Ich brauche keinen Anwalt ... ich spucke dem Gericht ins Gesicht.«

»Der neue Stil der neuen guten Zeit!« Kurowski legte die Hände aneinander. »Von Mutter kann ich dich nicht grüßen ...« sagt er dann langsam.

Peters Kopf drehte sich verwundert.

»Ist sie verreist?«

»Ja. Ins Krankenhaus. Vor einer Stunde habe ich sie hingebracht. Sie hat einen Nervenschock erlitten. Sie fand die Show, wie man ihren Sohn auf der Straße zusammenschlug, gar nicht interessant. Frauen – vor allem Mütter – haben da ihren eigenen Geschmack ...«

Peter Kurowski setzte sich schwer. Er schluckte krampfhaft, seine staubtrockene Kehle brannte. Wasser, dachte er. Einen Schluck Wasser. Oder einen ›Schuß‹, nur einen halben ›Schuß‹, das genügt. Leute, ich gehe ja ein ... Er griff nach der Wasserkaraffe, die zwischen ihm und seinem Vater stand, verzichtete auf das Glas und setzte sie einfach an die Lippen.

»Ist ... ist es schlimm?« fragte er, als er die Karaffe abgesetzt hatte.

»Ja. Du säufst wie ein Schwein.«

»Mit Mutter!« schrie Peter.

»Sie hat dich – wie alle ihre Kinder – maßlos geliebt. So wie sie können nur Mütter zusammenbrechen.«

»Ich möchte zu ihr . . .« sagte Peter leise.

»Das wird unmöglich sein . . .«

»Hol den besten Anwalt, Vater . . .«

»Versuch's doch mit deinem Anspucken des Gerichtes . . .«

»Es gibt die Möglichkeit der Haftverschonung.«

»Nur bei einem festen Wohnsitz. Du bist ein Landstreicher geworden.«

»Ich wohne bei dir, Vater . . . Ich muß zu Mutter . . .«

Kurowski erhob sich. Er ist am Boden, dachte er. Jetzt soll man ihn nicht mehr treten. Vielleicht gelingt es Erna, ihn zurückzuholen. Er müßte kein Herz mehr haben, wenn er den Anblick Ernas ertragen könnte, wie sie jetzt im Krankenhaus liegt. Ich kann es nicht . . . um diese Frau zu retten, würde ich sogar meinen Sohn opfern!

»Wir wollen sehen . . .« sagte er und ging zur Tür. Peter sprang auf, aber die starke Hand des Wachtmeisters hielt ihn zurück.

»Laß mich zu Mutter . . .« heulte Peter. Kurowski zuckte zusammen und hob die Schultern. Er fror. So heult ein Wolf, dachte er. Mein Gott, ist mein Sohn schon so weit vom Menschen weg . . .?

Ohne eine Antwort ging er hinaus, aber erst draußen, auf dem Flur, bewies er, daß auch ein Kurowski nicht eine unfällbare Eiche ist . . . er lehnte sich gegen die Wand, schlug die Hände vors Gesicht und brauchte eine ganze Zeit, um sich von dieser Begegnung zu erholen.

Franz Busko fuhr ihn zurück nach Leverkusen . . . seinen MdB-Wagen schickte er mit Chauffeur allein nach Bonn. Kurowski war jetzt nicht fähig, selbst zu fahren . . . er hing hinten in den Polstern, sprach kein Wort und wurde erst wieder der alte, der ›Meester‹, als sie sich Leverkusen näherten.

»Ob man ihn freiläßt?« fragte er.

»Bestimmt.« Busko blickte durch den Rückspiegel. Er sah Kurowskis Kopf, alt geworden, grauhaarig, aber kantig und eisenhart. Ein Schädel aus Adamsverdruß, aus Urgestein gehauen. »Ich habe für ihn gebürgt, Meester.«

»*Was* hast du?«

»Gebürgt. Das war der schnellste Weg. Als MdB ...«

»Franz ...« Kurowski schluckte. Rührung überkam ihn, kindliche Rührung. »Wie kann ich dir das jemals gutmachen?«

»Nächste Woche, Meester. Ich brauche eine neue Rede. Über die Notwendigkeit der Entwicklungshilfe für Schwarzafrika ...«

»Du meine Güte! Mußt du dich da dreinhängen? Such dir ein anderes politisches Gebiet aus ...«

»Es geht nicht, Meester.« Sie bogen von der Autobahn ab, Richtung Krankenhaus. »Sie meinen alle, gerade in der Entwicklungspolitik wäre ich der richtige Mann. Vielleicht kann man in der Rede darauf hinweisen, daß 90 Prozent aller Afrikaner barfuß laufen und die Erziehung zum Schuhbewußtsein vorrangig ist.«

»Du bekommst deine Rede.« Kurowski lehnte sich in die Polster zurück. »Also doch Lobbyist ...«

»Ein Hintern an der Wand ist besser als ein Hintern im Wind.« Busko bremste. Krankenhaus. Er stieg aus, klappte den Kofferraum hoch und holte einen großen Blumenstrauß heraus. Langstielige rote Rosen.

»Jetzt weiß ich, warum du Politiker geworden bist«, sagte Kurowski, nahm die Rosen und stampfte ins Krankenhaus.

Nach zwei Tagen wurde Peter Kurowski aus der Untersuchungshaft entlassen. Es bestand keine Fluchtgefahr, ein MdB bürgte für ihn, er hatte einen festen Wohnsitz ... nach der Unterschrift unter die Verpflichtung, sich zweimal wöchentlich bei der örtlichen Polizei zu melden, öffneten sich ihm die Gefängnistore.

Sein erster Weg war zum Frankfurter Hauptbahnhof. Dort

kaufte er sich für 50,– DM eine Ampulle Morphin und eine Einwegspritze, ging auf die Toilette und gab sich den ersehnten Schuß. Im Frankfurter Bahnhof konnte man alles kaufen, wenn man die Typen kannte und die Ecken wußte, wo sie standen. Eine Ampulle Morphin war da noch das geringste ... es hatte einen Mann gegeben, der dort ein völlig intaktes, gut gepflegtes und geöltes Flak-Geschütz mit zwanzig Schuß Munition anbot. Er bekam es nicht los ... Flaks sind zu groß für den Untergrund. Man munkelte, er habe später seine Riesenkanone an kroatische Freiheitskämpfer losgeschlagen.

Der zweite Weg führte Peter zum Telefon. Er rief seine Mieze an, ließ sich durchgeben, wieviel sie in seiner Abwesenheit verdient hatte, war zufrieden, versprach, in zwei Tagen wieder zurückzukommen, und rauchte hastig eine Haschzigarette. Dann erst suchte er einen Zug nach Leverkusen aus und kam gegen Mittag zu Hause an.

Er machte erst gar nicht den Umweg zu seinem Vater, sondern fuhr sofort ins Krankenhaus. Zuerst wollte man den Mann in der verkommenen Kleidung und dem Bart nicht vorlassen, aber als er schrie, er würde den ganzen Saustall zur Minna machen, führte man ihn zu Ernas Zimmer. Zwei Pfleger blieben vorsichtshalber vor der Tür im Gang.

Erna lag bleich und mit geschlossenen Augen im Bett. Aus einer Tropfflasche rann langsam ein Vitaminkonzentrat in ihre linke Armvene. Sie war dem Tode näher als dem Leben ... Peter sah das sofort, ging leise an das Bett, zog den Stuhl heran und setzte sich.

»Mutter ...« sagte er heiser. »Mutter ... ich bin's ...«

Sie hob mühsam die Lider, erkannte ihn, ein Lächeln zog über ihr Gesicht, ihre Hand tastete nach seinen Fingern.

»Peter ...« sagte sie mühsam. »Mein Kleiner ... Gut, daß du da bist.«

»Ja, Mutter.« Peter beugte sich vor und küßte sie auf die kalte Stirn. »Was machst du denn für Sachen, Mutter ...«

»Ich? Du ... Peter ... du ...« Sie bewegte sich. Peter hielt sie mit beiden Händen fest.

»Reg dich nicht auf, Mutter«, stammelte er. »Bitte, reg dich nicht auf. Du mußt gesund werden. Wir alle brauchen dich ...«

»Du auch?«

»Ich auch ...«

»Ich will mir Mühe geben.« Sie lächelte wieder, und es lag ein unbeschreiblicher Zauber von mütterlicher Liebe über ihrem Gesicht. Peter erkannte ihn, und er kam sich elend und gemein vor. Hundsgemein. »Bleibst du jetzt zu Hause, Kleiner?«

»Ja, Mutter.«

»Und du nimmst nicht mehr dieses ... dieses Zeug ...?«

»Nie mehr, Mutter. Ich verspreche es dir ...«

»Dann ist ja alles gut.« Sie schloß die Augen, streckte sich und dämmerte in die Müdigkeit der Erschöpfung hinüber. »Ich bin so froh, mein Junge ...«

Auf Zehenspitzen schlich sich Peter hinaus. An der Tür blieb er noch einmal stehen, sah lange seine Mutter an, warf sich dann herum und verließ das Zimmer. Sein Weggang aus dem Krankenhaus glich einer Flucht.

In dem Waldstück zwischen Leverkusen und Burscheid ließ er sich von dem Taxi, das er gemietet hatte, absetzen. Zu Fuß ging er weiter und verschwand im Unterholz.

Es gibt keinen Ausweg mehr, dachte er. Ich komme von den Spritzen nicht los, ich werde nie ein Versprechen halten können, ich werde immer in der Gosse leben, ich bin im Sumpf, ich stecke in ihm, es kann mich keiner mehr rausholen. Und wenn ich auch ein dämlicher Hund bin, – ich weiß genau, wo ich enden werde. Es ist nur eine Frage der Zeit und der Konzentration der ›Schüsse‹.

Es ist vorbei, Vater ... es geht nicht mehr, Mutter.

Verzeiht mir, wenn ihr könnt ...

Allein komme ich nicht mehr weiter, und zu helfen ist mir nicht mehr.

Er setzte sich unter einen Baum, entblößte Arm und Oberschenkel und spritzte sich den ganzen Vorrat ein, den er bei sich trug.

Vier Ampullen.

Dann warf er seinen Hosengürtel um einen Ast, steckte den Kopf in die Schlinge, hüpfte hoch und zog beim Fallen die Beine an.

So starb er zweimal ... einmal durch Genickbruch und einmal durch vier Ampullen Morphin. Das war ein Luxus, denn als das Gift wirken sollte, war das Blut in ihm bereits erkaltet.

Er hing drei Tage in seinem Gürtel, ehe man ihn fand.

Und dann dauerte es noch zwei Tage, bis man ihn identifizierte. Er hatte alle Papiere verbrannt.

Franz Busko, der Bürge, übernahm es, Ewald und Erna Kurowski die Nachricht zu überbringen.

Zum erstenmal hatte sich ein Kurowski unterkriegen lassen ...

20

Es war unendlich schwer, es war genau an der Grenze dessen, was man erdulden kann ... aber die Kurowskis überstanden auch diesen Schicksalsschlag. Unbegreiflicherweise hatte sogar Erna die Kraft, aus dem Krankenhausbett heraus an der Beerdigung Peters teilzunehmen, obgleich der Arzt von hellem Wahnsinn sprach und Kurowski förmlich anflehte, auf seine Frau einzuwirken oder ihr rigoros das Aufstehen zu verbieten.

»Das verstehen Sie nicht, Doktor«, sagte Kurowski und trug Ernas Koffer mit der Unterwäsche, den Schuhen und einem schwarzen Kostüm über den Flur zu ihrem Zimmer. »Mann kann uns zu Boden schlagen, man kann uns die Rippen eintreten, ja, man kann uns totprügeln ... *besiegen* lassen wir uns nie! Wenn meine Frau ihren Sohn begraben will, dann will sie das. Das könnte nur der liebe Gott verhindern, aber der tut's auch nicht!«

Das Begräbnis fand in aller Stille statt. Nur die Familie stand um das Grab, und dazu gehörten auch Heinrich Ellerkrug und Franz Busko. Und noch jemand war da, ungebeten, aber Kurowski jagte ihn nicht fort ... ein junger Mann mit zotteligen Haaren, dicker Nickelbrille, einer Jacke im Indianerlook und ausgelatschten Schuhen. Er stand etwas abseits und setzte eine Trompete an die Lippen, als der Sarg in die Grube gelassen wurde.

Er blies einen traurigen Blues, den keiner am Grabe kannte, aber irgendwie gehörte er jetzt dazu, war ein letzter Gruß aus einer Welt, in die sich Peter heimlich geflüchtet hatte, in der er umgekommen war ... und keiner hatte es gemerkt bis zu dem Augenblick, wo es zu spät war.

»Wer sind Sie?« fragte Kurowski später, als die Erde auf den Sarg geworfen war. Busko und die Kinder hatten Erna zum Wagen zurückgeführt, Ellerkrug wartete noch am Grab. Der junge, zottelige, sichtlich ungewaschene Mann grinste und klemmte seine Trompete unter die linke Achsel.

»'ne Abordnung vom Club ...« sagte er.

»Er war oft bei euch?«

»Ja. Immer, wenn er die Schnauze voll hatte.«

»Und er hatte oft die Schnauze voll, was?«

»Nee, normal. Wöchentlich einmal.«

»Hat er über mich gesprochen?«

»Immer – – –«

»Und was hat Peter über mich gesagt?«

»Mein Alter ist ein prima Kerl, hat er gesagt. Das macht mich ja so fertig, daß ich niemals so werden kann wie er. Er erdrückt mich.«

Kurowski senkte den Kopf. Peter, dachte er. Mein Gott, Peter, warum hast du nie was gesagt? Wir hätten doch über alles sprechen können ... Diese Probleme sind doch so einfach. Aber nee, immer mit'n Kopf durch die Wände, nach bester Kurowski-Art ... bis zuletzt ...

»Ich danke Ihnen –« sagte er leise. »Brauchen Sie Geld?«

»Nee! Wofür?«

»Zum Beispiel für ein Paar neue Schuhe.«

»Die? Auf denen laufe ich noch hundert Jahre ...«

Der junge Mann tippte an die Stirn, was ein freundlicher Gruß war, und ging zur anderen Seite weg. Kurowski starrte ihm nach. Das war die Welt meines Sohnes, dachte er schmerzhaft. Ich habe ein Millionenvermögen erarbeitet, und er lebte wie ein Bettler. Warum bloß, warum? Weil mein Schatten für ihn zu schwer war? Gibt es so etwas?

Er ging noch einmal zum Grab zurück und blickte auf den Sarg hinunter, der halb mit Erde bedeckt war. Ellerkrug trat neben Kurowski und legte ihm den Arm um die Schulter.

»Du bist nicht der einzige, der erste oder der letzte, der ein Kind verliert –« sagte er mit belegter Stimme. »In jeder Stunde sterben Tausende von Kindern. Und viele sinnloser als Peter. In ein paar Monaten ist Ludwig fertiger Arzt ... und Inge macht im Frühjahr ihr Abitur und studiert Pädagogik. Und Erna ist da, Ewald ... nimm dir ein Beispiel an ihr. Diese Haltung – – –«

»Sie ist versteinert, Heinrich. Ich habe Angst um sie.« Kurowski wandte sich ab. Er hakte sich bei Ellerkrug unter, ein alter Mann, der Halt sucht und bei jedem Schritt erst den Boden vor sich abtastet. Und dabei war er erst 54 Jahre ...

»Dann nimm sie und verreise mit ihr ... in den Süden, Ewald, leg sie ans blaue Mittelmeer, laß sie unter Palmen träumen, fang endlich an, dein Leben zu genießen, friß deine Millionen auf – was du gar nicht mehr kannst – hol Erna heraus aus dem Panzer, der Kurowski heißt ... verdammt, Ewald, was ein Mann im Leben schaffen kann, hast du getan, nun ruh dich etwas aus ...«

»Noch ein Jahr, Heinrich.« Kurowski blieb stehen. Erna war schon in den großen Wagen gestiegen. Ludwig saß hinter dem Steuer, Inge, groß, schlank, goldblond, das vergrößerte Abbild ihrer Mutter, stand neben der offenen Fondtür und wartete auf den Vater. »Wenn Ludwig seinen Doktor hat und Inge auf der Universität ist, lasse ich es langsamer gehen.« Er hielt Ellerkrug am Ärmel fest. »Du, ich muß dir etwas sagen . . .«

»Heraus damit.«

»Ich habe wie ein Irrer geschuftet wegen Peter.« Kurowski schluckte, er war dem Weinen nahe. »Ich habe gewußt, daß er als einziger auf der Strecke bleibt, und für ihn wollte ich so viel zur Seite legen, daß er davon hätte leben können . . . ein unsichtbares Gnadenbrot.«

»Vielleicht hat er es doch gemerkt?«

»Möglich. Ich fühle mich schuldig, Heinrich.«

»Blödsinn! Laß bloß so etwas nicht in dir aufkommen! Schuldig! Man kann einen Menschen nur bis zu einer gewissen Grenze beherrschen, auch als Vater. Jeder Mensch ist eine eigene Persönlichkeit, und die wird eines Tages deutlich.«

»In einer Morphiumspritze –« sagte Kurowski dumpf.

»Auch darin. Der Mensch wird immer das größte Rätsel bleiben, das Gott bei der Schöpfung hinterlassen hat – – –«

Sie kamen zum Wagen, und Inge umarmte weinend ihren Vater.

»Es ist gut, Ingelein«, sagte Kurowski und klopfte ihr den Rücken. »Es ist gut. Ist ja vorbei. Wein nicht. Wir müssen jetzt um so fester zusammenhalten, schon wegen Mutter.«

Er stieg ein, legte den Arm um Erna, drückte sie an sich und streichelte ihr kaltes Gesicht.

In schneller Fahrt verließen sie den Friedhof.

Es blieb etwas in Kurowski zurück, auch wenn es keiner sah und er selbst es nicht wahrhaben wollte. Er konnte es nicht erklären, er hatte keinen Namen dafür, aber es lag in ihm wie ein eiserner Klotz, umklammerte sein Herz und raubte ihm den Schlaf.

Erna merkte es nicht, wie er oft erst gegen Morgen einschlief und die ganze Nacht herumlag, nicht grübelnd, sondern einfach so schrecklich nüchtern wach, ein Wachsein, das nichts ausfüllte. Er ging in sein Büro, er hielt seine Sitzungen ab, er entwarf Franz Busko die Parteireden, er vergrößerte die ›Westschuh‹ zum größten Schuhkonzern Europas ... und dabei wurde er immer stiller, immer menschenscheuer, kroch in sich hinein wie eine Schildkröte unter ihren Panzer.

Kurowski zog um. Er kaufte sich eine Villa mit einem großen Park, einen richtigen Herrensitz, und er tat es nur, um darin herumzugehen und sich zu sagen: Aus dem kleinen Schuhmachermeister Kurowski aus Adamsverdruß ist der Besitzer eines Schlosses geworden, wie es früher bei uns nur die Adeligen und Großgrundbesitzer hatten. Aber wozu das alles, wozu? Was mir schmeckt, darf ich nicht mehr essen, wegen des Blutzuckers ... den schönsten Wein muß ich stehenlassen, wegen der Leber ... ich kann auf keinen Berg mehr klettern, wegen des Herzens, und ich kann nicht mehr im Schnee wandern, wegen des Rheumas ... aber ich habe ein Schloß, ein Millionenbankkonto, ich habe viertausend Angestellte und Arbeiter, ich trage das Bundesverdienstkreuz I. Klasse (Franz Busko übrigens auch), ich bin im Ausschuß der deutschen Wirtschaft und sitze in zwölf Aufsichtsräten, ich werde mit jedem Tag reicher, ohne noch etwas dafür zu tun ... und kann doch nichts anderes machen, als durch meinen Park laufen, die Zeitung lesen, vor dem Fenster sitzen, mit Erna Karten spielen, ab und zu die Praxis meines Sohnes Dr. Ludwig Kurowski besuchen oder zuhören, wie die Studienassessorin Inge Kurowski neue Lehrmethoden verteidigt, die ich für Unsinn halte.

Das Leben ist uninteressant geworden, es hat keine Spannungen mehr, es lebt sich so dahin ...

An einem Maitag flogen Erna und Ewald Kurowski nach Meran zur Kur.

Sieben Tage später, bei einem Spaziergang über eine Almwiese, verzückt vom Anblick der im blauen Licht schimmernden Berge, fiel Kurowski plötzlich um. Er lag im Gras wie eine Puppe, der man die Glieder ausgerenkt hatte.

Zuerst auf dem Rücken eines Bergbauern, dann mit einem klapprigen Auto, schließlich, vom Bürgermeisteramt aus, mit einem Krankenwagen wurde Kurowski in das Krankenhaus von Meran gebracht.

Erna blieb bei ihm, bis er unter dem Sauerstoffzelt lag, bis die Schläuche der Infusionen angeschlossen waren, bis man seinen Kreislauf mit massiven Spritzen unter Kontrolle hatte.

»Ein Apoplex, gnädige Frau«, sagte der Chefarzt, nachdem der erste Kampf um Kurowskis Leben gewonnen war. »Wir wollen alle hoffen, daß er es schafft ... aber ich muß Ihnen sagen, daß Ihr Gatte für immer rechtsseitig gelähmt bleibt. Ob er wieder sprechen wird ... das ist mit Sicherheit weder zu bejahen noch zu verneinen. Das kann eine reine Willenssache sein.«

»Er wird es wollen«, sagte Erna mit einer Tapferkeit, die selbst den viel gewöhnten Chefarzt irritierte. »Ein Kurowski hat einen Willen, der Bäume bricht ...«

Nach vier Wochen nahm man das Sauerstoffzelt weg. Kurowski blieb gelähmt, seine Zunge lag wie ein Stück Leder im Gaumen. Aber er konnte schreiben, mit der linken Hand, und er schrieb als erstes auf eine Schulschiefertafel, kritzelig, schräg, rauf und runter, aber doch noch lesbar:

»Erna, ich liebe dich ...«

»In zwei Wochen bringen wir dich nach Hause«, sagte sie und küßte ihn auf die Stirn. »Sie haben einen Empfang vorbereitet, der fast schon ein Volksfest wird ...«

Und dann war Kurowski wieder in Leverkusen ... Franz Busko fuhr ihn in einem Rollstuhl durch den Park und über die Terrasse, die Betriebskapelle spielte zur Begrüßung Märsche, der Werkschor sang Heide- und Heimatlieder, eine Abordnung der Belegschaft überbrachte einen riesigen Blumenkorb, da ein sogenannter Frühstückskorb nicht mehr erlaubt war, und der Betriebsrat marschierte im Gänsemarsch an dem Rollstuhl vorbei und drückte Kurowski die linke, noch brauchbare Hand.

Er nickte nach allen Seiten, man sah, wie er sich freute, und am Abend schrieb er in den Notizblock, der jetzt immer auf seinem Schoß lag:

»Leute, ich war ein Rindvieh. Ich begreife erst jetzt, daß meine Familie größer ist als eine Frau und drei Kinder... Ich bin froh, daß ich lebe. Und wenn ich auch gelähmt bin und ein schiefes Gesicht habe: Ich bin wieder da! Und ich verspreche euch: Ich lasse mich nicht unterkriegen! Verdammt noch mal!«

Ja, – der Ewald Kurowski, Schuhmachermeister aus Adamsverdruß in Ostpreußen, Schuhmillionär und Ehrenpräsident so vieler Vereine, lebt noch immer. Er hat sich nicht unterkriegen lassen. Zwar ist er noch immer gelähmt, aber er kann schon ein paar Sätze sprechen. Mühsam, aber deutlich. Und das erste, das er sprach, so deutlich, daß der MdB in die Hände klatschte und vor Freude zu heulen begann, war: »Franz, du alter Idiot!«

Jeden Tag rollt Erna ihn durch den Park seines Besitzes, wiegt seine Nahrung auf der Briefwaage ab und behandelt jeden Bissen, den er zu sich nimmt, wie einen Edelstein. Zweimal im Jahr fährt er in ein Bad, einmal zum Lago Maggiore, einmal nach Ischia... aber die meiste Zeit sitzt er in seinem Rollstuhl, wird herumgefahren, dämmert oft vor sich hin und erinnert sich, und trotz seiner Millionen ist sein Leben wieder so klein und eng wie damals in Adamsverdruß... er ist zufrieden mit dem, was er hat und was man ihm gibt: einen Rollstuhl, fünfmal am Tag ein Häppchen Essen, die frische Luft seines Gartens, der Besuch seiner Kinder und Erna...

Erna, ohne die sein Leben sinnlos wäre. Der Mittelpunkt seiner Welt. Ein Geschenk, für das man Gott nie danken kann, weil es alle Dankbarkeit übersteigt.

Ab und zu kommt auch noch Franz Busko zu Besuch, in

einem Staatsmercedes mit Chauffeur, denn er ist jetzt Staatssekretär, ein eleganter Mann mit ergrauten Schläfen, ein Mann von Welt ... nur wenn er mit Kurowski allein ist und ihn durch den Garten und über die Wiese rollt, sagt er noch immer:

»Det müssen Se mir jenau erklären, Meester ...«

Dann rauschen die Birken über ihnen – wie in Adamsverdruß –, und es ist, als ziehe der herbsüße Duft der Kiefern und des Salbeis über die Erde Ostpreußens, und von den Masurischen Seen her käme kreischend und schreiend der den Himmel verdunkelnde Schwarm der Wildgänse.